新拉丁美洲文学丛书

Juntacadáveres

Juan Carlos Onetti

"圣玛利亚"系列之三

收尸人

［乌拉圭］胡安·卡洛斯·奥内蒂 丨著

侯健 丨译

作家出版社

（京权）图字：01-2024-3549

图书在版编目（CIP）数据

收尸人／（乌拉圭）胡安·卡洛斯·奥内蒂著；侯健译．
-- 北京：作家出版社，2024.10. -- ISBN 978 - 7 - 5212 - 2992 - 9

Ⅰ．I551.45

中国国家版本馆 CIP 数据核字第 2024GG6854 号

中国外国文学学会
西班牙葡萄牙语
文学研究分会
HISPANIC & PORTUGUESE
LITERARY STUDIES ASSOCIATION

新拉丁美洲文学丛书

收尸人

作　　者：（乌拉圭）胡安·卡洛斯·奥内蒂
译　　者：侯　健
责任编辑：赵　超
封面设计：吴元瑛
出版发行：作家出版社有限公司
社　　址：北京农展馆南里 10 号　　邮　　编：100125
电话传真：86 - 10 - 65067186（发行中心）
　　　　　86 - 10 - 65004079（总编室）
E - mail: zuojia@zuojia. net. cn
http: // www. zuojiachubanshe. com
印　　刷：河北京平诚乾印刷有限公司
成品尺寸：130 × 185
字　　数：195 千
印　　张：9.875
版　　次：2024 年 10 月第 1 版
印　　次：2024 年 10 月第 1 次印刷
ISBN　978 - 7 - 5212 - 2992 - 9
定　　价：65.00 元

新拉丁美洲文学丛书
编委会名单
（按姓氏笔画为序）

新拉丁美洲文学丛书

出版说明

20世纪80年代末，云南人民出版社与中国西班牙葡萄牙拉丁美洲文学研究会合作翻译出版"拉丁美洲文学丛书"（简称"丛书"），十几年间出版50余种，为拉美文学在华传播做出了不可磨灭的贡献。数十年过去，时移世易，但当年丛书出版说明的开篇句"拉丁美洲是一个举世公认的充满创造活力的大陆"，并未过时，反而不断被印证。博尔赫斯、加西亚·马尔克斯和其他"文学爆炸"代表作家的作品陆续被译为中文，"魔幻现实主义"对寻根文学及先锋小说的影响仍是相关研究者所乐道的话题。拉美文学的译介和接受不仅成为新时期中国文学研究中不可忽视的部分，时至今日仍为新一代的中国读者提供"去西方中心"的文学视野与镜鉴。

作家出版社与中国外国文学学会西班牙葡萄牙语文学研究分会合作，决定从2024年起翻译出版"新拉丁美洲文学丛书"（简称"新丛书"），感念前贤筚路蓝缕之功，继续秉持"全部从西班牙及葡萄牙文原文译出"的原则，以促进世界文化交流、繁荣中国文学建设为指归。新丛书旨在：（一）让当年丛书中多年未再版而确有再版价值的书目重现坊间；（二）译介丛书中已收录的作家成名作之外的其他代表性作品，展现经典作家更整全的面貌；（三）译介拉丁美洲西葡语文学在中文世界的遗珠之作。新丛书主要收录经典作家作品，此外另设子系列"新拉丁美洲文学丛书·当代"，顾名思义，收录具代表性、富影响力的当代拉美作家作品。

序

作为乌拉圭驻中华人民共和国大使，我很荣幸能参与到胡安·卡洛斯·奥内蒂的作品在中国的发布工作中来。胡安·卡洛斯·奥内蒂是乌拉圭的伟大作家，他的文学作品滋养了全世界无数西班牙语读者的想象力。

胡安·卡洛斯·奥内蒂是现代小说和存在主义文学的先驱，是乌拉圭"四五一代"的代表作家。正如罗德里戈·弗莱桑所言："我认为，可能从潜意识的角度来看，奥内蒂就像一张取得巨大成功的唱片封面上显得怪异的烫金字，不会吸引那些简单的头脑，因为奥内蒂的所有作品都是关于失败的史诗，而人们想要的却总是高奏凯歌。"总而言之，阅读奥内蒂的作品是种享受，但也是一场邀约，它邀请我们挑战自己，拓展文学之乐的边界，了解这样一种文学：它不寻求以简单化来吸引众多读者，而是展现一个忠于自我、独一无二、难以进入但又精雕细琢的世界。

在奥内蒂丰富的文学作品中，《短暂的生命》、《造船厂》

和《收尸人》组成了三部曲，也就是伟大的"圣玛利亚系列"。这三部小说是他的成熟之作，使他的文学创作生涯达到了顶峰，读者可以在其中看到这位如此独一无二的作家笔下的各种典型的文学元素。尽管"圣玛利亚"并不存在，可乌拉圭人和阿根廷人都感觉它是属于自己的土地。奥内蒂是地道的乌拉圭作家，但作为西班牙语文学巨匠，他又是属于全世界的作家。

我们感谢作家出版社将这三部作品翻译成中文，让中国读者有了阅读它们的机会，它们将为中国读者打开圣玛利亚这一美妙而神奇的文学世界的大门。

胡安·费尔南多·卢格里斯·罗德里格斯
乌拉圭东岸共和国驻中华人民共和国大使

献给苏珊娜·索卡：

她是我见过的拥有最纯粹慈悲心的人，

还是个天才。

一

　　"收尸人"气喘吁吁，但面色红润，他撇开腿在恩杜罗线的列车车厢里沿着过道走了过来，想加入到由三个女人组成的小团体中，此时还有几公里火车就要到达圣玛利亚站了。他冲着那三张因无聊而鼓起，因炎热而泛红，哈欠连连、叽叽喳喳的脸笑了。覆着灰土的车窗外是河边的片片绿田，给车厢里带来了微弱的凉意。

　　我一告诉她们马上就要到了，她们就开始聊天、化妆、回忆自己的技艺，这让她们显得更老更丑了，她们摆出淑女的表情，垂下眼去检查自己的双手。她们一共是三个人，我用了不到半个月就找齐了。巴尔特得到了比他应得的更多的东西，他，还有全城的人都是如此，哪怕他们在见到这三个女人时会发笑，哪怕那种笑声会持续几天、几个礼拜。她们不是十五岁的小姑娘了，她们的穿着连公羊看了都会冷淡下来。不过她们是人，她们善良、乐观，而且明白该怎样工作。

"就快到了。"他唯唯诺诺地说了一句,不过内心有些激动。他拍了一下玛利亚·波尼塔的膝盖,冲另外两人笑了笑,伊莲内的脸圆圆的,显得稚气未脱,内莉的眉毛又高又直,是黄色的,她每天早上都要画眉毛,好让眉毛与她的那双无趣、乏味、空洞的眼睛相配。

"我觉得是时候了。"玛利亚·波尼塔说道。她朝窗外抿了抿嘴,打开皮包,掏出镜子、粉扑和口红,捣鼓了起来:"不管怎么说,您是对的。圣玛利亚就像是个黑窟窿。"

"你说得没错。"内莉表示同意,她用指甲把嘴角的妆挑匀了一点。

伊莲内用粉扑轻轻拍打两侧鼻翼,显得慵懒无聊。她厚实的膝盖分得很开,挂满饰物的草帽歪歪扭扭地贴在后背上。她用手背在车窗上擦了个半圆形出来,她看到了午后阴霾的天空烘烤下的枯黄草地、刚栽种的树木和灰色、绿色、赭色的远景,这一切在玻璃上形成了一道乱色的彩虹。

"我没那么在乎。这儿当然不是首都,不过我喜欢乡村。"

"你知道我从来不撒谎。"玛利亚·波尼塔半调侃半恼怒地说道。她已经捣鼓完了,正在快速抽烟,她的身子挺得笔直,神情十分平静,对自己隐藏起来的控制力很有自信。"女人啊,""收尸人"严厉而又高傲地下了规定,"不要老想着购物和聚会。待在家里,辛勤劳动,还得懂得怎么存钱才行。"

"这正是我们来这儿的目的。"内莉表示同意,"这座城镇很漂亮,咱们也是为了做些积极有意义的事情才来这儿的。"

"他又在盯着你的嘴了,胖妞。"玛利亚·波尼塔提醒道。

伊莲内耸了耸肩，继续在车窗玻璃上用一根手指的指尖画十字。

"我没有，我发誓。""收尸人"抗议道。

他和她们一起说笑，他要在这里陪伴她们，同时留心看了看车厢里的其他乘客。没有熟悉的面孔。"咱们到了站台再瞧瞧。"他发现了实验学校的大楼，幽暗地孤立于平整的田野上、静谧的空气中，一面旗帜软塌塌地挂着，一辆满载货物的卡车正在爬坡，朝移民区驶去。他本打算跟她们撒谎，胡乱说些关于种植物和农作物的情况，再谎报些数字和谷物的名字。尽管他什么也没说，尽管痛苦感只是在他站起来帮她们搬行李而露出微笑的同时在嘴角流出的白色唾液留下的痕迹中才显露出来，他还是生出了怀疑，他怀疑说那些荒唐话的诱惑来自疲惫的威胁，来自近几个月来日益逼近的终了之时的恐惧。一切都是从那一天开始的，在那一天，他认为复仇的时刻终于到了，实现美妙梦想的时刻也终于到了；在那个时刻，他允许自己犹疑地去想这一切是不是已经来得迟了。

站台上应当会挤满人，一群男人会在俱乐部门口张望，还会有另一群男人在广场酒店的拐角处倚墙站着，他们将会盯着汽车把三个女人拉到河岸边的那栋小房子。这是三个因漫长旅程而显得垂头丧气、老迈丑陋的女人，还穿着用预支的钱贪婪购入的怪异衣服。

二

　　姑娘们是在假期中的第一个周一坐五点钟的火车抵达的。站台上只有我和蒂托两个人，再就是两个搬运工和一个电报员了。天气炎热，空气潮湿，没有阳光，我感觉到装着玉米的袋子硬邦邦地顶在我的肋骨上，更远的地方，静谧的街道上空无一人，荒凉的广场上也是一样。从河谷到与铁轨平行的燕麦田，期待和抗拒弥漫于城镇，这些情绪触及并笼罩住了我们慵懒的肉体，我们仰着头，面带微笑，这是种让我们筋疲力尽的挑战，蒂托叼着烟，我则衔着烟斗。

　　"水泄不通。"蒂托在合作社的阳台附近曾这样说道。门卫盯着我们看，他确信我们会继续一直走到车站，他站在街口，一动不动，满身是汗，更深处是孤独的街道和禁闭的门窗，他笑着，带着成年人的那种肮脏智慧观察我们。

　　火车的烟雾从拐弯处飘来的时候，我们俩正靠在袋子上抽烟，都没说话。蒂托敞着衬衫，叉着腿，香烟挂在嘴角，重新露出笑容，我看了看他，又看了看我自己，回想起了自己说过的大话，开始怀疑起了我的憎恨感究竟是真是假。随着蒂托慢慢不再模仿我，而是重复起了他父亲的行事方式，我就站到了他的对立面上，成了这座封闭城市的盟友。

"水泄不通。"蒂托的父亲在前一天晚上或午饭时说过这句话，他充满敬意地模仿着我的亲戚贝尔格纳神父上周六在联盟会议上说话的腔调。他用毛茸茸的手敲击桌子上的花油布，母亲则在分散着孩子们的注意力，五金店的店员谨慎小心、毕恭毕敬，正在远处的床头栏杆处端着汤碗默默表示赞同。

"我们要把这座城镇围得水泄不通，"五金店店主默默说道，"我希望我的房子也被围得水泄不通。"

如果只是一个词，我可以今晚或明天把它送给胡莉塔，当然是同往常一样，在她想让我说出来的时候再说，我把那个词讲给她听，它会在接下来的一天一直耗磨她，就像是根蜡烛，让她想着我那死去的兄长。"水泄不通。"我会这样对她说，这样我就会得到些许安慰，更能摆脱她和她那堕落的不幸。

"豪尔赫，好好盯着，别笑。"蒂托对我说道。

我忘了我不能笑，我们发过誓，要表现得无动于衷，要是哪个姑娘想让我们礼貌相对，那么我们就只限于礼貌相对。除了那三个女人和那个男人之外，就只有一对老人下了车。他们和搬运工聊了几句，然后沿着站台继续走去，男人穿着灯笼裤，被行李箱坠得歪着身子，空着的那只手在那个矮小的老太太头顶处摇了摇，朝着位于铁轨另一侧的胜利酒吧的木栅栏的方向走去。

"收尸人。"蒂托说了一句。

那个曾经在爸爸的报社工作过的男人把手提箱放在地上，接过那个几个女人递给他的圆形纸箱，后来又跳回到火车旁，帮助她们下车，其实没什么必要，他差不多只是和每个女人碰了碰指尖，她们都很小心，以免被夸张的裙子缠住。拉尔森，"收尸人"，他穿着件深色新西装，戴着顶黑帽子，帽檐一直垂到他的眼睛处。在《自由报》工作的时候，他总是穿一身灰，显得卑微又低调，不过有点过于普通、过于显老了，配不上胡莉塔所说的那种"隐秘的遗憾"。话说回来，他总穿一身灰，扣子也总是全都扣上，紧紧夹着那条配着珍珠卡子的领带，哪怕是夏天也是如此，坐在办公室的板凳上，显得很胖，弯弯的鼻子悬在大账本和斑斑墨迹的上方，桌子上用小刀刻了些政治标语，磨损的袖口遮住他的半只手，没人知道他是不是带着隐秘的悲伤。

他把最后一个女人扶了下来，三个女人麻木地站在行李旁，拍拍打打想把衣服抚平。她们小心翼翼地伸长脖子，表情不安，显得十分好奇，像是在做自我保护，站台上空荡荡的，四周的景物像是褪了色，静谧无声，那对老年人的身影慢慢变小，在比实验学校更远的地方出现了一道光束，只有一道，细小而稳定，姗姗来迟，照亮了三个女人进入圣玛利亚的道路，短短几个月前这里才升格成了城镇。

搬运工们扛起了行李箱、圆形纸箱和棉布包，朝我们这边走了过来，小跑着，弯着腰，装出十分卖力的样子。其中一个人冲我们眨了眨眼睛，露出一颗牙齿。他们向右边转去，麻鞋上的线头扫打着地面和石板，穿过被涂成绿色的校门，把包袱装进了卡洛斯的福特车。卡洛斯正坐在驾驶室里抽烟，神情严肃，没有帮忙，也没回应他们开的玩笑。蒂托和我不再笑了，我们收起了充满痛苦、已然腐化的笑容，这些笑容可能具有这样或那样的含意，但并不象征我们决心要表现出的那种坚定不移的团结。

　　"收尸人"走在三个女人前面半步远的地方，他的右手上挂着一束发蔫的红花。他看了我一眼，没有想要认出我是谁的打算。他朝前走着，那样子就像个打了胜仗载誉归国的英雄，显得有些兴高采烈，又有些遮遮掩掩。在站台上，他走在女人们的前面，带着胜利者的自信引领她们，像那些自负的男人一样摇摇晃晃。不过——在我看来是这样，女人们此时看不到他的面部——他那外突的眼睛、嘴角、微微发青且下垂的脸颊，构成了一张脆弱、谨慎、生动的面具。巧妙地暗示出了他，拉尔森，"收尸人"，并不完全和那三个正踏过灰色地砖的女人拥有相同的命运。在下午模糊朦胧的空气中，在丝绸、帽子、首饰、珠宝、面孔和裸露的手臂组成的种种形状和色彩的映衬下，"收尸人"的那张随时准备作战、背叛和讨价还价的脸，可以被用来冷漠地诠释他的那项事业的强弱，或者他本人与他的那项事业之间关系的强弱。

　　"收尸人"走在前面一点，那三个女人则排成一排，步调一致。一个胖胖的女人，一个瘦瘦的但留了头愚蠢的金发的女人，走在中间的女人个子最高，她的位置正对着"收尸人"的后背。她们全都穿着束腰长裙，帽子上有水果和鲜花形状的装饰，还带着纱，臀部的裙子皱皱巴巴的。她们不像是从首都来的，而是来自某个更远的地方，只有悠长岁月中的模糊记忆弥漫于那个地方。如今，女人们挽起胳膊，有一搭没一搭地聊着天，依然走在引领她们的那个穿黑衣服的男人身后半步远的地方，他们走向绿色的木栅栏，那里有两个搬运工正等着他们，卡洛斯的那辆福特车的引擎盖正在颤动。最高的那个女人转了个方向，在往站外走的时候望了我一眼。她冲我笑了一下，还眯起了眼睛，然后嘴巴就被瘦瘦的金发女人的身子挡住了。

"你觉得怎么样？"蒂托问道。

我们继续一动不动地靠在行李箱上，我们听到了火车驶离时的喘息声，注意到了斜射在实验学校草坪上的阳光逐渐变细，直到消失。我们没有跟对方说话，都在想象着那辆黑色小轿车颤颤巍巍地穿过广场周围的街道，沿着索里亚区的街道行进，街边是些葡萄园，走上移民区的整齐道路，车子两旁总显得十分空旷、伴着敌意，房门紧闭，窗户和阳台黢黢的。我们想象卡洛斯把着方向盘，假装专注开车，假装对坐在自己身边和身后的乘客毫不在意。拉尔森借着阴影掩饰自己的困惑，他把帽子放在腿上，白色衬衫的袖口几乎要碰到像武器一样张牙舞爪的干花的茎秆上了。那三个女人穿着制服般的裙子，想以此迷乱圣玛利亚，车子穿越暴风雨般的热浪，径直向下驶去。女人们摇摇晃晃，被小车的松紧带勒得喘不过气，车子朝着位于低处、在罐头厂和牧场附近的那栋孤独的房子晃悠过去。她们被居民们一致坚持搞的封锁弄得又害怕又丧气，她们闻到了别在胸前的大花的气味，也闻到了从三角形领口不可思议地攀爬上来的热气。孤独的街景依然如炙热之地的云朵般飘进车内，午后的圣玛利亚在熟睡，车外空无一人，没有什么能消除这座城镇不断向他们表露的抗拒态度。

"你觉得她们怎么样？"蒂托又问道。

"女人罢了。"我毫无兴致地摆摆手，答道。

我们穿过绿色的校门，无精打采地走过荒凉无人的广场。我想着胡莉塔，把她同那个望着我、冲我笑的女人作比较。

"我不喜欢她们。"蒂托说道，"不过一想到随便什么人都能到河边去，付钱，挑娘儿们，我心里就不痛快。"

"为什么？"我这么问是不想让他停口。

晚上十一点时，我得到花园去，绕过房子，上楼到胡莉塔的卧室。之前，一个月前，我以为我在重复那句话时已经明白了什么："她是我嫂子，是我死去的哥哥的女人，我哥哥和她睡过。"我会去见她，可能还会编点关于今天来到这儿的那几个女人的情况说给她听，我会说当时只有我在城镇的火车站。永远不会出什么岔子。也许她会让我吻哥哥的照片，要求我告诉她我有多么爱他，她也会把她对他的爱和我对他的爱进行比较，然后坚持用温柔的态度纠正我……

三

那几个让人觉得不真实的女人抵达圣玛利亚的那天夜里，迪亚斯·格雷医生在广场酒吧里挑了个最幽暗的位置，远离马科斯、他的朋友们和一些女人所在的吧台。短暂的雨声刚停，一阵寂静之后，那个皮肤黝黑的小伙子用酒杯磕了一下桌布。

"就像马科斯今天说的那样……咱们得为了咱们自己投票，为了这个国家投票。"

"没错。"马科斯说道，"但是现在重要的不是政治。现在的情况是：你的家里进了垃圾，那么你就得把它清理干净。不管用什么方法。"

迪亚斯·格雷边喝酒，边从他坐的桌子边望着他们。他看到男人们宽大的臀部溢出到板凳之外，还看到两个女人窄小的屁股。雨又羞怯怯地下了起来，雨声也就回来了，成了那个夜晚里的又一个固定不变的物事。在河岸边，在睿智、自信、假装出兴奋的"收尸人"周围，那三个妓女应该正喝着马黛茶，兴致勃勃，哈欠连连，看着他们在那栋小房子里度过的第一个夜晚燃烧并消逝。

陪伴着马科斯和他的朋友们的女人们向后靠了靠，其中一个穿着裤子，另一个则穿着裙子，披着雨衣，她们对视了一眼，交换了一个无精打采的微笑。在听了关于机身、气缸容量和飞行距离的讨论后，有那么一瞬间，她们觉得有些具有决定性意义的话语要告诉对方。她们眨了眨眼睛，无精打采，昏昏欲睡，确信自己永远都不会明白那话语究竟是什么。她们又笑了笑，把胸部往吧台贴了贴，往那个属于男人们的世界贴了贴。雨继续静静地下着，下得不大，就像一张包裹着某种声响的广阔幕布。迪亚斯·格雷想着"收尸人"，后者在庆祝仪式上喝得有点醉了，为自己的复仇行动和在五十岁时取得的胜利而感动，他被胜利和骄傲冲昏了头脑，显得有些胆大妄为，想要向那三个女人揭示出那项事业的隐秘之处，那是他在遵循的真正而不可思议的动机。可她们却显得冷漠而多疑，她们在穿越空荡的城镇的旅途中伤透了心，她们想要爆粗口，以此让这个世界变得更正常一些。

就像每天晚上一样，在柜台前，男人们喝得酩酊大醉，讨论着关于机器和汽车的事情，女人们则挽着胳膊，慢慢悠悠、窸窸窣窣地穿过将酒吧和休息室隔开的巨大而昏暗的大厅。迪亚斯·格雷想到了药剂师兼议员巴尔特，在那个雨夜，他应该在店铺楼上睡着，或者正在失眠，那是他昔日的文明理想刚刚开始变成现实的时刻。他身体肥胖，横卧着，有种女性的柔美，他那颗平静的光头离雇工小伙的呼吸不远。几个月前，在药店的地下室里，当巴尔特穿着一件刚洗过的防尘长衫，闻着雇工手里敞开的袋子里飘散出的草药味时，胜利的时刻到来了，同意票将打破持续十二年的失败结果，覆盖他关于十二场议会会议中自己每次必做的独白的记忆，在那些会议里，总是会出现六张反对票。

　　每年一次，连续十二年，在主席的爱国演说结束后，掌声还没平息的时候，他就会要求发言。那六双眼睛，哪怕主人变了，眼神也不会变，它们会齐刷刷地盯着他，期待着，充满耐心，遥远而友好。巴尔特提议处理他在一周之前递交给秘书处的草案。他表现得十分冷漠，圆圆的脸变得煞白，小小的眼睛扫过椭圆形的桌子和一个个文件夹，也扫过在第二年后就不再出现的嘲弄氛围，扫过第一年后就流传开的关于他的种种丑闻，药剂师把必须要说的话说了出来——也许只是为了等到大部分人从激进派转成保守派时，能有人投票赞成设立速记员的职位——他在向后来人宣告早在四分之一个世纪以前，就有人坚定而冷静，随时准备为信念献出生命。

　　"我不打算说明提出法案的理由，因为上面已经写得很清楚了，而且已经分发给了各位议员。"

　　"要是没人反对的话……"主席说道。

　　议员们投了票，始终有六票反对巴尔特的提案，大家紧接着讨论了下水道修建和公交汽车线路的问题。

　　药剂师很快就放弃了那种短暂而荒唐的希望。他抛开了意料之内的苦涩，准备好了将自己那高亢而具有抚慰能力的声音加入到其他人的声音中去。六票反对，一些毫无用处、模模糊糊的同情表情，那些胆敢直面他的面孔上浮现的既忧又敬的神情。一切流程就是如此，然后就是从这个三月再等到下一个三月的事了。

"我不想打扰您。"在那个初冬的下午，迪亚斯·格雷医生倚靠在药店地下室敞开的门板上这样喊道。他看不到巴尔特的身影。医生对着罩在布满灰尘的木头台阶上的黄色灯光喊话，伴着锅炉开始加热时发出的噪音喊话，伴着潮湿、寒冷和杂草的气息喊话。"我得跟您聊聊，我想最好现在就聊。我能下来吗？"

"医生……"巴尔特的圆脑袋几乎是横着伸出来的，他面带微笑，遮蔽在阴影与亮光之间的地方。他摊开手掌，表示抱歉和不安。"您能再等一会儿吗？"

"有人在诊所等我，我要迟到了。"

迪亚斯·格雷开始下楼，他背过身子，用一只手抓着帽子和手套，另一只手则扫着台阶，全神贯注地保护他那身刚买的蓝色西装。他握住了巴尔特的那只静止不动的、软绵绵的手，观察着对方的圆脸上那惨淡的笑容，兴奋之情即将洋溢到那张肉嘟嘟的脸上，他的锁骨交界处还长着金色和灰色的毛发。

"我亲爱的医生啊。"他露出亲切的神情，但有些颤抖，他的头滑稽地陷在脖子上堆积的脂肪里。他接过帽子和手套，拉着医生来到地下室的中央为止，黄色的灯光下，小伙子正用双腿夹着个袋子，口是开着的。"您就像是猜中了我在一天里的什么时间不能接待您似的。几分钟前我还在上面无聊地待着呢。下雨天生病的人更多。不过客人却没增加。我想查看一下这几袋甘菊。新鲜的话，就不该装袋，而且还要把花和叶分开保存。不过我先和您聊。往这边来点，亲爱的，就这样。"

小伙子弯下腰，拧起袋子，等到迪亚斯·格雷没注意他的时候才快速检查起来。

"非常新鲜。在这样的天气里……"

另外一些香气从墙边的堆放物中散发出来，萦绕着甘菊香，也侵蚀着它。

"谢谢您，亲爱的。"巴尔特说道。他冲着袋子弯下腰，把一条光光的胳膊伸了进去。他眯着眼睛，抓起一把甘菊凑到脸前，在鼻子和嘴巴周围转圈，闻了好一会儿。小伙子那狭长的前额依然低垂。"没错，"巴尔特对着握着甘菊的拳头说道，"新鲜，非常新鲜。"他把手伸到袋子上方，打开了手掌："最好还是把袋子再封起来。要是需要的话，可以随时取一些去晾干。"

小伙子把袋子拖到灯光外面时，药剂师直起了身子，转向迪亚斯·格雷，他似乎有意把那张五十岁年纪、带着幸福感的面庞展示给医生，仿佛这两种特点一直都被他隐藏着，直到现在他才要把它们揭示出来、让医生感到惊讶，并以此来为甘菊袋子的这一幕场景画上句号。他擦了擦嘴角和鼻孔边的金色屑渍。

"所有那些装着杂草的袋子……当然了，说'草'更合适。

不过在这里……大自然的气息在这里聚集，医生。"他握住医生没抓东西的手。迪亚斯·格雷又一次觉得这个人既完好无缺，又残缺不全。"您需要什么吗？我有什么能帮上忙的吗？"

迪亚斯·格雷没有勇气把手抽出来。他看着那张被灯光照得发亮、露出难以抑制的焦虑感的白皙圆脸，笑了笑，用低沉但清晰的声音给了答话。小伙子坐在地上，摆弄着双腿之间夹着的袋子的束口部分，狡猾地观察他们。

"没什么要帮我的。"医生说道，"是关于您的事情。阿塞洛到我的诊所来过。昨晚在酒店里他就已经让我把事情搞明白一点儿了。今天下午他托我向您转达一个明确的建议。"

巴尔特松开了医生的手，垂下了短短的胳膊。还是那张五十岁的脸，但是幸福感已经消失不见了。五十岁，外加严峻、责任、愤怒和一点为自己感到的遗憾。

"好吧。"他听明白了医生低声说的话，答道，"他是想让我在港口特许权议案上投赞成票吧。"

"抱歉。"迪亚斯·格雷说道，"我不给您提任何建议，也对您的决定不感兴趣。是阿塞洛……"他握紧帽子和手套，拍打着它们，感到后悔而恼火。

"我绝不同意。"巴尔特低声道。

迪亚斯·格雷并没有刻意去看，不过仍然能瞥见那张向外突出的粉色小嘴，那张嘴仿佛是对其主人廉洁的展示。

"他跟我说不是港口特许权的事。只是关于搬运工的服务问题。"

"绝不同意。"巴尔特又哼了一声，然后露出了殉道者般的笑容，"能盈利。可能搬运工服务在组织方面有些混乱，效果也欠佳，但是能盈利，而且钱属于大家。哪怕并非如此，这种公共服务也应该由公社管理，应该公有化。"

"是的，我同意。我会转达给阿塞洛的。"

不过巴尔特依然在继续说着，紧张而克制，就好像是在坦白某些秘密。

"只不过是时间问题。如今我在会场上算是孤家寡人。不过咱们走着瞧吧，真相终归是会水落石出的，医生。而且关于省内学校的新议案……"

几人沉默了一会儿，一阵从河边刮来的风向他们袭来，像是一股记忆，分隔了他们，使他们混乱，搅动着夜晚的悲伤。那个小伙子站了起来，把袋子扛到了肩膀上。

"您比我更清楚这些事情，医生。"那张耐心而痛苦的肥胖的面孔恳求道，"我不想对您长篇大论。"

"好吧，我赶时间。有人在诊所等我，我还得去移民区看两个病人。我答应阿塞洛把他的建议传达给您。保守派的人想让您在搬运工特许权提案方面投赞成票。如果您投了赞成票的话，他们愿意投票通过开设妓院的提案。明白了吗？"

他只想在那张脸开始瘪下去、开始失去尊严的第一秒钟看它一眼。也许他一直盯着巴尔特看，直到那种带着希望的不安显露出来，直到因巨大而贫瘠的喜悦造就的惊愕在那张脸上展现出来。巴尔特的下巴仿佛从肥肉堆里逃脱了出来，他对着医生露出了属于男性的贪婪神情。

"明白了吗？"迪亚斯·格雷重复道，"还有，他们提出会先投票通过关于妓院的提案，只等您一声令下，以此换取您在未来投票通过关于搬运工的提案的承诺。"

小伙子正试图把袋子安置在天花板边的架子上，可装着甘菊的袋子却掉了下来，发出了沉闷但不重的撞击声。袋子拧巴着，口敞开了，一股浓浓的绿涌了出来。在甘菊的香气中，巴尔特挥舞着掸子，就好像风又吹进了地下室，他摇晃手臂，责骂那个挂在横梁上望向这边的恐惧小伙。迪亚斯·格雷看到了那张兴奋的胖脸上的那双噙满泪水的眼睛，听到那高亢、啜泣般的嗓音在颤抖。小伙子开始沿着架子的边缘向下爬。

"我得走了。"

"医生……请原谅。"巴尔特并没有把手臂放下来，没有指向昏暗的灯光，也没有指向正在袋子周围蜷缩着收拾东西的小伙子，"请原谅。我得想一想。您现在说的这些……"

四

第二次会面时，巴尔特答应了，在那之前的四天里，他始终拒绝和医生见面，还把药店交给一名店员看管，自己则消失得无影无踪了，店铺里只留下了一张告示："巴尔特医生外出谈生意去了。我们认为他去了首都。我们不清楚他什么时候会回来。"

第四天中午，药店的小伙子走上了迪亚斯·格雷的诊所的楼梯，在出口处等待着，他弯着腰，无精打采，还攥着拳头，眼睛一眨不眨地盯着桌子上的绿色陶器。进入诊所后，他龇着牙齿，不停地抽鼻子，眼睛紧盯着从窗户透进屋子的亮光，一只手在大衣下面摸来摸去。

"你怎么了？"迪亚斯·格雷问道，"我看你不像有大病。"

小伙子又笑了，他伸出抓着信封的手。

"医生，这是巴尔特医生给您写的信。他让我亲手把信交给您。"

信的落款是"休憩庄园"，那是巴尔特所有的农场，位于移民区和通往罗萨里奥的道路之间，信是用淡蓝色墨水写的，字迹清晰，字体小而匀称。

"亲爱的公民、医生和朋友：我生病了，我本人对此感到吃惊，也许是对疾病的预感使我在最近几天里放松了对我的职责的关注。我本想到鄙人的这间寒舍里休憩一番，恢复些许精力，可风湿病突然发作，疼痛难忍之下，只得寻求您这位专业人士、朋友的帮助。如您今日下午得闲前来，我将不胜感激。司机对道路很熟悉，他可以开我的车去接您，让您尽可能地感到舒适。您忠诚的朋友（如您所知）：欧克利德斯·巴尔特。"

穿过湿气和雾气弥漫的午后，穿过孤独迷茫的景色，这些景色似乎从这糟糕的季节开始时就没再变过，低洼处躁动的水坑在对抗时间的流逝，光秃秃的树枝弯曲着，迪亚斯·格雷从圣玛利亚一路下行，来到移民区，走过呈"L"形分布的街道，街道尽是干净的沥青路面，两侧是白色的瓦房，上层的小窗户从未打开过，仅起到防御性作用。他从移民区的中心走上了通往农场的道路，当然是坐在车上的，司机一路沉默不语（光光的脖子毫无必要地朝着方向盘倾斜过去，肩膀耸起，似乎是在防备任何可能出现的袭击，又或者是在提防某个可怕的问题），车子穿过千篇一律、不断重复的景色、泥地、铁丝网、带着花饰的木门、从厨房中飘出继而坠入雾气的烟。车子驶到小丘顶部，再向下驶去，可景色还是一样，那些从六月的第一场寒潮降临时就已经出现的元素依然狂热而坚挺地扎根在那里：低矮的灰色天空，光秃秃的树木，向下流去的黑水，深色土地散发出的浓烈而悲伤的气息。光仿佛成了一种障碍物，在阻拦汽车的侵入，也在阻拦着跟在小伙子摇晃的背影后面的迪亚斯·格雷朝着房子迈出的最初僵硬的几步。

他们几乎要被冻僵了，但还是挪到了位于间距很大的树木之间的模糊的入口处，在那之前他们还穿过了坑坑洼洼、修剪糟糕的草地，沉默而缓慢地走过了整个花园。

"医生。"小伙子站到了药剂师跟前，摸了摸太阳穴，说道。

壁炉里燃烧着几根树枝。屋里的温度和室外的温度几乎没什么差别。巴尔特装出很惊讶的样子，抓着面包和茶杯的手擎在了半空。他的身上穿着件厚实粗大的条纹大衣，脖子上还搭了块手帕。

"很抱歉叨扰您了……"他把医生领到一把扶手椅跟前，椅子腿正在舔舐壁炉里飘出的烟雾。"你可以到外面去劈柴，到厨房平台那边。"

"好的。"小伙子说道，"要是您看可以的话，我还能把电池也换掉。"

树枝噼啪作响，可寒意却越来越浓。迪亚斯·格雷用双手拢紧膝盖，他看到那个胖男人小心翼翼地摆弄着陶瓷茶具，打开烧水壶准备泡茶。那张圆脸上依然掺杂着忧虑、狡猾和假装出的仁慈带来的深沉的冷静，这些元素连比例也几乎没有变化。哪怕一人独处，他肯定也是这副样子，既当演员，又当观众，既是英雄，又是故事。不过他并没疯。他只是比其他人更狂热地沉溺于自己的那份愚蠢罢了。

医生喝着清澈而滚烫的茶，同时听到巴尔特用如梦似幻的委婉说辞提到了妓院的事，他在渲染这场重要的政治谈话的秘密性，它的结果或披露可能——或者说应当——会对圣玛利亚的未来产生影响。

"言归正传，医生，您大概觉得奇怪……我当时没有立刻给出答复。哪怕我已经有了决定，但我怎么知道它是否正确，是否公正呢？您肯定明白，您的话将我置于两难之地。我不想急于给出回复。我一辈子都没做过什么后悔事，责任……"

巴尔特的声音透着亲和力，他那肥胖无毛的手指也加深了这种感觉，他用那种声音解释着某种美妙的遐想，这遐想与良知有关，同与世隔绝的山巅有关，同他在不断挣扎和思考的一分一秒、日日夜夜有关，他需要以此把自私自利的杂念从脑海中排除掉。

也许在他的内心深处，他希望人们挂起一个霓虹标牌，上面写着"巴尔特的伟大妓院"几个字，又或者希望人们会默默地这样命名那个地方。如今，在从山巅和焦虑中返回之后，他抛开了期待所带来的恐惧，疲惫但平静地用两根手指捏起半透明的茶杯，也开始注意起了这个巨大的房间，这里摆满了装饰品、盆景、肖像画、花边、薄片、丝带、靠枕、纸花、灰尘和寒气。他意识到了此时此刻的意义，意识到了借助迪亚斯·格雷的耳朵来听他说话的不仅仅是医生一人，而是一代人。

他是个年过半百的男人，绒毛般的头发缠绕在头骨之上的玫瑰色皮肤上，脸上则光秃秃的，肉很松弛，眉毛早早变成了灰色，眼神中透着精明和贪婪。他此时坐到了环形座椅上，端端正正，结结实实，他的鞋子小巧、闪亮，此时聚拢到了一起，他的左手在空中画着曲线，或是将手掌放到大腿上。也许他很清楚自己在说些什么，他强迫别人倾听关于他人生的故事，列举不公正现象，表明自己为减少它们做了多少努力。他用沙哑的嗓音罗列着那些人们耳熟能详的东西：资本主义、寡头政治、农业合作社和英国工党。他暗示这一切哪怕不是刻意所做的序幕，也是圣玛利亚的妓院理应存在的必不可少的背景。

迪亚斯·格雷蜷缩在壁炉旁，小伙子刚刚拖来的一束束绿色枝条正在那里燃烧、熄灭，医生试图把这个情绪激动、唠唠叨叨的胖男人言语中草草带过的关于自己的信息整理出来。*他出生在这里，出生在河岸边，可是这五十年来，河流、沙地和乡村一直在孤立他，令他失去活力。可频繁往来的船只总能带来让他保有希望的种种消息，他始终幻想自己能够参与到被他认为具有决定性意义的遥远的事件中去。他不是一个人。他和这条河边的所有居民一样，拥有强烈的存在感，他以特有的痴狂占据着这种存在感。因为我们之间的区别只在于我们所选择的自我否定的方式，或者是别人强加给我们的自我否定的方式。从河岸一线到移民区旁的铁轨一线，这方天地组成了一个可笑的小国度，我们每个人都相信自己的角色，而且在不知廉耻地扮演这个角色。我就是如此，当我*

分心时，当我停止警觉并参与其中时，我就成了迪亚斯·格雷医生，我扮演医生的角色，我是个比沿河小村里负责接生、治疗消化不良、驱邪的老妇人更具有无可争议的知识的科学工作者。因此，这个我努力去喜爱的可怜男人，早在多年之前就不再是那个永远被忽视的真正的欧克利德斯·巴尔特了。所有人都完完全全地把他视作药剂师、草药商、议员，从现在开始，直到去世，他还会被人们视作圣玛利亚妓院的先知。

现在，那金丝雀般的声音预示着他接受了与市政府内的右翼人士达成的协议，也宣告了在这个冬日的夜晚，在这片平坦的原野的中央，会出现那令人难忘的话语、令人难忘的表情，它们表明为了更高的利益，他将会接受成为河岸边的那家妓院的保护人。

因此，我必须努力，也必须抓紧时间，冒可能会犯错的一切风险来履行我同上帝之间的约定，根据那项约定，我应该看清和认识每一个人，明白自己正在做什么，哪怕只做这一次，哪怕只持续一秒钟。因此，我把目光投向欧克利德斯·巴尔特脸上那个不断变化形状的孔洞，他仍然在汹涌澎湃地阐述自己的想法。我得看看里面有什么独一无二的东西，看看除了药剂师、市议员、药店老板、这个带着英式花园的破房子的主人等身份之外，他的身上还有什么独特的东西。在他的年龄和习惯背后，在他的面容和情绪之中，还隐藏着什么别的东西。他可能是个阉人。随着时间的推移，欧克利德斯·巴尔特已经满身风尘了，这也是无可奈何的事情。壁炉里的火烧得不旺，巴尔特在旁边慷慨陈词，不断吐出乏味的话语，同时小心翼翼地摇晃着那把脆弱的椅子，我只发现他是一个面色苍白、形象模糊的老人，动脉硬化问题使他的手颤抖不停，也因此常常令他说的话的结尾部分难以听清。我冷漠、无聊、不带任何感情。我只看到了这种东西，他和其他同龄人没什么区别，他们在衰老的过程中逐渐消融，只有虚荣心和模糊的恐惧还在支撑着他们。

"明白了。"迪亚斯·格雷边说着，边站了起来，"我不知道今晚能不能见到阿塞洛。不过我确定明天肯定能见到他。我会给他说您接受了他的提议。他们会在下次会议上给妓院的提案投赞成票。然后您再给搬运工的提案投赞成票。皆大欢喜。"

"人们会诽谤我。不止如此，医生。"巴尔特的声音擦着壁炉传了过来，"不过我已经准备好了。"

"这是肯定的。对于圣玛利亚来说，妓院既是一种社会需求，也是一桩好生意。"

"我没想过这个。我想到的是那些激进分子看到我给搬运特许权投赞成票，肯定会认为我收了钱。"

"这也是必然的。"迪亚斯·格雷表示认可，"很可能会出现这种情况。不过，从某种角度来看，他们也的确可以算是给您付了钱。当然了，付的不是现金。请把那个小伙子叫来吧，我得走了。"

"医生……"巴尔特带着殉教般的笑容恳求道。他走到门边，打开门，大声喊了几句。夜又寒又暗，无风，这种夜色渗进了这个光线微弱的大房间，和他们聚到了一起。"我不知道，医生。"巴尔特凑近说道，"我该如何弥补给您带来的不便，还有旅途劳顿和浪费掉的时间。不过您得理解这对我而言是个重大决定，还得明白不能让任何人生疑……还有，风湿病让我饱受折磨。我会到您的诊所去，中午过去，挡住脸。"他试图把医生的目光拉回到他编织出的狡猾言辞上来，他无意欺骗，只是出于礼数说了这番话，以此结束这次会面。

"看上去一切都很完美。"迪亚斯·格雷戴手套时说道，"您有足够的力量抵御诽谤。圣玛利亚将会开一家妓院，患性病的人数可能会增加，也可能会降低。咱们等着看看统计数字再说。"

"听您吩咐。"小伙子的声音从冰冷的蓝色房门外传来，打断了医生的话。

"去把发动机热起来，医生要回去了。不过医生，您对我说过，在其他地方，例如在伦敦……"

"不清楚。至少我认为我不清楚。有支持的声音，也有反对的声音，从统计数字的层面来看也是一样。应该把妓院开在医院里，让医生把每个客人都检查一遍。"

"不错，一个乌托邦式的提议。那么另一个问题呢？年轻人的问题呢？我是指小伙子们。"

"对了，当然了。还有在河岸边工作的姑娘们的问题。这些我们都已经谈过了。现在我感兴趣的是很实际的层面的问题。"话音刚落，屋外的汽车引擎就轰鸣了起来，声音越来越大，使得话语间歇的沉默显得有些悲伤。

"说说看？"巴尔特接上了话头。

"我想说的是……"从厨房里飘来一股不太好闻的味道，和陈旧的家具及装饰物的味道混合到了一起，"您让镇代表们批准开设妓院。可是，谁来开呢？谁来管理它呢？租房子、雇妓女，谁来干这些事呢？"

"很不错的反对意见。"药剂师说道，胜利者的微笑几乎要在他的脸上显露出来了，"不过，虽然没抱什么希望，但我也考虑到这个问题了。理论和实践相结合嘛，想要成事就得考虑到这两方面的因素。因为，您也已经巧妙地暗示过了，提案能不能通过是一回事，能不能变成现实是另一回事。医生，我找到合适人选了。是个在《自由报》工作的伙计。我不记得他的名字了，但是大家都习惯叫他'收尸人'。"

"啊，我认识他，我在贝尔纳的旅店里见过他。他还到我的诊所来过一次。他叫拉尔森。"

巴尔特握住了医生此时已戴上手套的手。他满头大汗、兴奋不已地靠过来时，惨白和蜡黄交织的脸上闪烁着微弱的光芒。

"现在我们来到这次会面中最困难的时刻了，医生。我发现我不能再浪费时间了。您想再坐一分钟吗？"

"我得走了。"迪亚斯·格雷不耐烦地说道，语气中还透出一丝恨意。

"好吧，没关系，就一句话。我还得请您帮个忙。我不知道您是不是……我一直在和这个人联系这件事。他从罗萨里奥来这儿已经很久了，他不停地说他留在这里，给那份报纸打工，都是我的错。不是这样的。我只不过是把事实告诉了他，我当时给他说的是我认为提案会获得通过的。您现在明白了，我的话不无道理。他不是什么正经人，但对于这事儿来说却算得上不可或缺。我知道他在其他地方做过类似的事情。不管怎么说，他此时就生活在我们之中，在诚实地谋生。"

"对，我了解他。也许他能做好这件事。"

"他曾经答应过我。不过已经是很久之前的事了，我当时坚信我们党会有两个议员席位。他们吵过一架，他很粗鲁，我则平静而坚定。我再也没和他打过交道，您肯定能明白。"屋外，汽车喇叭响了起来，但声音喑哑，就像是被雾气呛住了一般。"真是个傲慢无礼的家伙。要是我请您，医生先生，我把您当作朋友，去见见那个男人，问问他现在是否还愿意担当大任，您愿意吗？"

"别担心，我明天就去跟阿塞洛和他聊聊。我不知道他们两个里谁更让人讨厌。不过我觉得'收尸人'更有趣一些。"

药剂师站在屋子前方的地砖上，肥大的身躯停留在静止而冰冷的空气中，他抬高声音来道别："医生，您是我的同路人，也许从政治的角度不是这样，但是从灵魂的角度来看是这样。"

迪亚斯·格雷坐在汽车后座上冻得发抖，他回忆起了那些依然看不到的风景，回忆起了在其他冬日雨夜的旅行，回忆起了张张面庞和种种手势，回忆起了孤独和转瞬即逝的信念，借此忘却了这段旅程。多年以来，他的记忆始终是非个体化的。他总会想起各种各样的人和环境，还有一些纯凭直觉感知的意义，以及某些错误和预感，他这样做所追求的唯一单纯的乐趣就是可以让自己沉浸在因荒诞而被选中的梦境中。

五

　　我接受失败，我穿上雨衣，戴上贝雷帽，对着镜子，感谢胡莉塔的秘密——不管她的秘密是什么，重要的是它让我们有了可以共同分享的东西——在关灯之前，我把一首诗献给胡莉塔，我把自己刚写成的诗献给她。

　　　　我失去了她，我献出了生命。
　　　　以此换取他人的衰老和野心。
　　　　每天都有更多欲望，古老，奇异，肮脏。
　　　　走，我不走，离开，我不能离开。

　　下楼梯时，我说服自己相信过错都在于胡莉塔未能用爱或疯狂遮蔽住那部分愚蠢，它不属于她，但是却会和她一同死去，不可分割。那是父母、天真而土气的气息、女性朋友们、我死去的兄长、我本人以及我爱她的不当方式强加给她的东西。

　　已经夜里十一点了，我闭着眼睛沿着黑漆漆的走廊前行，焦虑地听着已经变得轻柔的雨声。我走出屋子，又听到了雨水打在花园树上的声音，为了耽搁时间，我慢悠悠地走着，我想迟点赴约，想让她觉得我迷了路。我不想增加她的疯狂或凄冷，我怕那些东西增长得过多，她会承受不住，把一切都说出来，用某种具体而持久的东西去替换这种荒唐的、仪式般的夜晚，我可以舒舒服服却又毫无头绪地融入这种夜晚中。

　　我只想让她明白对于我来说，她的存在并非不可或缺，让她明白我就是我，我是豪尔赫，我不是她，也不是她的游戏。我就是我，我是这样的存在，我是他们口中的"小男孩"，悲伤阴郁、与众不同、缺乏安全感，但是我却十分坚定，他们中的任何人都不会怀疑我的这些特质。我鹤立鸡群，比他们所有人都高明。我就是这样一个人，我亲切地看着自己生活、做事，不带过多的爱，礼貌而耐心地观看每一幕乏味无趣的喜剧，那些人在这些剧里努力让自己变得复杂，想让自己看得透彻，也想让自己免受新奇事物和不信任感的影响。我走过一个精心打理过的潮湿花园，雨水打在我的脸上，没有任何意义，我心不在焉地想着些淫秽的东西，看着从我父母的卧室的窗户里透出的光亮。我不想学着生活，我想一次性地发现生之本质，然后永远理解它。我带着激情和羞耻去评判，我不能阻止自己做出评判。我咳了一声，朝着飘着香气的花和土地吐了口痰，我记起自己没有参与他们的行动，我谴责自己，也为自己感到骄傲。

最后，我下定决心，冷静又兴奋地走到胡莉塔窗前的爬蔓植物下，它在那面布满苔藓和污渍的墙壁上留下了几块紫色的斑点。我踮起脚尖，吹了声口哨。我想着她不会下来，她和其他人一起死了，和在那个夏日午后开始的一切一起死了。那个午后，胡莉塔在移民区的墓园里埋葬了我哥哥后就开始失去理智了，她开始盯着我看，开始跟着我，只是为了站到能看见我的位置上去，然后就站在那里看，没有要求，没有恳求，没有好奇，没有目的，也没有爱，只是为了看着我，安抚我，因为她认为我害怕，她咧起嘴唇，露出我们都强迫自己当作是微笑的表情。我再次直起身子，再次吹响口哨。窗户里的光线变暗了，打开了，我辨认出了询问话语中的责备和欢迎的意味。我没有回话。

我想象拖鞋踩在楼梯上发出的"嘎吱"声，毫不费力地想象下楼时摇摇晃晃的那头金发，还有那张白皙的面庞和刚涂过口红的又方又厚的嘴唇，那是我哥哥喜欢咬的地方。为了继续活下去，她选择了疯狂，而这种疯狂迫使我难以存活。我只不过是一场易变的梦，自从她从墓园回来以后就是如此了，当时她挤在扶手椅上，欣喜地念叨着："真是场美妙的葬礼，我们在阳光下漫步，库特尔一家送来了他们亲手编织的花圈，我猜他们花了一晚上时间，我还以为当贝尔格纳神父开始祈祷时，我会因那种春天的气息而幸福得昏过去。"

胡莉塔打开房门，那些可以预料到的抱怨话语就像奔向泥地的动物们一样奔涌而出，声音则像从树上滴落的水滴一般"嗒嗒嗒嗒"，在那个时刻，我心里想的却是和"收尸人"一起睡在河边那栋房子里的那几个女人。我尽量不去看胡莉塔，以免出什么岔子：我依然搞不清楚自己到底是谁。我摘下贝雷帽，露出脸颊和额头，我摸了摸自己的头。然后，我开始羞怯地爬楼梯，身后是她的拖鞋声和祈祷低语声。我们走进了她和我哥哥睡觉的房间。胡莉塔关上门，冲我笑了起来。我不想看她，只好转过身去脱衣服，我沮丧地想到，青少年时期并不是人生中的一个阶段，而是我的一种病，一种畸形的怪癖，一种无法治愈的恶疾。

我在点燃的壁炉旁蹲了下来，好争取时间。*豪尔赫*，我呼唤自己，拍拍自己，向自己告别。很快，她称呼我"费德里科"或"弗里茨"又或者她接受的任何一种名称的声音就会飘到我的后颈上。我预感到第一句话的声音就要来了，怪异、虚假、可怜、多疑：

"你很累吗？你确定你不累？但是你湿透了。我整个下午都在想你在农场的工作实在太疯狂了。我曾经鼓励过你，的确如此。可难道你从来都没看过自己的手吗？它们破了，肿了，被泥土弄脏了。这双手是给我用的，不是给秧苗、牛、脱粒机和男人们用的。上次下雨的时候，你和车子一起陷在泥地里整整一个小时。"

我走了起来，很快就抛开了羞耻感，模仿起了哥哥穿靴子时的步伐，我还会发出讥讽但温柔的笑声，她经过时，我还会抚摸她的肩膀、脸颊和结实的辫子。

可是她是悄无声息地走过来的，她用指尖轻抚我的后背。她要开口说话了。我得像个女人一样妥协，在几个小时里装成死人，这样她就能让我哥哥回到她的身边。她要给费德里科命名，要复活已然逝去的亲密关系中可以重来的部分，仅此而已。她挪开手指，双手顺着我的肩膀和胳膊向下滑去。我听到她笑了，我猜她正在慢慢地摇头。

"我真是太高兴了，豪尔赫……"她说道，"你能明白就好了……我好害怕你今晚不来，那样的话我就只能等到明天才能告诉你……"

我扭头冲她笑了笑，想做点什么来适应这种氛围。我慢慢站了起来，伸展了一下酸痛的双腿。我走到墙边，看了看床边费德里科的照片和插着黄花的花瓶。

"太神奇了，我的上帝啊……"她低声嘀咕道，音量刚好控制在我能听到的大小，"在最开始的时候，我一直在祈祷，就是希望这一切能够发生……"

这是她在撒大谎时惯用的腔调，也是她在应对超出寻常的场景时惯用的腔调。这是一种强烈的、占有欲极强的腔调，几乎从来都不会和言语的内容相匹配，听起来总比我预期的语调高一毫米或低一毫米。一切都像一张印刷糟糕的纸，颜色模糊不清。一切都显得不够精确，有种加倍的不可信感。我可以感到自由，可以轻视这一切，也可以闭口不言。我离开了黄花的凄美香气，在我转过身来的时候，我看到她和我预想的一模一样：她背着手，面对着壁炉里的火焰，表情讶异而倔强，眼睛睁得大大的，正在无忧无虑地眨着，仿佛那双眸子一心只想爱抚她的目光，为她的目光增光添彩。我走近过去，发问，坚持，提起兴致。不过在她看着我时，我一如既往地可以从她的眼神中辨识出憎恨和恐惧，这是她唯一无法对我隐藏的东西，或许也是我们的关系中唯一重要的东西。

"豪尔赫。"她叫了一声我的名字，双手捏住我的耳朵，又在我的前额上亲了一口，"我简直不敢相信。"

她让我坐在壁炉前的扶手椅上，她则蹲到我的脚边，臀部压在脚踝上。她身材娇小，但已经三十岁了，或者将近三十岁，这一点我永远都不会忘记。她的年纪太大了，我无法相信她想要表露给我的东西，也无法相信她想要传递给我的信息，她就这样蹲着，娇小温顺，用她那卷曲的头发摩擦我的膝盖。我知道她在准备什么，这已经不是她第一次玩遗腹子的把戏了。不过总得有点新花样，焦点总是需要变化的。

"我一直都不敢相信。因为我不断祈求，想让一切成真，我发自内心地相信这个愿望已经实现了。我不敢相信，因为我不配，我不配，你明白吗？只是因为我的爱，因为我爱他。但这也不是我的功劳，我别无他法。"她抬起头，看着我，露出笑容，笑容消失，"他已经死了。死了。必须要重复这个词。你还记得的，之前需要重复的词是'淫乱'，比最肮脏的字眼还要糟糕一千倍。现在不是了。他只是死了，死了，他死了。我真的没有让你感到厌烦吗？我真的没有让你感到痛苦吗？"

她的一头亮发伸向我的膝盖，就像一条狗，她的笑容如此单纯，没有任何企图，直到显得令人憎恶。至于那个词，它从未像此时听起来的那样肮脏，散发恶臭，干瘪而凄惨。

"不，我不痛苦。"我说道，我猜想一切都要发生改变了。有东西将把我从之前的屈从状态中解放出来，换成其他东西来奴役我。

"你不会痛苦的。死了。他死了。他是你的哥哥。有时候我看着你的时候心里还在想，当费德里科的弟弟是一种什么感觉。"

我开始害怕了。一种难以理解的怯懦从腹部升起，从胡莉塔靠在我身上的头部以及她的声音中升起。

"你爱他吗？"她问我道。

"我比任何人都更爱他，我甚至可以向你发誓。"

这是谎话。我对他的嫉妒和敬佩要胜过爱戴，我和他是联系在一起的，尤其由于某种他曾一直忽略的挑战。可是现在，在恐惧中，我说的都是真的。我咬紧牙关，让她听到我牙齿磕碰的声音。我慢慢握紧拳头，就好像有什么东西正在她的眼前阻碍着我。

"我比任何人都更爱他。"我坚持这样说道，我只是想让她的愚蠢中的那部分非个体化的东西迫使她想到我的母亲，往她的欢乐中添加一点抗拒。她抬起头时，那双干涩无光的蓝眼睛里只有对我的谢意。

"他也爱你。"她承认道，然后把下巴搭到了我的腿上。

我记得她当时身体直挺，僵硬地对那些没去墓园或者从墓园回来的人致谢、道别。我记得我憎恨她那双干涩而毫无血色的眼睛，憎恨她的言语和她每天的行为，这些东西不给其他任何人对比自己与她的可怜度的机会，别人只能通过同情她来平息这种恨意。我记得她的表情，那种表情像是生自对行事效率的自豪，还有另一种表情，没有显露在她的脸上，而是僵直地伴在她的身边，很快就会显现出来，我在那种表情里发现了一种难以解释的轻蔑，它能够像海难一样吞噬现在和未来。

"他死了。"她睡眼蒙眬地重复道，她的喉咙挠得我的腿痒痒的，"我想听你说他死了，求求你。你不要害怕，也别难过。就像这样……"

于是腐坏出现了，在此之前是肮脏的怯懦，在此之后是怪诞的虚妄，它们浮现于那张望向房梁的面孔上，鼻子仿佛拉长了，独立了，在整个早上，那张面孔始终在做着唯一一个表情。这种表情抹掉了那张面孔，压制住了它，恬不知耻地否认那张面孔上曾经出现过的所有表情，这种绝对的放肆被那种非人的迟缓揭露了出来。

"死了，他死了。"我虚荣而热情地重复着，壁炉中星星点点的余烬火光使我的面孔忽明忽暗。

"真的吗？"她笑着，念叨着。"所以，"她的声音穿过喉咙，从嘴里传出，从我的腿边擦过，"等到我的孩子出生后，我就会让他知道费德里科已经死了。"

如我所料，我可以一动不动，我眯起眼睛，对着余烬，腿部始终支撑着她的脑袋的温度。我想要逃进之前的恐惧中，它更微弱，出现得更频繁：鼻子部分模模糊糊的费德里科一直在躲着我们，这就像是种不可饶恕的恶习，脸朝天，淌着尸油，靠着墙壁和木头，花香，这一切组成了弥漫着各种气息、模仿着花瓣轮廓的小型区域。

我抚摸着她的头，直到她抬起头来。我冲她笑了笑，挪开腿，站了起来。我走到床边——我的左肩老练地保护我不被照片里的那双眼睛看到——我抓起雨衣，手指慢慢在贝雷帽上移动。

"我对你的爱不会减少。"她坐在地板上说道，"我永远不会忘记你有多么好，和同龄人比起来，你是那么善解人意，甚至让人觉得不可思议……"

十六七岁，我愤怒地想着。还不到能去妓院的年龄。她把手肘靠在我刚刚离开的座位上，右耳畔的辫子环似乎松开了，松动了，逃脱了疯狂。入迷的怪样弥漫在她的整张脸上，只有眼睛例外。也许正是眼睛在把那种荒唐的光芒强加给其他人，它没有屈服，而是带着仇恨和恐惧，紧紧地盯着我。我后退了几步，靠到了墙上，直到后颈触到了照片的玻璃框，直到我明白我正在用自己的眉毛、笑容和悲伤取代我哥哥的眉毛、笑容和悲伤。然后，我开始一个字一个字地念她的名字，我想用她的名字让她明白，我想把她扔到床上去，我害怕，我害怕我们两个都不敢迈出那一步，都不敢给予对方唯一需要的东西。

"胡莉塔。"我念道。

她睁大眼睛看着我，看着我那充满渴望的脸，看着我的脸上展露出的恳求神情。但她真正看到的只不过是个她需要和利用的小男孩。我必须借助她的眼睛来认清自己，就像借助所有面对我的成年人的眼睛来认清自己一样，软弱、多变、矛盾。我正在看的是我自己，我接受了这种形象：软弱、单纯、无力忍受孤独，除了成为构成他人存在的一个元素之外，绝无其他可能的命运。我相信自己可以笔直地、不慌不忙地穿过卧室，从我倚靠的这堵墙走到门口，经过她的身边，但是不触碰她，也不同她讲话，最后永远摆脱这种境况。

"费德里科的孩子……"她停了口，想让我明白只靠言语是不够的，她冲着椅子笑了。她已经不再想用手指肚捏住辫子了，她的一根手指的指肚沿着发辫，在头发的迷宫中来回穿梭。下唇上，一点儿唾液闪闪发光，在不经意间流了下来。不过它并没有改变她那美丽而平和的笑容，那笑容在椅子腿之间显得十分苍白。"不过他不是费德里科的孩子。他是费德里科本人。哪怕是个女孩也是一样。"

我点了点头，想说一些肯定的话，还得用上无比坚定的口吻，显示出我对一切可以想象的相反假设的蔑视。不过那句话就像粘在捕蝇纸上的昆虫一样，在我喉咙里的黏液中挣扎，始终无法脱口而出。她又平静了下来，对我的犹疑视而不见，就像对从自己嘴里流到椅子上的口水视而不见一样，她又笑了，空洞，迷茫。

六

同样是在冬日将尽的时候，在某个多雨或多雾的时期，迪亚斯·格雷在《自由报》的编辑部询问绰号"收尸人"的拉尔森的情况，不过那里的人告诉他拉尔森正在休假，让他去贝尔纳的旅馆找找他。

于是他在潮湿的街道上慢慢走着，迟到的春天将怒意灌注到狂风中，上上下下刮个不停，他看到风拍打着泥地里的最后几片落叶，感受着风扑到脸上来回翻转，他几乎看不清东西了。他走着，试着让自己不被累坏，相对地，他也算是隐蔽在了这种坏天气里，检查着疾病在他的胸口留下的隐痛，他无用地保持着亲切的笑容，为自己买新手杖的行为开脱。一个小个子男人从贝尔纳旅店——也是饭店和酒馆——门口冲他挥手，他没有认出那人，不过挥挥左手打了招呼，然后核对了地址，走上了旅馆楼梯。

我来告诉他，没错，是有可能的。我会观察他的眼神，

他那张颓废的脸，揣摩我给他带来的消息对他来说有多大意义。不过他会伪装起来，躲躲藏藏。如果说我带给他的是幸福感的话，他就更会变本加厉。

他平静地看着脏兮兮的房门，看着斑驳的 5 号金属牌，对着墙上糊的纸忍住了咳嗽。他觉得别人听到了他的声音，他上楼梯的声音，以及来到房门前静止下来的情况，所以房间里也安安静静的，那是透着怀疑和期待的安静。然后他听到了打喷嚏的声音和用吉他弹的探戈前奏。他举起手杖准备敲门，后来还是用拳头敲了门。

"谁啊？是谁？"屋里的人问道。

那个声音不太友好，带着些伤感的意味。它抹去了医生在街道上和楼梯上思索出的拉尔森的形象和记忆：一个圆滚滚的矮胖男人，腰板直挺，在某个周六的中午轻快地穿过广场，一个没有白发的脑袋垂下来，鼓鼓的眼睛直勾勾地盯着《自由报》的账簿上，那是个长着鹰钩鼻的脑袋，是个面无表情的脑袋，可以压在一只手上，一连几个小时贴在贝尔纳旅店客房的窗户上。

"是你吗，巴斯克斯？门开着，进来吧。"

迪亚斯·格雷用拳头和膝盖顶开门，手里抓着手套和手杖，第一次走进了"收尸人"的房间，他在飘满桉木味的阴影中眨了眨眼，笑了笑。在发觉自己的举动很荒唐之前，他先看到了拉尔森似笑非笑的脸，他从那个表情中觉察到了嘲笑的意味。拉尔森坐在椅子上，戴着帽子，裤脚卷起，双脚浸泡在一盆热水里，水上还漂着某种深色叶子，脚完全被热气遮住了。有台非常老旧、被刻意做成古董样子的留声机，带着个花形大喇叭，旋转，滑动，轻轻一点，探戈的歌词和音乐就流了出来。

"下午好，医生。您是我最后一个能想到会来这的人。""收尸人"的身子有些僵硬，他想站起来，不过立刻放弃了，他只得表露情感，露出微笑，不卑不亢地欢迎。

"我没打扰您吧？"医生问道，不过立刻就抛开了对是否打扰了对方的担忧。

他平静地观察着这荒唐的一幕，凭直觉感知那另一个人，那清晰可见的人，那迷茫、任性、不可避免地坚持让"收尸人"认清自己灵魂的人。

他在床边昏暗的灯光中前行，举起一只手，表示抱歉，夸张地表现自己腿脚的不便利，以此表明手杖的必需性，然后焦急而充满赞叹意味地观察那少数几个组成这荒诞一幕的元素：悠扬的留声机，喇叭擎在半空，像是团软绵绵的东西，巨大的发条手柄靠在"收尸人"的手边；床头的灯光照在圣母像和加德尔的彩色照片上，把它们从墙壁的阴影中拯救了出来；柜子，脸盆，水壶，镜子，海报和杂志剪报在镜子里一动不动地飘浮着；还有"收尸人"本人的那张惊恐而愤怒的脸，宽大但矮小的身子，他的脸被蒸汽熏湿了，显得有些悲伤。

"请坐，医生。"

他在"收尸人"对面坐下，离后者很近，手杖尖端伸进了雾气缭绕的地方。在他们中间的地板上，放着一本打开着、溅上水渍的《批评》。

"收尸人"接受了这次意外来访，头往帽子里缩了缩，双脚在盆里晃动着。

"听您吩咐，医生。不严重的病，我就自己想办法治疗了。可能您不相信，我还记得磺胺胺呢，我得再次感谢您。不过其他事情上，请原谅，我并不相信医生。感冒的话，就这样泡泡脚，再加点樟脑，就行了。我还以为来的是倒卖东西的小伙子巴斯克斯呢，您认识他吗？"

"我觉得我认识。"迪亚斯·格雷撒了谎。他确信"收尸人"只是想主动出击，因为他不想离开自己熟悉的世界，医生眯起眼睛盯着被水汽保护着的"收尸人"。"我去报社找过您，他们让我到这里来。"

"对，我在休假。偏偏在休假的时候我却病了。"他无精打采地张开纤薄的嘴唇，露出一口黄牙，"您打开抽屉，里面有瓶陈年甜酒。"

他没等医生拒绝，抬起脚，任由水滴到盆里，然后把脚放到了地上的报纸上，又用毛巾擦了擦。唱片放完了，拨弦响了起来。

迪亚斯·格雷双手搭在手杖上。他朝着小盆、水汽和在漩涡中慵懒旋转的长叶片倾了倾身子，笑了，他把甜美的笑容隐藏在了指关节后面，他突然觉得自己是有可能理解眼前这个男人的，这种想法诱惑着他，而那个男人则正在不慌不忙地弯着腰穿袜子穿鞋。

"我是代表一个您认识的人而来的，为的是跟您聊一件您知道的事情。"

"好的。""收尸人"一边回答，一边直起身子，抖了抖腿，让裤子往下滑了滑，"请讲。"他给留声机上了发条，把唱针又放回到唱片边缘处。"这是首老探戈了。"他把脸盆端起来，塞到了床底下。

吉他声听起来有些过于缓慢而遥远了，预示着某种忧郁的嘲弄，某种匆忙装出的同情。*我无法认清他，他处于防御姿态，不过也许我能发现他在提防些什么。*

"我觉得可能还有点溃疡，医生。""收尸人"凑近说道。他稍微挪了挪椅子的位置，在坐下前把帽子丢到了桌子上。"我刚要进行完疗程，您就把我逮住了。今天天气不太好。"

"看来暴风雨会继续下去了。"他看着对方圆圆的脑袋，稀疏而整齐的头发，一缕反射光亮的头发垂到眉毛旁。他坦率地冲对方笑了笑，以此争取时间，因为他认为他认出了对方坚毅的目光，他那一贯有之的专横习惯，右肩和嘴部紧张地抽动。"您马上要出门，我也得看病人。所以咱们还是长话短说吧。"

拉尔森点了点头，不再看他，而是搓了搓那双短小、白净的手。他圆滚滚的大肚子紧紧地贴在裤子和马甲上，就像是独立于身体之外的东西。

"我与这件事毫无关联，明白吗？您告诉我行还是不行就好。我是代表巴尔特来的。"

"巴尔特。""收尸人"不带感情，纯粹出于礼貌地重复了一句。

医生咳嗽了一声，低头听着风声。唱片里的歌词从留声机的喇叭里滑落下来：

你有个讨你喜欢的主心骨，
你正值二十岁青春年华，却已被遗忘。

"收尸人"此时正用手指在桌上的绿色文件夹上滑动，像是在为吉他伴奏，文件夹上满是墨迹，还被烟烧出了几个窟窿。屋外，坏天气已在不知不觉中宣告获胜，占领了街道，溢出了河水。

"冒昧问一句，"医生急促地说道，"您是从罗萨里奥来的吗？"

"是的。""收尸人"说道，他停下手上的动作，慢慢把下巴从脖子上抬起来，"我的意思是，在来到这儿之前我是待在罗萨里奥的。"他等了一会儿，然后站了起来，拨停了唱片。他又等了一会儿，自娱自乐地用手指沿着喇叭筒蜿蜒的边缘滑动着。"巴尔特怎么了？"

"嗯，事情很简单。他在议会里搞到了多数票，妓院的提案可以通过了。"

"继续说。""收尸人"说道。他向前迈了一步，又把脚收了回来，举起半张开的一只手放到嘴边，眼睛死死盯着布满尘土的绿色风铃草形状的喇叭筒，然后冲医生露出了因酒精的作用而泛紫、饱经沧桑、颤抖着的脸颊。"抱歉，医生，所以说他搞到了多数票？每年都是一个样。我都已经对他的计划不感兴趣了。可恰恰是在现在……"

"这次是真的。我是通过阿塞洛知道这个情况的。我知道保守派会投赞成票。所以巴尔特希望我来和您聊一聊。"

"抱歉，医生。""收尸人"重复了一遍，然后开始来回踱步，"我希望他亲自来跟我谈这事。"

此时，迪亚斯·格雷觉得自己已经快要认出那个躯体的态度了，它一会儿直立，一会儿弯曲，在房门和绿色喇叭筒之间踱步，低着头，双手背在身后。*我在另一个人身上见过他，或者在某本书上读到过他，也许不知何时在首都遇见过他。*

"收尸人"突然停了下来，叉着腿，露出讥讽的神情，任由肚子鼓了出来，迪亚斯·格雷坐在他跟前的椅子上，正在双膝之间转动着手杖。

"这么说吧。"他说道，并且尝试再次露出笑容。

迪亚斯·格雷缩了缩身子，不怀好意地审视着在那张饱经沧桑的脸上一闪即逝的微小绝望感。*有股怒火迫使他张开嘴巴，有节奏地拉伸向两侧，好像在用嘴巴记录着逝去的一秒又一秒。还有那双外突的眼睛，甲状腺机能亢进，疯狂而无能，无用地假装自己了解飞逝时光的无情，假装是这种无情导致了流着口水的嘴巴的一张一合，这对我来说倒也不是什么坏事，如果那种怒火有名字的话，它该叫什么名字呢？*

"抱歉，可是我不再感兴趣了。三年前我的确是为了这事儿来到这里的，那是我来到此地的唯一目的。巴尔特每年都跟我说事情要搞定了，每年说两三次。现在我只能笑笑了。"他真的试图挤出笑容，"您明白吗？在这个肮脏的城镇里待着，现在还待在这里，在这里慢慢腐烂。我不介意把这些情况告诉您，这您是知道的。现在他又送消息来了，还厚颜无耻地请您把这个消息带来。不过对我来说一切都已经结束了，我已经受够圣玛利亚了。"

"我明白。"迪亚斯·格雷说道。他把手杖靠在肩部，轻轻揉了揉冰冷的膝盖。"我不知道以前发生了什么，无论是以前的事还是现在的事都和我无关。我只是来帮巴尔特一个忙，因为他来求我帮忙。我之前以为我也在帮您的忙。不管怎么说，提案这次是真的会被通过，不是因为巴尔特这么说过。"

"这次？如果我告诉您我信了呢，医生？我相信这次是真的，而且我还想踢翻这里所有的家具，踢翻贝尔纳的旅店，踢翻《自由报》报社，一脚蹬到药剂师的脸上，把这肮脏的城镇踢个底朝天。抱歉，您可以告诉巴尔特说我要走了。我疯了，我已经疯了这么些年了，只是现在我才发觉这一点。所以我说这次是真的了。您明白吗？"他说话时也在从容不迫地压抑着自己的怒火，或者装成是这样，他把一只手放在衣领下，另一只手放在面前，食指在静止不动的医生面前不停地晃动。

"这很奇怪。"迪亚斯·格雷说道，"不过可以理解。"他假装缓慢地抬了抬肩膀。他确信，自己越是表现出不想听对方讲话的样子，对方就越是会继续说下去。"不过您说的这一切都是您和巴尔特之间的事情。我是来通知您议会那边是会投票通过那项提案的。而您不感兴趣，那就这样吧。明天我会告诉巴尔特说您现在已经不在意这件事了。"他没从椅子上挪动身子，手杖在地板上滑动了几下，他换另一只手抓着手套。

他听到了街上的风声，听到风正从河岸边往城镇里吹，风在起身迎接黑夜、征服黑夜。他再次感受到了寒冷，寒气停留在了他羸弱的双腿上，他也感受到了胯骨上持续不断传来的隐痛。

"不过还是请您从我的立场出发去想一想。""收尸人"说道，"我很了解您，我很清楚村子里的穷人们对您的评价。您和其他人都不一样，我是指俱乐部和酒店里的那些人。要是我冒犯到您了，我向您道歉，因为实际上我很尊敬您。"

"谢谢。"现在让他痛苦的是无聊，骨头里的疼痛感时隐时现。他冷漠地看着这个肥大阴郁的男人，就像是在梦中见到了他，似乎他是由乏味和荒诞铸就的。*我没有获得救赎。我无法记起我曾希望这些事情里、这个年迈的无赖身上的什么东西会引起我的兴趣了。回家，给自己打上一针，听听音乐，想想莫莉，想想房子，想想沙子，想想河上游那栋木头搭建的旅店。想想自己可能会在今年年底之前死去，假设我是上帝，假设我在乎省城药师迪亚斯·格雷医生的过去和命运。*

"请等一下，帮我个忙。"他把手从衣领的保护中抽了出来，两条胳膊平伸向医生，"我要离开这里，再也不回来了，医生。我要先回罗萨里奥去，不过可以肯定的是，我很快就会到首都去。咱们再也不会见面了。"他把手臂放了下去，等着手掌拍打大腿的声音消失。他走到摆放着脸盆和水壶的柜子前，回来时手里多了瓶波尔图产的葡萄酒和两个杯子。"帮我个忙，哪怕只喝一小口也行。"他微笑着恳求道，表现得十分顺从。他在桌边坐下，往酒杯里倒满了酒。

迪亚斯·格雷点燃一支烟，把烟盒放在了绿色文件夹上。

"干杯！""收尸人"举起了酒杯。迪亚斯·格雷也喝了一口。"我是被巴尔特叫来的。我当时生活在罗萨里奥，请相信我，我那时候过得挺好的。可是他们来找我聊。我是个喜欢求变的人，我喜欢做事情。那种事我之前还从没做过呢，您懂我的意思。独自做生意，从上到下，按照我自己的意愿经营，还不用考虑钱的问题。我兴致勃勃地来了，事情却没成。我本来可以扭头就走，忘掉这一切的。但是我没有，我那时心意已决。巴尔特说事情会在半年内得到妥善解决。抱歉我作为他的朋友不该这么说，可是我一向觉得他有点疯疯癫癫的。不过当时他看上去很严肃，而且做了保证。我甚至给那桩生意选好了址，摸清了这中间的门路。我做了预算，还制定了一套完整的经营方案。您别笑，医生。所以我当时才想留在这里，继续等待下去。这也是我在报社找了份工作的原因。您是知道的：我在那里管理账目，我也可以管理比那重要十倍的生意的账目。男人总爱给人惊喜。您不喜欢喝葡萄酒，要不我给您换一种酒？"

"不用了，"迪亚斯·格雷说道，"谢谢，我身体有点不适。您继续讲。"

现在他听得更起劲了，同时心里还想着接下来要失眠几个小时的事情，想象着会呻吟到明天早晨的风声。

"我可以告诉您，我自从二十岁起就没再工作过了。"
"收尸人"继续说道，"可后来我几乎已经慢慢习惯了另外一
种生活方式，习惯了靠工资生活。每隔六个月，尤其是每年
三月，会议开始的时候，巴尔特总会派人来对我说事情已经
搞定了，让我做好准备。实际上我一直都在准备着。我现在
需要解释一下，去年年底我才知道巴尔特又搞了一次投票，
又一次。不过这事儿已经跟我没什么关系了。您想想看：我
已经在这里荒废了两年时间了，我一直在过着一种我自己想
起来都笑得要死的生活。这还不算他不愿意见我的事情，我
们不得不通过第三方进行交流，就好像我得了传染病似的，
好像我不是他找来在这里开妓院的人似的。我那时才知道这
事儿已经跟我无关了，他开始和托拉讨论这事儿了，托拉是
个在科隆城那边有栋房子的疯女人。我顿时怒火中烧，我何
必要否认这一点呢？不过我还是留下来了。我留在这儿是因
为我很清楚只要我还在圣玛利亚，托拉就不敢操办这事儿。
她和她的朋友们会给您解释其中原因的。事情就是这样。"他
举起酒杯，笑了笑，那种微笑有距离感，也有些怪诞，不过
却因宽容而显得柔和，他先咽了口酒，然后才大口大口地喝
了起来。"看上去这次是真的了，所以他才派您前来。我的意
思是，请您来到我这里。您知道为什么吗？他总是谈论牺牲
啊，进步啊，人民啊之类的东西。但事实是，托拉不想给他
提成。她说过，不给他提成。他说要出一份报纸，要为那桩
生意拉些赞助。我觉得没问题，任谁都要谋生活嘛。但是他
要得太多了。而托拉又是那种只看眼前利益的人，所以他俩

根本谈不拢，哪怕我撒手不管也是这个结果。"他喝光了杯中酒，显得善解人意，但也有些傲慢，"做这事儿对我有什么好处？很简单：因为我不能今朝有酒今朝醉，我得为来年做打算。如果他们肯让我放手去做，咱们就瞧好吧。事情就是这样，医生。请相信我，我很遗憾这事儿落到了您头上。我已经不是二十岁的小伙子了。就我所知，我只在一件事情上有了变化：现在如果遇到我尊重的人，而且他又愿意听我讲话的话，我就会说很多。前几天我还在想，我在圣玛利亚到底图什么呢？有个朋友给我写了封信，于是我就想到了这个问题。我图的大概就是个乐和。不过一切都已经结束了，再过一个星期我就要回罗萨里奥了。很遗憾，不过我这次真要走了，不过我还是得告诉您，我曾经非常想做这桩生意，我会让它变成令人骄傲的买卖。这是我一直想做的事情。可是咱们又该怎么办呢？让他去找托拉吧，也许他俩能谈成也说不定。"

"行，"迪亚斯·格雷说道，"我明白了。"他拄着手杖站了起来。"风湿病有点儿犯了。"他微笑着解释道。

"连医生也会生病。""收尸人"谨慎地开了个玩笑。他站了起来，重新戴上帽子，又拽了拽衬衫的袖口，直到袖口完全伸展开。"咱们一起下楼吧，我刚好要出门。"他打开房门，又退了回来，关掉了床头灯，"今年冬天可真冷啊，尤其是河边。"

两人慢慢走下楼梯，走进从街上钻进楼房里的寒风。迪亚斯·格雷眯着眼睛，把手杖挂在一条胳膊上，倚着栏杆，沿着栏杆下楼，凭借和五年前一样的敏锐，他又一次感受到了自杀的诱惑，只不过这次还多了点之前从未有过的亲切感和好奇感。他在阴影中迎着街上的寒风和孤独下楼，走向习以为常的一切，走向独自吃饭的情景，走向不断对女佣说一样的话、做一样的手势的命运，也走向设法让自己不去思考、不去面对自己的老把戏。上帝往迪亚斯·格雷的简短案例上投入了一秒钟，用他的冷漠、仁慈和讶异支撑着我。他比"收尸人"多下了一级楼梯，眼皮几乎要闭上了，脸上带着温和的笑容，以此应对肾脏间的隐痛、胸部的阵痛和手杖碰击膝盖带来的疼痛。

"感谢您，但也很抱歉，医生。""收尸人"慢慢地说道，"我又仔细想了想，我觉得我还是得亲自去拜访一下巴尔特。"

七

　　我躲在小祭坛的帘子后面，一直一动不动，直到胡莉塔慢吞吞地帮她的弟弟在浴室呕吐完为止。我听到他们在小声说着什么，我听到马科斯在不断重复对妓院和整座城镇的威胁话。然后是踩动楼梯的声音和红色小汽车往河岸边驶去时引擎发出的声音。胡莉塔在房间里踱来踱去，拉上窗帘，摆上鲜花和画像，邀请我一起祷告。

　　"可怜的亲爱的。"她嘀咕了一句，凑过来抚摸我。

　　我茫然又荒唐地想不无笨拙地从地上站起来，我知道自己从黑暗中出生后会成为谁，会叫什么名字。

　　"不早了。"她说道，"咱们开始祷告吧。"

　　她非常缓慢地弯下身子，明显很小心地对待自己的身体，就好像她刚刚发现了它，或者有人把它托付给了她，她对待自己的膝盖也很小心，一个接一个落地，没有发出声响。

　　我跪在地上，双手抓着贝雷帽，假装在思索该说些什么，我听到她用天使般的口吻来致礼、祝福、确认那个消息。我知道她确信她的嘴角勉强上挑组成的微笑表达的是谦卑和幸福。但是那笑容对我来说只是一幅毫无意义的图画，一个她只能用疲惫和恐惧来将之填满的空洞形式，而这种恐惧正飞速滑过她蜿蜒的嘴部，向我袭来，从嘴角袭来，也从嘴巴中央袭来，也从我那寡居的嫂子如婴儿般突出的上嘴唇的突出部位袭来。

笑容的中心是绝望，它在嘴唇怪异的姿态中扭曲，腐朽，迅速转化成恐惧，这种恐惧慢慢流向我，就像是对我自己的恐惧的精确回击。

"你肚子里的孩子有福了。"胡莉塔用刺耳的声音说道。

我看到她疯了，死了。松散的辫子静静地垂着，像是纠缠在一起的植物纤维，黯淡而锋利。我意识到了自己的恐惧，尽管她也可能感觉到它，呼吸到它，尽管它同世界上所有其他人的恐惧混到了一起，可我知道，那就是我的恐惧，那是最痛苦的苦难，是我唯一能真正相信并忍受的恐惧。

"你腹中的硕果是有福的，阿门。"胡莉塔重复着类似的话。她眨了眨眼睛，表情专注，小心地抿了抿嘴，把一只手搭到了我的肩膀上，意思是"弥撒礼成"，然后帮助我站了起来。

她把我带到门口，正要吻我时，却又移开了身子。我明白这是我第一次在她心里成了豪尔赫，我感觉我已经无法再摆脱这种身份了，我的脸红了，被吓到了，就像是在盯着一个陌生女人一样。

她睁开眼睛，盯着我，饱含怒意，我甚至觉得那双眼睛会掉下来，感觉到两个柔软的物体坠到地上，蓝色的，或是绿色的。她咧开嘴冲我笑了笑，嘴巴大得吓人。两排牙齿结结实实，工整对齐，但最重要的是那个圆圆的黑洞，是与她能够发出的尖叫声相匹配的一系列元素。然后她开始用嘴呼吸了，慢慢垂下眼睑，但依然盯着我，尽管光着脚，但她还是比我个子更高，她的笑容迷人又幼稚。*我会记住今晚的，到了明天，我依然能看到这张毫无保留和抗拒的面孔，她在用嘴部的空洞和涣散的眼神奉献自己，这一辈子，只要我想，我就能看到它。我强迫自己这样起誓。*

　　"但是你注意到了吗？"她嘀咕道，"是个男孩，我只告诉你一个人。我会尽可能隐藏这个秘密的。你注意到了吗？"

　　她抓住我的衣领，带着哭腔笑了起来。在她靠近之前，我想到了我自己，就好像我能看到自己一样。我在重构自己的身躯，猜测自己的身高、虚弱程度和单肩靠在门框上的平静姿态。我看到了自己头上的贝雷帽的歪扭程度，以及迎着她的笑容摆出的温柔、成熟、善解人意的面容。我想我的目光已经能够充分表达我的屈服程度了，不过我永远不可能真正屈服于任何人。

　　"是费德里科的儿子。"她补了一句。她就像是无法移开自己的笑容，只得把脑袋在两个肩膀之间转来转去。

　　她疯了，我没有她那么无助，没有她那么有活力。不过我依然清楚她是个女人，她更加强壮，无限年长，她完整而孤独，这些因素组成了一个整体。她没有推我，只是轻轻地把一侧脸颊贴到了我的胸口，笑了，边哭着，边换了一侧脸颊贴了上来。我用一只瘫软而虚假的手抚摸她的头。另一只手则在雨衣口袋里紧紧地抓着烟斗。我的身后是空洞幽黑的楼梯，黑夜在流逝，寂静中弥漫着抗拒的气息。胡莉塔有节奏地交替将两侧脸颊靠在我身上，慢慢地，使我可以继续抚摸她。在楼梯间里，除了黑影之外什么也没有。我想起了她刚才的表情，明白了我在她的脸上究竟看到了什么，她刻意且自愿用夸张的形式表现出来的东西，正是人类所有面孔所具有的意义，是所有人成长、行动的目的，也是骨骼、皮肤、肌肉、毛发和脸上的孔洞存在的目的：把自己强加给他人，废除他们，融入他们，也迫使他们融入我们。

她又吻了我，用手挡住了打哈欠的动作。我没有刻意收声，从楼梯的中间位置开始就完全凭喜好踩出声响了，我走下楼梯，闭着眼睛开了门，把自己与链条的响声分开，来到花园，雨已经停了，是个暖夜。星星出来了，大片轻飘飘的灰色云朵正在飘离。

和往常一样，每当我离开胡莉塔的房间，踏上泥土、杂草和矮小而平整的草地时，我总会感觉到刚才发生的一切——她和我，话语和隐秘的情境，那个把我们联系到一起的令人费解的谎言——都只不过是场梦。

我又回到了这里，真实而清醒，我悄无声息地越过水坑，点燃烟斗里剩下的难闻烟草。我，这个我用"这人"来指代的人，看到"这人"在移动，在思考，在厌倦，在陷入忧伤再走出忧伤，在自暴自弃于任何微小多变的信仰中，然后再脱离这种信仰。

"这人"看到马科斯斜停在柳树和南瓜园之间的小汽车在月光下闪闪发光。"这人"想走近女佣丽塔的窗户，今晚他只看到了——因为他不想凑太近，他不想让潮湿寒冷的藤蔓贴到他的脸上——珠光映照下的姑娘的脑袋，枕头上翘起的头发和马科斯粗壮的前臂，一动不动，瘫软地耷拉着，他还看到了圆圆的手表表盘，淡黄色的光照在上面，没有一丝晃动。

也许我来得太晚了，又或者一切都还未发生，不过今晚我不在乎。我能看到并记住的这两具赤裸的肉体既不会让我兴奋，也不会让我羞愧。

我不困，不想到厨房去偷吃东西，然后再上楼回到我的房间去，边在书桌前嚼着食物边看书。现在应该午夜刚过，我可以步行走到镇上，在贝尔纳的酒馆里等着兰萨，或者到报社去，跟老板的儿子打个招呼，一直走到通往撰稿室的铁楼梯处，走下去，到那张简陋的桌子处，坐到兰萨旁边，他应该正在那里修改稿件。

我推开大门，走了出去。不过我并不真的想这么做，不想和老兰萨在今天重复那场夜间喜剧。我把双手插进雨衣口袋，确保肩膀处于放松状态，尽量不让双臂参与到努力行走的动作中，他有时努力、惊慌地避开水坑，有时又会愤怒地踩踏它们。他张大鼻孔，想要发现在这个潮湿的夏末夜晚中每一种腐烂并变甜的味道的来源（像树的东西，一大堆难以辨别的东西，一个洞或者一个幽暗的藏身之处）。我把头抬了起来，抬到某个表示绝望的角度，这个角度也表现出了我试图吸收绝望的意愿，那是个夸张的角度，痛苦的角度，属于男性的角度，它决定了嘴部和眼睑的下垂。我这样做——沿着那条忽上忽下的道路迈开大步，那条路似乎扭向右侧，不断盘旋——是因为我很想做另一件事。上楼去吃东西，倾斜身子，咀嚼食物，意识到嘴边的油渍闪闪发亮，漫无目的地回味着四句荒唐愚蠢的诗歌，它们甚至不该被写出来，我该为它们毫无用处地出现在这个世界上负责，但我也无法把它们从我的记忆中删除。

因为我今晚也不想折磨我的脸和手，不想让它们被丽塔窗外的藤蔓弄湿，不想看她赤身裸体地靠在马科斯身上，不想看他们在推搡中结合，或者是假装结合，不想带着无名的怒火看着他们迷失自我，像牛，像鸽子，像狗。

我从一棵弯弯的橘子树前走过，边走边看着铁丝网上挂着的一块块脏兮兮的羊毛，每当我感到孤独时，我就在路中央用力跺脚。现在我已经走到磨坊附近了，离照亮最后几片白云的灯光也很近，灯只是照亮它们，却没有触碰它们。明天会有好天气，会很热，几乎可以肯定我们会在岩洞那里遇见蒂托和亚历杭德罗。有时所有那些我不愿意去想的事情就埋藏在我的心里，因为我根本不可能去想它们。但通常来讲它们在我后面，在我身后，就像是团被遗忘的阴影，一团我不被允许践踏的阴影。眼神、笑容和沉默变得显而易见之后，空虚、孤独和隔阂就显露出来了，然后他们就会问我问题。我会给他们讲丽塔和马科斯的事，就好像我今天看到了他们一样，我会耸耸肩，收起烟斗，恶心地吐口痰。

"但你从来没做过那种事。"蒂托肯定会这样重复说道，"你不可能明白那些事。"

尽管我确信他也没做过那种事，但我不会说出来，我会承认他的话部分是对的。我觉得我会跟他们道别，说再见，我会觉得自己卷入了比不坚定的友谊所组成的世界更加不纯洁的世界，而且我不知道要在这种世界里待多久，的确如此。

不过我是孤独的。蒂托、亚历杭德罗、"德国人"、胡莉塔、我妈妈、我爸爸，所有人都把耳朵贴到我的嘴边。可是他们无法理解，我做这件事时与他们的所作所为，或者说他们可能做出的事情之间没有任何联系。无论是这件事还是其他任何事。

有个巡夜人在灯下抖动着斗篷。再多走一个街区，我就可以穿过广场了。重要的事情是不能去想的，所有重要的事情都应该被无意识地拖在身上，就像影子一样。不过，今晚我可以试着把胡莉塔的儿子摆到眼前，就是她添加到脸上和动作中的那种东西，那种会或多或少改变我们见面的卧室里的气氛的东西。在广场的某把长椅上，某个可以成为我朋友的人就在那儿，或者可能在那儿，也可能他正在树下走动。这个人，无论男女，都会比我身边的人更与我投缘。我永远不会见到他，永远不会知道他在穿越圣玛利亚的广场时呼吸过夏日暴风雨带来的湿气，出于游戏或绝望，他百无聊赖地改变着组成他的世界的各种元素的摆放位置。也许就在这里，在踏着杂乱无章的碎石路一步步走动时，他决定将自己的一生奉献给唯一一个目标，或者换个说法，决定放弃所有的目标。对我来说，分享他的信念并不是什么难事，分享他用以迎接或将要迎接放弃决心的那种略带惊讶和恐惧的笑容也并不是什么难事。

胡莉塔的儿子，她的儿子不是我，我在转过拐角时这样想着。我坚持想着这种荒唐的事情，与此同时在《自由报》的铜招牌旁的圆形灯泡的光芒照射下往烟斗里填好烟草，那块招牌在提醒着人们是我的祖父创办了这份报纸，上面除了有日期和一个包含两个形容词的句子外，还画着一盏油灯的轮廓和一个女人的侧脸。我沿着大理石台阶走了上去，在没人发觉我的情况下穿过了昏暗的门厅，沿着通往撰稿室的铁制旋转楼梯走了下去。

老兰萨的头靠在拳头上，噘起嘴唇润了润笔直但凹陷的灰色胡须，另一只手搭在桌子边缘，扇走从半截烟头上飘起的烟雾。

“你好，你好。”他猛地清醒过来，清了清嗓子，说他很高兴见到我。

当我触碰到他的肩膀和指尖时，我发觉我比想象中更喜爱他。他的衬衫领子、袖口和手都很脏。他的手有些肿胀，毛发很多，长满斑痕，几乎没有指甲，手背上青筋凸起。那双手做过许多事，来来回回，已经筋疲力尽了。

“伙计，好久没见了啊，您都记不起我们这些穷人了吧。请坐。现在还能搞来杯咖啡和酒。您要的话，肯定更没问题了。您写诗写得怎么样了？还在模仿胡安·拉蒙·希门内斯的风格吗？雨已经停了，对吧？我一直想着您呢，想着咱们在那天夜里聊过的事情，我在我为数不多的东西里找了半天，找到了那本小书。我没带来，不过我很快就会把它交给您。那人来了，您跟他说要杯咖啡吧。"

我知道他从来都没把我是老板儿子的事情放在心上。他会对任何一个和我同龄的男孩用"您"这个称谓。他不像其他人那样认为自己是在帮我忙。我分散他的注意力，给他机会大声提醒我。他的双目炯炯有神，连嘲讽别人时也不带一丝苦涩，他很聪明，从他用手指抚摸自己微笑的唇部的方式就能看出这一点，他既有活力，还很清醒。

"您嫂子的那位粗鲁的弟弟或哥哥，他怎么样了？"他这样问，是想把我引到舒适自在的谈话领域中去。

"马科斯？粗鲁，老是喝醉酒。"我摘掉帽子，和他对视了一眼，都笑了。

"真可悲。"兰萨悲伤地说道，"我不信任他，他喝醉了说的话我也不信，喝醉酒的人总喜欢找各种各样的借口。"

突然，我做了一件我曾经认为自己肯定不会做的事情：我从口袋里掏出了几张折了两折的纸，上面是机打的诗句，我把它们扔到了桌子上。

"请把它们带走，回头再跟我说说。"

我不在乎他读不读这些诗，我不在乎他会对我说什么，我不在乎任何人对这五首诗做出的评价。它们对我来说既好也不好，别人怎么看并不重要。

我们喝着咖啡，兰萨跟那个给他带来诗歌的小伙子开着玩笑。他老了，是个老人了。这么多年来，他所做的一切都与他本人格格不入，他就像是钟声响起之时出现的回音，也像是钟声本身。读我写的诗句时，他面容慈祥，几乎算得上带着爱意，在读第一首时（五首里最差的一首），他扶了扶眼镜，然后把那几张纸收了起来。他又提到了胡安·拉蒙·希门内斯，我们边吸烟边说笑，中间隔着那张窄小、冰冷、满是污渍的桌子。虽然这个老人不知道，但我们的嘴巴实际上是在我的绝望的边缘保持着平衡，在那里，他可能已经死了，但却在玩着理解我这个永远不会存在的人的把戏。

我没有反抗，只是感到有些疲惫，这种疲惫是一路积攒的疲惫感的集合，我想我在往城镇走来的路上，用的是同哥哥一样的坚定步伐，我还从费德里科偷学来了他那迅捷而稳重的动作，我把写着诗歌的那五张纸掏出来放到桌子上时，用的正是这种动作。

"所以说那几个女人已经到了。"兰萨夸张地挤眉弄眼，说道，"伙计，咱们有权找点乐子，管他呢。"

他在说这话的时候没想着我，他不是在尝试跟我交流，也不是在用这些话侮辱我，也许他并不知道他们开妓院用的那栋房子是我爸爸的，是我爸爸把它租给那个叫"收尸人"的家伙的。

"我在车站看到她们了。"我用费德里科的那种平静而土气的声音应和道，脸上还挂着同样属于费德里科的那种礼貌而抽象的微笑。

八

就在迪亚斯·格雷医生一瘸一拐地走上旅店楼梯的两天之后，拉尔森拜访了药剂师。谈话甫一开始，他就大胆地用上了最难对付的那套伎俩。他冷静地表达了自己对巴尔特曾与托拉谈合作的愤怒，然后带着种冰冷而僵死的表情凑向对方，眯着眼睛盯着药剂师看了好几秒。那时一切都可能发生，一切都可能被预料到：从昏死过去到最终谈判时仓促展露的喜悦。那张面孔，那种沉默，没有任何对威胁的暗示，却同时包含了所有威胁。然后，他坚毅地后退了一步，愚蠢的脸颊上浮现出如释重负的笑容。

"现在您需要我了。现在您该去解决和托拉之间的那些破事了。"

巴尔特把圆滚滚的双手放在胸前。在药房的角落里，在收款台和几大瓶五颜六色的液体的阴影下，药剂师摆了张课桌，他管它叫写字桌。他冷漠地盯着"收尸人"，没有表现出因逝去时光而感到悲伤。一捆捆野草的草香气从开着门的地下室里飘了出来。

"我很遗憾迪亚斯·格雷医生不在这里。""收尸人"说道。

"是的。"巴尔特点了点头。这几天的天气并没有好转，肮脏的窗户被阴暗湿冷的黄昏压得喘不过气来。"他生病了。"

"我知道他生病了。""收尸人"打断了他的话，突然被药剂师的温顺态度激怒了，同时激怒他的还有巴尔特那孩子般柔软的肌肤，圆圆的嘴巴里不停透露出的焦虑感，像孩子一样放在胸前的双手，"我知道。风湿病。就算他是医生，也没办法治。我不会插手的，您也一样。"

"他每年都犯病，每个冬天都犯病。"巴尔特评价道，"一犯就是一个礼拜，十天。"

"这事儿我管不了。你们才是医生。""收尸人"点燃一支香烟，火苗紧贴着他孤独的小指。药剂师继续盯着窗户上的玻璃和那些五颜六色的瓶子。

"好吧。"他嘟囔道，"您知道我和那个女人已经谈崩了。"

"且慢。""收尸人"抗议道，"我就是这个意思。所以我才想让医生在场当个见证。恕我直言，您不知道我是哪种人物。"

"也许吧。"巴尔特表示同意，"要了解一个人是很难的，而且你我本来就对彼此知之甚少。"他的声音听起来很尖锐，显得很固执。"您为什么想要个见证人呢？我从来没有翻脸不认人，一切都是明明白白的。那个女人向我提出一套方案，我拒绝了。"

"您做错了。""收尸人"摆出劝告的姿态,"因为我现在不为您效劳了。我对这桩生意已经不感兴趣了。我等了一年零几个月,突然有一天,一觉醒来,我问自己在这个小村镇里做什么呢。我当时就是这么想的。"他摘下帽子,仰起头,让巴尔特可以在半明半暗的灯光下看到他耳边的灰发,以及他依然能保持的孩童般玩世不恭的笑容。

"的确如此……"药剂师说道,很难说清楚他是在表示认同还是反对。

一个皮肤黝黑、挺着大肚子的女人在进来时也把糟糕而忧郁的天气拖进了屋子。她倚在柜台上,不耐烦地用一枚硬币敲着一个大玻璃瓶子。

"我。""收尸人"又惊又喜地重复道。"可是您不明白我为什么在圣玛利亚待了这么久。医生也不明白。有些事情做出来是为了让某些人理解的,而另一些事则是为了让另一些人理解。最开始的时候,我是在等待,我那时依然相信自己留在这里就是为了等待。可是等到我意识到……"他突然愤怒而夸张地快速戴上帽子,"您想想看。这座如今被称作城市的村镇。我当时醒来了,就像我刚才给您说的那样,我发现从很久之前开始我就没在等待了,从好几个月前开始我已经对那桩生意不感兴趣了。"

"您会明白的。"巴尔特没有打断他的话,更像是在帮他继续说下去。

他蜷缩着肥胖的身体,揉搓着柔软的股二头肌,这表明天色已晚,天气寒冷。他那在阴影中的面孔此时展现出单纯的洁白，他的手指就像是正想给这个苍白的东西塑造形状一般。还表明他的无限耐心及痴迷已经成了一种习惯，一种命运。"收尸人"看了他一眼，所理解到的东西就只有这些。

"我当然明白。""收尸人"大声说了一句，他把软绵绵的拳头搁在桌子上，同情又好奇地盯着它看。

在离他们一米远的地方，那个女人丢下了最后一句话，丢下了她对店员发出的最后一次笑声，然后扭头离开了柜台。她瞅了一眼潮湿的夜色，此时无风，雨水淅沥，静寂无声。店员小伙子关掉了一盏灯，脚踏柔软的草鞋，落下了一道铁帘。

巴尔特也在盯着"收尸人"搁在桌子上的那只尚无用处的拳头，就好像这是个与他完全无关的东西：拇指下的褶皱，无意识地跷起一根手指的隐晦动作。他的头离"收尸人"的头很近，帽子遮住了后者的秃顶，突出的眼睛，被挫败击垮的鼻梁，几乎难以察觉、周期性向右侧脸颊抽动的嘴角。于是药剂师猜测或推断出对方身上存在着某种兄弟情谊、志向或怪癖，需要为某个目标而奋斗，但同时又不对其真正抱有信念，也不认为那个目标是真正的目的。

"我知道您不可能知道的事情。""收尸人"带着心不在焉的侵略性说道，"有些事情必须经历过才能明白。"

药剂师的眼睛眯了起来，粉色的小嘴巴咧开了。*他认为经历是另一回事，也只意味着那回事。他永远都无法理解我的钱意味着什么，我的谨慎意味着什么，我缺乏趣事可讲的生活意味着什么。*

"我说不清楚自己为什么要留下来。""收尸人"坚持说道，"生活在这些人中间，坚持了这么久，什么也没做，什么也没等。您注意到了吗？我当时相信自己终于有属于自己的生意可做了，我终于可以按照自己的意愿照料那桩生意了，没人能在这件事上对我指手画脚了。我当时确信同您合作，这一切就都是可能的。那桩生意会坚定而持久，我可以选择一切，家具、女人、时间表、营业模式。甚至连香水、口红和化妆品我也能做决定，我当时就是这样想的。当然了，掏钱的是您，做选择的是我。既然没成功，那就得有耐心。"

店员卷着袖子，慢吞吞地经过，他正在打扫地面。他停下来咳嗽了，空荡荡的药店里响起的声音吓了"收尸人"和药剂师一跳。刚开始是猛烈的干咳，后面痰上来了，店员偷偷把痰吐到了垃圾堆上，让他们知道一切已经结束了。"收尸人"握紧拳头，轻轻敲了敲桌子，然后把手移到胸口，松开了拳头。

"耐心。"他重复了一句。

药剂师并没生出多少怜悯之心，也不具有允许他提供怜悯的那种敏感的优越感，他又笑了，有那么一刻放弃了把"收尸人"这一辈子同女人的关系以及他本人没有女人缘的状况同那种明显的依赖关系进行比较，可如果有人想了解这个阴郁而刻薄的人的任何事情，就必须要考虑到那种关系，正是这个人，一直在寻找一种同虚荣心和利益告别的有效方式。

"我亲爱的朋友……"药剂师终于开了口，"既然你已经白等了这么久……"他没有看拉尔森，而是伸出一只手去玩一支被一根脏脏的细绳固定在桌子上的铅笔。"而现在这桩生意能做了。"

"现在。""收尸人"嘀咕了一句，想要笑一笑。

*所有那些垃圾都具有传染性。*巴尔特心想。*是他，这个老男人，得了癔病的就是他，来来回回兜圈子，最后不还是会说"行"，真像个娘儿们。*

"条件还是一样。"药剂师看着手中的半截铅笔，念叨着。那张幼稚的写字桌上还有另外几根铅笔，他的外衣口袋里也还装着更多的铅笔。"我不在乎生意的收益如何。我每个月只想要五百比索，以便支付我的周报的开支。"他沉默了，盯着铅笔的笔尖，在沉默中将它举了起来。

"是吗？""收尸人"对他说道，"很好。那么前期的花销呢？组织方面的花销呢？租房子，搬家，购置家具：在赚到第一个比索之前的这些花销呢？我当然也不可能在《自由报》或是您的周报上打广告找女人吧？"

药剂师把手指分开，铅笔掉落到桌子上，跳跃着。他叹了口气，靠坐在椅子上，再次把圆润的双手放到了胸前。

"这不是什么问题。"他和善地说道，就好像他在送出什么东西，"我不关心这些事情。您就按您认为最好的方式去做就行。每个月给我五百比索，从开业算起。"

"收尸人"盯着对方麻木的脸看了一会儿。他又倾了倾身子，脸上还带着冷漠的威胁表情，但是又立刻把身子直了起来。

"好吧。"他边说着边站了起来，"现在由您来发牌。但是我想先看到提案通过。毕竟会有很多人的利益受损。"他笑了，充满自我保护的意味和神秘感。

"这您就不用操心了。"巴尔特回答道。

"收尸人"只是把手举了起来，表示告别。他不情愿地弯下腰，从店员用胳膊撑起来的铁卷帘门下走了出去。

当晚，他向报社请了假，停薪留职十天，去首都看医生。"不是说这里没有医生，这里当然也有好医生，但我需要找的是专家。"他口袋里装着早班火车的车票。可是，在他在贝尔纳的酒馆前台同倒卖贩巴斯克斯喝完最后一杯啤酒，准备上楼睡觉之前，他突然发现，如果他不先在圣玛利亚获得某种模糊的认可的话，他是很难离开这座城镇的。

也许他已经习惯了在报社高高的写字桌前，面对账簿，等待胜利时刻降临的日子；习惯了独自一人在贝尔纳旅店楼上的房间里等待胜利时刻降临的日子；习惯了自然而然地在贝尔纳酒馆前台，在巴斯克斯崇敬的目光注视下等待胜利时刻降临的日子。似乎他本人以及他所有的举动都变成了那种等待，如今他已经不可能抛下这种生活了。

巴斯克斯有些难过，有点失落，又没有在"收尸人"身边表现出无聊的勇气，只得用两根手指摸了摸自己的胡子。他忽略了"收尸人"此行的原因，在这位朋友沉默地表现出忧虑之时，他保持着坚定和渺小，帽子压低到右侧眉毛处，黑色大蝴蝶结在领口下来回滑动，沾满污渍的手指在柔软的胡子上捏来捏去。

我忘了件什么事。"收尸人"想道。*肯定不是什么非做不可的事情。等到想起来，问题就解决了。大概我已经老了。*

他笑了。这时巴斯克斯把手指抵在鼻子上，惊讶地嗅了嗅，就好像那是种他不熟悉的味道，一种混合着尼古丁、汗水、打印机墨水和香水的味道。

"你还记得玛利亚·波尼塔吗？""收尸人"问道。

"当然了，怎么会不记得呢？我知道是哪一个。"巴斯克斯更平静了一些，喝了口啤酒，说道，"在罗萨里奥和首都待过的那个女人，就是她把你从监狱里搞出来的，她走了，又回来了，还在咖啡厅里把一个洋娃娃扔到了你面前的桌子上。玛利亚·波尼塔，我怎么会不记得呢。"

"就是她。""收尸人"说道，他伸出一只手，搭到了巴斯克斯瘦骨嶙峋的窄肩上，同时向老板示意再来些啤酒，"我一直在想，不过是突然开始这样想的，在报社对着账簿吸墨水的生活是不是在浪费生命。于是我就想起来了。"

"浪费生命？"巴斯克斯抗议道，"话说回来，你之前确实没这样过过日子。"

"很年轻的时候曾经这样过。""收尸人"纠正道，"我在罗萨里奥也做过些事情，当然了，更多是为了掩人耳目。有一段时期我也认真对待过那些工作。不过这次不一样，这份工作我干了两年了。每天花八小时应付那些数字，始终保持平静。而且我也不再年轻了。"

他们喝着酒，并肩静静在柜台前站着，因为往日时光和某种神秘的和谐关系而团结到了一起。"收尸人"望着墙壁上像窗户一样的巨幅照片中的冬日风景，突然觉得对玛利亚·波尼塔的回忆没有任何意义，借助回忆这个女人以及与她相关的思念和记忆，对于他克服因失败感而开始出现的焦虑情绪没有任何价值。在登上前往首都的火车之前，这里并不是他能够找到自己需要思考的东西的地方。于是，他把几张火车票扔到了柜台上，长时间地紧紧抓着巴斯克斯结实的肩膀，然后走到了街上。

他知道自己这一夜无法睡着了。在楼梯上，他依然在想着巴尔特坚持又否认的那张带着对立情绪的脸。在那张惨白的脸上，在他接受羞辱的那一刻，此时此刻他感受到的虚弱感的根源就在那里，这也是他对未来和自身冷漠以对的根源。他脱掉衣服，亮着一盏灯，靠到了枕头上，抚摸着胸口的毛发，心不在焉地吮吸着脖子上佩戴的小勋章，他凝视黑暗，凝视家具熟悉的形状，等待着黎明的到来，以此证实自身的存在，他想要单独审视自己，然后再审视他人，要求所有人说出他所知道的寻求和解所必需的行为和想法的名称。

九

在罗萨里奥停留的那遥远的几个月，拉尔森迷茫了，没做任何明显的挣扎，只是把自己交给了时间。当人们对他说托拉想把房子卖掉，把钱塞进行李箱带到其他城市时，他就是那样一副样子，肥肥胖胖，心烦意乱。

她会要一大笔钱的。他盯着带来消息的人，冷漠地想道。

他当时过得并不差，完全可以体面地生活，一年能买两三套衣服，能按时到理发店打理头发，至少每周能请朋友们吃一顿饭。可是他确信，哪怕把到那时为止他照料过的尸体[1]数量翻倍，从清晨忙活到另一个清晨，利润翻十倍，他也凑不齐拿到托拉的房子所需要的钱。

1　拉尔森绰号"收尸人"，系因为他将年老色衰的妓女聚集起来，就像"收集尸体的人"，后文多次出现的"尸体"一词因而在大多数情况下并非指真正的尸体，而是他手下的年老妓女。——译者注（本书所有注释均为译者注）

他了解那栋房子，他很希望自己能以顾客的身份享受那栋房子里提供的服务。可是他只能带着挑剔的眼光盯着它看，他注定会被它的缺陷绊倒，就像被摆放不当的家具一角绊倒一样。他把帽子戴到头上，这是被托拉强加的一种习惯，他把双手插到口袋里，不慌不忙地用单侧屁股坐了下来，就好像是在验证某种亲密感的缺乏，他带着苦涩和骄傲记录着托拉的房子和他想象中的房子之间的上百种差异，也许他的愿望最终也无法实现，但是在进行那番比较时，他想象中的那栋房子鲜活而坚实，就像一座金矿。

然而生活并没有结束，知道托拉想要的数字总是很有趣的。他回去拜访她，等待着托拉从楼梯上走下来，一眼也不看院子里那些抽着烟，谈论衣着和电影的姑娘，院子里摆着彩陶，镀金器物，灯光一照，院子里的紫色物事就愈发显得深暗了。如果说院子小到没人用，为什么要开着那盏灯呢？把那堵薄墙打掉，摆上小桌子或者带转板的座椅。要是说这儿也卖饮料的话，与其让人从厨房端来，倒不如搞个小吧台，再摆上维克多牌留声机和唱片机。姑娘们可以负责放歌，或者她本人来放也行。

托拉下来了，穿着黑色长裙，搭着楼梯扶手冲他微笑，摇曳生姿，生机勃勃。女士礼裙，胸前的首饰和修剪整齐的手指提醒他第二天是节日，从首都驶来参加开幕式的官方列车即将到达。

"你们为什么不让他进来呢？"托拉停下脚步问道，她先是冲着他，后来又转向姑娘们，她们抬高肩膀，笑了笑，略显难过。

灰尘太多了，妆化得太浓了，三个女人留了同样的发型。

托拉打开书房的门，在墙壁上摸了半天才把灯打开，她把他迎进屋子，把一瓶苦樱桃酒和酒杯放在了桌子上，酒杯只有一个。

"我不会耽搁您太久的。""收尸人"说道，他几乎是侧着身子坐在一把粉红色的小木椅上，"抱歉在这样一个工作日的晚上到这里来打扰您。"

"没关系，小伙子，时间还早呢。您知道人们在夏天是不会早起的。"

她说话时会把大舌音拖长，还把印第安人的黑色头发染成了金色，她的面色沉重而冷酷，却试图用持久的耐心和疲惫感来掩饰自己。肿胀的皮肉中间，她的眼睛眯成了一条缝，这样可以看得更清楚，眨起眼睛来也可以少费点力气。

"你在电话里说是件重要的事情，小伙子？请自便，我不喝酒，因为肝不好。上了年纪啊。埃尔西莉娅怎么样？挺好的吧？这样最好。她没和那个疯女人掺到一起的时候是个好姑娘。不，我不喝。肝不行啊，还得考虑我的姑娘们。我对您发誓，人这一辈子……当妈妈的是不会有耐心的，小伙子。但又能咋办呢？她毕竟也还只是个年轻姑娘。"

她用一根带有银色草藤装饰的长烟嘴吸烟，动作很有规律，当烟嘴靠近她的嘴巴时，她就会夸张地露出假牙，烟嘴慢慢移开，垂直悬挂在她的手指上时，她就用厚厚的嘴唇把烟雾吐出来，然后摆出认输和恶心的表情。

"对的。""收尸人"说道，他对着那只清脆铿锵的玻利维亚手镯露出了和善的笑容，她正将那个手镯凑近黑色的丝质长裙，"生活就是一场斗争。"

*很快你就会让人称呼你作"夫人"了。*对于等候在院子里的姑娘们的年轻和埃尔西莉娅的过去——那是他照料过的最受尽屈辱、抱有怨恨的尸体之一——的影射似乎是刻意为之的，是为了指出情况的差异，让他回想起他以耳光和微不足道的污名为代价帮助过的四个姑娘，想起她们那扭曲变形的身体、怪诞无耻的面容和各自患上的病症。他曾用重复而漫长的独白许诺给予每一个愿意支持他的妓女幸福，或者至少是平和地生活在世间的权利。

"我是来用钱说话的。""收尸人"说道。他听到了门铃声和姑娘们起身迎客时发出的低语声，然后是一片寂静，如此熟悉，明白无误。"有人给我说您想出售这里。多少钱？现金？"他笑着问完话，慢慢后退，远离托拉牙齿和嘴巴碰撞的声音，也远离后者严肃而决绝的表情。

"卖？小伙子。我就是疯了也不会把这里卖掉。而且没人能付得起这里应值的钱，补不齐我在这里的投入。"她摇头晃脑，面带微笑，烟嘴停留在几近消散的烟雾中，她并没有露出嘲弄、怜悯或不信任的神情。托拉想要展现出的只是一种可供分享的胜利者的满足感。

"那就是我搞错了。""收尸人"表达了歉意，"有人给我说您想卖掉这里，然后到圣玛利亚去。"

"谁告诉您的？"

"有人这么说。"

"他们比我自己还清楚我的事，小伙子。"她无奈地说道，然后用舌头舔了舔指甲，放下了烟嘴，"也不是不行，要是能有人给我一百万的话……"她倾身大笑了起来，伸出手在空气里抓了抓。

门铃又响了，不真诚的招呼声又从院子里传了过来。

"好像有人来了。""收尸人"边说着边站了起来，端起小酒杯准备把里面的酒喝光，"要是您需要招呼客人的话……"

"不用，小伙子。姑娘们知道该怎么工作。当然了，再晚一点，等到这里人满了的时候，或者出现什么怪事的时候，我自然得出面。不过现在还轮不到我。"她急匆匆地说道，像是在抱怨，似乎不管对方相不相信，也不管对方有没有在听。抱怨时，她又开始拖长大舌音了，还往烟嘴里又塞了根烟，给"收尸人"放下的酒杯里倒满了酒。"小伙子，可别为了这个就拍屁股走人。您该做的是别的事。所以说有人说我要把这里卖了，然后到圣玛利亚去？去干啥？收庄稼还是饿死在那儿？"

"我不知道。""收尸人"说着，又像之前一样用单侧屁股坐到了椅子上，"他们跟我说您要卖掉这里，所以我就来问问您想卖多钱，是不是只收现金。"

"我觉得应该是收现金，小伙子。当然如果我决定卖的话……好吧，您了解这里，也知道这里做的是什么生意。把它变成现在这个样子，我是下了大力气的。不过要说卖的话，我得卖给一个疯子，小伙子，一个愿意出两倍的价格把真金白银交到我手上的疯子。只有这样我才会卖。"

"收尸人"用酒让舌头尝了尝甜味，然后点燃一支烟。他确信托拉并不是在讨价还价，她只是单纯不信任他，觉得他来买下这栋房子的想法很荒唐，她这么做没什么问题。她怀疑"收尸人"是来问出价格，再让别人来掏钱，以此赚取佣金。一切尽在掌握，她不会报价，他来到这里只是为了听到那个数字，只是为了用那个价格来测量他与他那不可能实现的梦想之间相隔的距离和时间。但他还是决定留下来，因为他可以这么做，也因为这样用一侧屁股不牢靠地坐在书桌前令他感到舒适，又或者是因为在喝饭前苦艾酒之前的这段时间他压根无事可做，再或者是因为他想和她多待几分钟，和这样一个毫无道理地在这项事业中取得成功的人多待几分钟，这正是他充满野心想要从事的事业，也是带给他无法弥补的痛苦的事业。他决定再待一会儿，听她说话，看着她，与此同时，门铃又响了，姑娘们在院子里走来走去，用已经开始沙哑的嗓音欢迎这位，又欢迎那位。

他没能听到他渴求的那个数字。但是他听着，不自在地坐在那把铺着缎子的椅子上，听着院子里来来往往的嘈杂声，虚伪做作的评论声，这些声音增强了托拉的自信和冷淡的优越感。他喝下最后一杯酒，有些兴奋，警惕起了自己，而托拉则把酒瓶收进了低矮的黑色柜子里。

他站起身来准备告辞，心里盘算着，门铃每响一次，就意味着托拉至少能赚十比索。他想象着此时应当在阴暗不透风的舞厅里重复出现的笑容、目光、诡计和手段，从午夜到黎明，他应当能看到，也许能摸到，终归能听到的那四具穿着舞裙的尸体，那时正是节日前夜，扣除掉食物费用和不可预料的醉酒造成的费用，最多能赚四十比索。

第二天中午，他在租住的房间里醒来，点燃了第一支烟。那天是节假日，门外有三台收音机在播放音乐，阳台上的窗帘已经被熏黑了，市中心时不时就响起如炸弹爆炸般的轰鸣声，四个女人里有一个赤裸着身子在打呼噜，在他的身边躺着另一个女人，头发散落在胳膊上和衬衫短袖上，遮住了那颗头颅，看不清她到底是谁。

他又想起了托拉，想起了圣玛利亚，想念起了年轻时的自己，当年的他在斑驳的街区咖啡馆里孤独起誓，带着惊讶、恐惧和困惑的骄傲，他发现并证实了自己与众不同，他的男性朋友们以及最初的那几位让人眼花缭乱的女人希望他、预言他具有取得微小胜利的命运，他压根瞧不上这种论调。

那天中午，轮值的那具肮脏、肥胖、矮小、脸上挂着睡觉时流下的口水的痕迹和油漆痕迹的尸体，急促地摆弄着香烟和苦艾酒杯，追着他要告诉他自己刚做的可怕而简单的梦，就在这时，"收尸人"检查了自己存的钱。他估量了一下，谨慎而贪婪地算了一笔账。够了。

"大概是因为煎蛋，亲爱的。"那副骷髅架子从床上坐了起来，用手指敲打着手肘和膝盖，大腿中间夹着个酒杯，浑身散发着岁月、愚蠢和疲惫的气息。

"那就点几个煎蛋。""收尸人"慷慨地回答道，同时抚摸着自己决心不卖掉的留声机的绿色喇叭。他怀疑这具肥胖、泛绿、难闻的尸体和眼前这个女人没有任何关联。

"去死吧。"她在床边笑弯了腰,"我的意思是昨晚睡前吃了几个煎蛋,可能因为这个我才一直做梦。"

"我刚才没明白你的意思,抱歉。""收尸人"说道,"我几乎能肯定你做梦就是因为这个。"

"不过有些梦是有意义的。"那东西嘟囔了一句。她喝了口酒,又把烟头丢进了杯子里。

"收尸人"穿着件棕色汗衫,衣服边缘卷向肚脐处,身上毛发浓密,他的手指沿着绿色留声机的花朵形喇叭摸索着,在怜悯和厌恶的情绪之间徘徊。死人总是这样。他走了一步,好奇地看着那只向前伸出的手,那只手摸到了坐在床上的那具尸体的微红、焦枯但仍散发着香气的头发。

"不要被梦迷惑住。"他抚摸着她的头发,建议道。他用舌头轻轻一弹,烟头就掉进了那个一动不动的白胖女人用肥大紧绷的大腿夹着的玻璃杯里。"梦就是这样。很多时候梦是反的。既然我爱你,你又有什么可担心的呢?给我说说看。"

那具尸体抬起头,努力微笑着。拉尔森想到了河边的一座富裕、洁白、幸福的城镇,怀念着想象中那里的特殊空气,就好像他生自那里,终于有机会回到那里。他看着直起身子的那具尸体,不带动皮肉的笑容更加灿烂了,小小的头骨闪着亮光,空空的杯子陷在腹部的凹陷处。他慷慨大度地呼吸着从稀少的软骨中透出的腐败气息,审视着它与其他尸臭的相似之处,那几具尸体可能刚刚醒来,很快就会开始给他打电话来。

"收尸人"在圣玛利亚待了两天，然后回到了罗萨里奥，他要把能卖的那点东西卖掉，然后带上留声机，对朋友们和女人们撒谎说他要去北部待两周或一个月。茶余饭后，他想象着把他抛弃的那几个死女人卖掉，用埃尔西莉娅和其他三个老女人换些小玩意儿，甘蔗酒啊，友好的拍掌啊，他觉得很有意思，笑了。

可是除了有可能击败托拉的机会和药剂师巴尔特的荒唐承诺之外，他在圣玛利亚一无所获。但是，在村子里，在城镇里，有许多年轻人在等待着他，他们有的工作稳定，有的居无定所。他在药店里屋同巴尔特交谈了一个小时，看着那张白净、圆润、无毛的脸上流露出的不信任、不屑和激情，他很想撕裂那张似乎沾上了下巴上的脂肪的红红的小嘴巴。

在那一个小时里，他帮助药剂师把想说的都说了出来，他任由自己用疯狂来衡量这种同样疯狂的诱惑。他信服巴尔特想要建立妓院——不是给他的，也不是给托拉的，而是给全人类的——的想法，他开始筹建妓院，规划家具的布局，思考他需要雇用的女人的心理、年龄和种族背景。他在《自由报》报社找了份工作，开始有条不紊、心安理得地了解起了这座城镇和这里的居民，冲着男人们露出年轻时常有的灿烂笑容，为预想中的未来寻觅客户，努力探索他们需要怎样风格、怎样价格、怎样待遇、怎样体形的女人。

当巴尔特为提案通过搞到了保守派的选票，消除了来自托拉的竞争风险时，当身处药店里屋的药剂师夸张地表现自己的喜悦，并向他解释为何谈论合同的时机还没到时，他，

"收尸人"，在自尊心和经验赋予他的狡猾、沉默和伪装之下，认为自己应该到首都去一趟，去找到玛利亚·波尼塔，和她一起实现那个自己从未对她提起的梦想。

他老了，本已变得不信鬼神，多愁善感。可如今，对他来说，创办妓院从根本上来看就像是在结冥婚，就像是相信鬼魂的存在，又像是在为上帝做事。

十

　　从周二到周五，那栋带天蓝色百叶窗的房子都在凌晨两点关门。到了那个时间，玛利亚·波尼塔会再次给自己化妆，换上闪亮的黑色丝裙，穿上下午早些时候接待客人时穿的高跟鞋。她微笑着走进前厅，刚点燃的香烟在长长的烟嘴里冒着烟，她已经学会了像用扇子那样驾驭烟嘴。有时，只要她出现，慢条斯理地说几句客套话，偶尔在笑声中打个哈欠，客人们——他们想留下，但又不能留下，只得带着妒意在院子里的小桌旁盯着那三间简陋的卧室的房门——就会起身结账，或者站起来喝最后一杯酒，他们通常会对着那个送他们离去的肥胖女人说一声"干杯"。

　　玛利亚·波尼塔会把门闩上，再锁上。在那个半睡半醒的老女人清理桌子上的烟灰，擦干桌子上的水渍和地面上的污垢，再把空烟盒收起来时，无论房间里是否有男人在等她，她都会用高脚杯把残余的甘蔗酒盛进去，然后在窗台前坐上五分钟，检查下丝袜，把烟灰拨到一根横向铁栏杆旁，在她自己的气味和难以捉摸的夏日黑夜的气味之中，她总能沉浸到假装忧心和回忆的游戏中。

这是她一天里最快乐的时刻，是对每次不快的补偿，也是对觉察到无聊和时间流逝的短暂意识的补偿。她抽烟喝酒，二十四个小时一个轮回，终于在这独处的时刻再次有了自我意识。她曾以为，在铁窗前的一次次偷偷摸摸的幽会中，她与他再次相遇，互相忍让：在成熟的夜色和空气中，在没有男人的环境中，在老女人手中的扫帚在微红的地砖上发出的声响中，在令人信服的言辞和从卧室传来的鼾声中，她玩起了游戏，想象出了一个几乎不会变老的玛利亚·波尼塔，她情绪平稳，由善良的行为和善解人意的放弃塑造而成，衣着打扮天然就是为了给人模仿的，她不掺和别人的事，也不与他人产生冲突，这就是生活的意识。

她关上窗户，把一厘米长的烟头丢在要递给老女人的玻璃杯底部。无论是否有男人在床上等着她，她都会先在卧室的镜子里惊讶地看到自己，带着转瞬即逝的好奇心，试图发现属于她的那份疲惫感和那种艰难的决定。然后，在整理妆容时，在听着身后的寂静或某个男人的声音时，她会审视玛利亚·波尼塔的面庞，那些新长出的细纹仿佛只是一天疲劳的见证。

她已经无法完完全全地认出自己了。她看着那些亮光，化妆品，阴影和线条，发现自己实际上并不拥有一张面孔，她唯一能用来区分自己与他人的就是那种毫无来由、不带希望、起伏不定的兴奋感。还有那双被黑眼圈包围的大眼睛，里面的黄色纤维已然枯萎，不过嘴巴还很鲜嫩，与下巴上日益肥大的赘肉和脖子处的马蹄形印痕还相距甚远。这个世界将会在明天灭亡。她要睡觉了，或者在睡着之前再工作几分钟。

这里凌晨两点关门。但是在周六的晚上，关门的时间就要取决于来客的数量和他们的热情程度了。周一只有到了黄昏时分才开门营业，那时太阳已经不再温暖那些天蓝色的百叶窗了，枯萎的天竺葵盆里的土也又变干了。

星期一是女人们外出的日子。从第一周开始，玛利亚·波尼塔就放弃了在圣玛利亚闲逛、花钱购物、坐在可怜的咖啡馆里享受服务的权利了。她看得到也听得到人们的轻蔑，这种轻蔑是自发的，没有攻击性，就像天气变化一样影响着所有人，男人和女人，房屋的正面，破败的街道。

她惊讶于前一天晚上还和她在一起，或者至少在那栋房子里的那些男人面红耳赤，尴尬地装腔作势，甚至冲她们翻白眼。她不想再出门了，不是因为害怕，只是因为想到她的缺席不会对伊莲内和内莉产生什么影响，她们依然会在每周一到村子里走动，而且她不愿意外出，她想把那种轻蔑还回去。她待在家里，午睡过后，"收尸人"就会来。他们会在卧室里一起喝马黛茶，在漫长的沉默间歇聊聊生意上的事，两人都想展现得比对方更强硬，更对这桩生意感兴趣，因为从一开始他们就已经交换过了想法，他们只是在互相帮助着赚钱，前者帮后者，后者帮前者。

在半明半暗的百叶窗下，在圣犹大的彩色画像和每周更换的鲜花下，"你记得吗？"这句话被不断重复，令人惊奇，令人愉悦，意味深长。他们撒谎，他们遗忘，或者互相帮助对方撒谎和遗忘。就像某些逝者的面孔一样，过往的杂质被慢慢清理干净，环境和动机被卧室里温热的空气抛开，既顺从，又顽强，如历史文本一般准确，如传说一般充满勇气、智慧和牺牲。

有时，他们又像黑暗中的两个幽灵一样抱在一起，因快乐而挣扎，既不自私，也不急促，确信窗边的镜子在复刻他们时会使他们的肉体年轻二十岁，从骨髓到肌肤，乃至尊严，尊严是每个人都心心念念，却又用不同的辞藻描绘的东西。

在此期间，金发女郎内莉和胖姑娘伊莲内手拉手、肘搭肘，爬完了通往广场的陡峭街道，气喘吁吁地讨论着炎热的气候，偶尔低声发出惊讶的笑声，在断断续续的树荫下摇着身子前行。

伊莲内有点不安，有时会靠在那把她不敢撑开的粉色雨伞上。她们把头抬得高高的，觉得自己好像是某种器物，从复杂的发饰到银色和金色的鞋子，沿着广场的对角线慢慢走着，在商店的橱窗前慵懒地停下脚步，有一搭没一搭地说着话，但互相并没有认真听对方说了什么。

她们买了些东西，却几乎没买她们本来想要买的东西，也不还价，不关注卖家粗鲁的态度和表情。她们就像盲人一样，对她们长及脚踝的夏装引发的愤怒视而不见，远离她们有分寸、缺乏表现力的歌声所激发的仇恨。

归根到底来看——她们在散步时有时会察觉到，就像午睡后洗澡时闻到的香水和爽身粉的味道一样——她们带到城镇里来的是恐惧，她们无权踏上这些道路，无权把手伸进柜台上堆成堆的丝绸和羊毛。她们对此心知肚明，但从不说穿。

每个周一，她们都会顶着烈日在街道上行走，刚刚打理过的脸上布满疲惫和汗水，她们焦虑地把握着脚步的轻重以及腋下汗湿面积的大小。她们迎着每周一次的屈辱前进，因为这让她们感觉自己还活着，自己受人重视，这让她们觉得高兴，她们拥有这种天赋，不必言语，无须眼神，就可以引起那么多人的谴责。她们沉浸其中——徐步缓行，勉强微笑，那是种在嘴角流露出的善良而怯懦的微笑——她们无法忍受每周一下午都憋在房子里的感觉，因为，无论如何，她们经历尚浅，无法忍受漠视和不公。

买完东西，逛完街，她们会来到河边的大道上，来到移民区的人们坚硬、黝黑的身影之间，虽说周一人并不多。耐心的渔民在码头的围墙上躺着，一动不动。花坛的菱形图案是新描画的，稚嫩的小树在那里挣扎求生。在午后的萧条和降临到圣玛利亚的村镇特有的忧郁气息之中，她们穿着颜色鲜艳的长裙在街道上走来走去，像是蓄谋已久的反击，又像是天真的挑衅。她们低声说着闲话，尽情享受着这种肆无忌惮的感觉，她们互相调侃，互相拍打对方的肩膀。

浓妆艳抹的脸上依然泛着疲惫，显得僵硬，卑微和冷漠的神情交织在一起，河面船桨上最后一抹晚霞的反光让她们觉得眼花缭乱，她们想要从船上只能望见半身的穿着汗衫的人身上看出他们的个人特征，那些人离远显小，随着水流节奏不断晃动，似乎毫不费力。

伊莲内和内莉在清爽的河边的一家咖啡馆里结束了周一漫步，那里似乎总是没什么客人。她们把包袱和钱包放在椅子上，谈论花掉的钱，猜测玛利亚·波尼塔看到她们买的东西时的反应。周一的服务生是一位戴金色假发的老人，动作缓慢，很不娴熟，听到说笑声，他从柜台前转过身来，走近她们，为她们服务。他毫无必要地挪动了包袱在椅子上的位置，盯着自己手中来回擦拭桌子的抹布，他把慈祥但无喜悦的笑容分给了她们，用不容混淆的沉默欢迎她们的到来。

她们吃着浸在奶茶里的面包，把买来的香皂和香水放在鼻子下面，大声讨论它们和记忆中的某些味道比较后的结论。她们互相碰触对方的手臂、胸部和喉咙，计划着用包袱里的布料做成的裙子的式样。

太阳渐渐向着河边落下，她们在咖啡馆的窗前吸烟，窗外的灯光依然没有亮起，罐头厂的工人们开始走进咖啡馆了。她们对着暮色，幻想出了某种甜蜜而轻盈的忧伤，她们把出错误的根源归因于这种感觉，带着犹豫不定的虚荣心注视着沾满口红的烟头。她们的休息日就快要结束了，现在，责任和习惯使她们愈发兴奋了起来。

她们感受到了恐惧，于是穿过圣玛利亚，没有看一眼那里的居民。她们只是看到了几双手和几双腿，看到了人的踪影，却没有看人们的眼睛，所以她们很快就可以将那些人遗忘。在她们返回的路上，在穿越玫红色灯光亮起的广场时，她们疲惫异常，还要掩饰着自己的匆忙，她们把那幅画面带到家里去，它就如梦境般不可思议，没有人的村镇，没有员工的厂子，快速行驶的空荡公交车在冷清的街道上鸣笛。胖姑娘和金发女郎气喘吁吁地走在昏暗的街道上，心里想的是自己，毫不留情地指责的也是自己，心里想着那些从天而降的诅咒，认定那些冒犯性的话语随处可见，会被时间淹没。

在街灯的照耀下，她们从天蓝色的房子大门走了进来，互相搀扶着，艰难地承受着包袱的重量。她们转过身，看了一眼开始弥漫到植物、树干和沙土上的夜色。她们向节日周一的终点打了招呼，走进房子，穿过院子，院子里瘫倒着两三个男人，伸着腿瘫在泛红的地砖上。"收尸人"不见了。玛利亚·波尼塔急中生智，像演戏一样拍了拍手，冲男人们笑了笑，拎起包袱喊道：

"姑娘们，客人来了，快换衣服。"

除了那两个女人在周一下午两三个小时里的这趟缓慢旅程之外，这座城镇同河岸边的这栋房子之间仅有的联系是通过鬼鬼祟祟、夜不归宿的男人们建立起来的。这几个女人来到这里几天之后，议论就停止了，男人们在酒馆外的人行道上几杯啤酒下肚，就开始开起她们的玩笑了，在摆放着钢琴和各式家具的客厅里，在街头巷尾的街道上，女孩们也窃窃私语了起来。

那是个属于茉莉花的十一月：头顶花篮的妇女，怨声载道、脏兮兮的光脚小伙从乡间赶来，以一比索一束的价格出售茉莉花。夜幕降临，他们只要给钱就卖了，花瓣边缘长出褐色斑点的厚厚花朵被丢在村镇和移民区的街道上，盖在两处墓地的石头上和带生平简介的墓碑上，留在教堂的祭坛上，留在客厅、饭厅和卧室里。周日下午，有些人手里捧着花，胸前抱着花，头上顶着花，沿着河边长长的道路漫步。还有些人，或者可能是同一群人，则在广场上被热浪蹂躏，被细雨打凉，慢慢腐烂。茉莉花香带着漫无目的的兴奋劲儿和引人遐想的挑逗劲儿侵袭圣玛利亚。它每天都来，就像股白色的浪头，很快就遮蔽了三个女人的到来和河岸边妓院开张的痕迹。每个人都不得不张大鼻孔，眯起眼睛，呼吸着来自乡间的弥漫着虚假与智慧的气息。每个人都偷偷或假装嗅到了茉莉花香，证实了每种不公都有翻案的机会，感觉到每一个真实的愿望都需要去实现。现实中价值十比索的女人，记忆中矗立在河岸缓坡上的那栋天蓝色的房子，淹没于纯白色的香气之中。

人们谈论那家妓院时，曾经把它看作淫秽的笑料。就像所有持续了过长时间的笑话一样，它如今勾起的只是遗忘的意愿和夸张的无知，那些从广场周围的店铺里走出来的人们，脸上露出了短暂的笑容，尤其是周六的晚上，成群结队的人或车奔向那座房子所在的曾无人踏足的地区。

这个十一月充满了对茉莉花过剩的大惊小怪，正常的十一月里，茉莉花的数量应该只有这个十一月的一半，价格和产量自然也有关联，此外还有对桥梁、道路和交通票价的新讨论，有关于结婚和死亡的一些消息传来。不过，当"收尸人"在清晨蹒跚着回来时，他的手插在兜里——他心不在焉地抚摸着手枪，就和有时轻抚脖子上挂的小奖章一样心不在焉——从刚关门的那栋房子往城镇去，从玛利亚·波尼塔最后一个机械的吻到贝尔纳的旅店去，或者到街边的咖啡馆去，他决意要在路灯下，在某个窗户透出的最后一束孤独的亮光中，在遇见的熟人们的匆匆问候中，发现敌意、威胁和不成熟的阴谋。

当他在贝尔纳的酒馆吧台前喝下最后一杯酒时——独自一人或在巴斯克斯的无声赞美中——他被迫承认激情和疑惧撕裂了他的灵魂：*从一开始就定价十比索是个打击。那些还没来的人会来的，两个月内，来我的妓院就会像去看医生或去理发一样成为家常便饭。有阻挠的力量，他们没说出来，最好想都别想。一切都是合法的，我有议会的批准函。我一直都不喜欢这座城镇，不喜欢做头场弥撒的那些老太太，还有移民区的那些外国佬，黑白混血种人和外国佬，还有那些闲着没事盯着别人的人。我不知道是不是应该再带一个女人来，金头发的，瘦子，胖子，健美的，统统不要。我不知道。*

他喝完酒，也不管老板有没有在冲他笑，独自一人，沉重而不屑地离开了贝尔纳的酒馆，他走在巴斯克斯的右边，后者一般会陪他走半个街区，有时候甚至会陪他到房间。

临睡觉前，他会数数钱，并在一个小本子上记下金额。他骄傲自豪，气势汹汹，信心十足，毫无恶意地轻视半年前的那个浑浑噩噩的"收尸人"。他在房间里踱来踱去，有时还会拔出木塞，边喝酒边听探戈，他慢慢喝着，仪式般地坐在桌边，每喝一口就用手指擦擦嘴，他的周围都是些沉默的幽灵，压根不值得将它们具象化。

玛利亚·波尼塔送给他的茉莉花在沾满墨水和烟灰的文件夹里了无生机，折断的茎压在绿色的叶子上。正午醒来时，"收尸人"迎着窗户透进的亮光眨了眨眼，他觉得那种光有种特质，是种细微的差别，具有侵略性，但又有所保留，和世界上其他地方正午十二点的阳光都不一样。

我在圣玛利亚。他边想着，边点燃了第一根香烟。他挠了挠头，慢慢辨认出了从街上和其他房间传来的声音，这些声音同样与众不同，不容混淆。光照在河岸边的房子上，照在低矮的山丘上，照在河滩上，河水上，那是种无法存放于任何记忆中的光。在现实中，这种喧闹、太阳、声音、街道上的摩托和楼里的吵闹声所代表的生活的节奏，都是属于他人的，从本质上来看是无法理解的。

"操蛋的镇子，老鼠的镇子。""收尸人"嘟囔着在床上坐了起来，穿上了拖鞋。一个又一个中午过去了，他依然没有找到一个供自己仇恨的具体目标，这让他感到既愤怒又困惑。

十一

　　迪亚斯·格雷从广场边缘转过身来，朝河流的方向望去，他确信除了那昏暗的光芒，天空中一束扭曲的光，一个地理标志之外，自己什么也看不到。

　　马科斯的红色小轿车没有像往常一样由摩托车护送，而是径直停在了酒店门口。迪亚斯·格雷从酒吧的门进入广场酒店，酒保微笑着跟他打招呼，然后停了下来，盯着他看，手边还放着瓶酒。马科斯靠在吧台上，转身朝向入口处，一条腿的膝盖抵在安娜·玛利亚的长毛绒裤子上，他喝得醉醺醺的，一只手搭在一个衣着光鲜的男人的衣襟上，他笑了。马科斯自创了这种笑声来帮助自己，强迫自己用笑容填满嘴巴，他的脸上还闪烁着汗水的光芒。他轻轻笑着，没有中断，没有任何含意，似乎觉得自己隐藏在了笑声后面，害怕太快用尽那种笑容。

　　此时吧台前只有马科斯、安娜·玛利亚和那个穿新西装的男人。她和马科斯坐到了凳子上，那个男人站着，礼貌地点着头，他的头发梳得光亮，手里拿着顶帽子。三人面前各摆着一个高脚杯。酒保拿着酒瓶后退了一步，脸始终对着医生。安娜·玛利亚也转过身来看了看迪亚斯·格雷，有些无聊，面无表情，一根香烟从她的嘴边移开，烟雾从她的鼻孔中喷出。马科斯潮红的面孔隐藏在升腾的烟雾后，他顺从的笑声也从那里传来。*他在谈论我，或者在谈论与我有关的事情。*迪亚斯·格雷看着柱子旁的桌子，他每天晚上都坐在那里。他拄着手杖，摘下帽子时微微欠身。酒保靠在酒架边，后背顶在一面镜子上，看着马科斯的侧脸，又立刻把脸转向医生。他表现得有些漠然，想要专注于同酒瓶打交道，不想出于好奇心而加入到那些人当中。迪亚斯·格雷对上了马科斯的眼睛，笑了笑。他比往常更加缓慢地向吧台走去，拖了一张凳子坐到了那个女人身边。他坐了下来，双手搭在手杖上，帽子则盖在手上，他感到平静而坚定。

"来杯圣马丁。"他说道。

"干的，明白，医生。"酒保点点头。

尽管天气炎热，可是这个叫安娜·玛利亚的女人还是穿了件遮住一半脖子的线衣和一件法兰绒夹克。她的身上飘着种甜美、持久但愚蠢的香水味，类似于黎明的气息。

酒保把杯子放在吧台上，说道："干的，来了，医生。"他看着酒保，冲后者笑了笑。酒保似乎不再和其他三人有什么关联了，而是和他建立起了某种无休止的同谋关系。

"谢谢。"迪亚斯·格雷嘀咕了一句。他把酒喝了一半，又点了点头。

　　酒保又笑了笑，把吧台上的餐巾纸滑了过来。突然，迪亚斯·格雷觉察到了其他几个人的沉默。马科斯停止了笑声，站着的那个男人一小口接一小口地嘬酒，安娜·玛利亚在对着镜子吸烟，吐出的烟雾遮盖或模糊了她的脸，她眨眨眼，再次吞云吐雾。

　　一动不动，闭口不言，对我态度严肃。香水味就像是暗自嘀咕的简短句子，让人觉得她很重要。

　　"我们再喝一杯。"马科斯说道，"再添点酒。"

　　他又慢慢地笑了，笑得很小心，似乎想赋予笑声某种特定的形状。

　　"所有人，汉森，所有人都不在乎。我说的不是那些因为那几个从首都被雇佣到这里来的女人而感到高兴的人。我说的不是那些垃圾。我指的是那些正派的人，或者你认为正派的人，所有人都不在乎，所有人都觉得这是理所当然的事情。"

　　"我懂。"站着的男人轻声说道，他冲着杯子里残存的酒笑了笑，"我早就给您说过，马科斯，应当把道德和法律分开。"

　　"是吗？"马科斯伸长手臂，等待酒保给他倒满酒，"是这样吗？但我也可以通过法律途径来处理这件事。您去跟执政官说说。告诉他在圣玛利亚不止一个人不会容忍这种事情发生。那些法律之类的屁话，都是俄国佬搞出来的东西。"

　　汉森笑了笑，转身朝向安娜·玛利亚。安娜·玛利亚又点了根烟，在倒影和酒杯之间，在酒保的白色肩膀旁边，盯着镜子里吞云吐雾的自己。

"我们是不会容忍这种事情的。"马科斯重复道，"我是认真的，汉森，这不是说说而已。"

"我明白。"汉森说道，他又嘬了几口酒，"但我们讨论的不是这个。对我来说这没什么可讨论的。"

迪亚斯·格雷转过身，隔着香水的气息看着那个男人，他的长相和"汉森"这个名字不太搭，头发闪亮，打理妥帖，像一块深色的木头。他的小胡子修剪得十分整齐，紧紧地贴在脸上，牙齿很白，露在外面，他那又窄又平的额头上正在冒汗。

"不管它合不合法，"马科斯笑道，"既然开起来了，就是合法的。这道理我懂。但这是个陷阱。您是律师，您知道这种事背后总是藏着陷阱，这是犹太人的老把戏了。"

"好吧，"汉森说道，"但这件事里没有犹太人在掺和。"

"总是有犹太人的。"马科斯说道，"您很清楚这一点，不要否认。任何操蛋的事后面都藏着犹太人。那个操盘手皮条客，'收尸人'，我肯定他是个犹太人。没事，我不在乎被别人听到。"他举起一只手，另一只手端起酒杯喝了一口，然后把酒杯放在吧台上，手没有松开，在杯壁上的一块湿漉漉的酒痕上来回摩擦。安娜·玛利亚叼着烟，看着镜子里自己那张被烟线隔断的脸。

"不是这样的，马科斯。"汉森无可奈何地暗示道。

"就是这样。"马科斯答道，"我现在就会证明给您看。首先，'收尸人'是犹太人；其次，让步的举动可能是合法的，但这是个陷阱，是道德沦丧。哪怕法律判定您要朝您妈妈脸上吐口水，您肯定也不能忍受这种判决。您不会去追究它是对是错。您只是无法忍受。这就是我现在的感觉。您看，哪怕'收尸人'不是犹太人，那也没什么影响。最坏的不是犹太人，因为犹太人就是犹太人，我们都知道他们为了钱什么事都干得出来。最坏的是其他人，那些不是犹太人却也参与到这场游戏中的人，那些继续和巴尔特以及'收尸人'还有所有那些应当被清理出去的垃圾当朋友的人。"

"您……"汉森开始说话了，始终保持微笑，他看了看安娜·玛利亚，又看了看酒保，喝了一大口酒，"您想偏了。我尊重您的个人感受，马科斯，虽说我觉得有些夸张了。我的意思是，从我的角度来看……咱们还是别讨论这个了。"

"好吧。"马科斯说道，"不谈就不谈。但还请您告诉执政官，让他知道我们不会再忍耐下去了。不管合不合法，我们都要了结那栋小房子，了结那些女人，了结这件恶心事。我们还要了结那些我们本以为体面的人，了结那些在圣玛利亚成了有头有脸的人物，现在却喜欢逛妓院的那些人。"

"干杯，马科斯。"汉森挑起一侧肩膀，把酒杯举了起来，这样说道。

"了结所有那些玩意儿。也许他们受了贿赂。也许他们没有别的办法能搞到女人。我们要了结巴尔特所有的朋友。就这么给执政官说。"

迪亚斯·格雷又要了杯酒，回应着酒保的笑容。*他是说给我听的，他想挑衅，但只是为了享受和我争论的快感。在*

妓院开张之前，他每天晚上都会带着女人和朋友来这里，聊摩托，聊车的品牌、活塞和曲轴。他会喝醉，甚至大醉，他会虐待安娜·玛利亚，会因为情绪而涨红脸。他总会在话题切换的间隙望向我的桌子，打量我，鄙视我，找借口。但是，归根到底都是因为他生活无趣。现在，他认为自己有了自信，觉得针对妓院发起一场圣战可以升华他，让他觉得自己完全有了生机。

他总是开着那辆红色小轿车来，后面跟着他那些寄生虫朋友的汽车或摩托车。我在桌边喝酒，有时听听他说话。他转过头来对我笑，仇恨我，因为我和其他人不一样，我有独处的勇气。现在，他自以为能平起平坐地对待我了，他想象着妓院、河边的房子、玛利亚·波尼塔、巴尔特和"收尸人"构成了某种冲突，某种足以把我们分隔开的大话题，因为我们都对此感兴趣。他一定认为我们对此充满热情。可是他是个可怜人，其他所有人都是可怜人，可怜的男人，可怜的女人。我不能再被他们的动机驱使了，我觉得这些让人感到遗憾、已被命运判处死刑的可怜人的所有信念和信仰都十分滑稽可笑。我对客观层面上和社会层面上看应当让我感兴趣的事情也提不起兴趣来。

我承认我不理解这样的自己，两腿夹着手杖和帽子，紧靠在圣玛利亚一家酒店的吧台边。但是，那样的自己就在这里，我也不在意是不是理解他。现在这种生活是能让我提起精神来的，我感到十分好奇，我喜欢在不必考虑成败的情况下行动，我喜欢参与其中，不带个人色彩，也不为谋求私利。

"来一场大清洗，"马科斯说道，"把人们分成朋友和敌人。妓院阵营在一边，好人阵营在另一边。"

"再抽根烟吧。"迪亚斯·格雷对安娜·玛利亚说道，他盯着镜子里她的面孔。

"我吗？我不想再抽烟了。"

她吓得脸色惨白，不敢看马科斯。

"我喜欢看您在镜子里的脸。烟雾让您的脸变得模模糊糊的。不过这不重要。我最喜欢的是您的眼神，还有您审视自己面庞时的专注。"

现在，她看向马科斯，然后微笑着摇了摇头。她的一只手在线衣和夹克衫之间摸了摸，掏出烟盒，放到了吧台上。

"告诉我们，您一边抽烟，一边看着镜子里的自己的时候，心里在想什么。我这么说是因为我不得不问您，我知道您是不会回答我的。那还是给我说说您用的香水吧。我确信在哪里闻到过这种香味，但我记不起来了。"

安娜·玛利亚笑了笑，抬起头，刻意把头放在马科斯和医生之间。她用汉森的打火机点燃了香烟。

"我能跟您说什么呢？"她说道，"严肃地说，我抽得太凶了。有时候我的嗓子会哑，什么话也说不出来。我大概生病了。您怎么看？"

哪怕有人超越了这一切，凌驾于这一切之上，与这一切分离，他也只能如置身其中一般带着束缚去行动，去说话。沉默即真理，真理就是绝对的静止。

"有些人没有意识到，"马科斯说道，"他们不是俄国佬，也许也不是垃圾，但是他们没有意识到这一点。"

"您确定火车晚上路过这里吗？"汉森问道，"最好还是去吃点东西。他们没给我安排合适的车。"

"这就对了。"医生嘀咕道，"镜子里的脸和烟雾。"

"拜托，别再说了，也别笑了，医生。"安娜·玛利亚说道，努力让目光穿透刚刚从嘴里吐出的烟雾。

"给我说说这种香水，聊聊声音嘶哑和喉咙痛的事情。"

"我们要走了。"马科斯说道，"咱们再喝最后一杯。有些人将永远被扫地出门了，我向您保证。"

"'爱情纪念品'，"安娜·玛利亚看着镜子里自己的嘴巴，说道，"简称'纪念品'。可以了吗？我嗓子不疼，就是有时候哑得说不出话来，就这样。"

"没什么事，我确定您健康着呢。但最好还是来诊所看看，随便什么时候。'纪念品'。不知道，我觉得我不知道这个牌子。"

"哪怕我得孤军奋战，也要把他们赶走。"马科斯说道，他没有笑，但露出了牙齿，比鼻子边缘也白不了多少。汗水闪烁，似乎是他故意流的，仿佛也成了他的表达里的一部分。

"因为有很多香水都有类似的味道，医生。"安娜·玛利亚说道。

"我不觉得您生病了。如果生病的话，肯定会发烧。应该是抽烟太多造成的。不过可能永远无法确定。有些人一辈子都觉得自己很健康，可突然……"

"您知道上千个类似案例，当然了。"她紧张起来了，也老了，她觉得通过唠叨和身体在凳子上来回摆动，可以把马科斯和医生隔开，这样前者就听不到，看不到，也就意识不到后者的存在了。

"我要走了。"汉森说道。

"好吧，我留下。"马科斯说道，"我今晚还有很多事情要做。"

"但你要带他去车站，马尔基托斯[1]。"她提醒道。

"我能把他送去。还有时间做许多事情。"

"不要紧。"汉森说道，"我可以在广场上搭辆车。晚安，夫人。两位现在明白了，要是下周去那边的话……"

在戴上帽子之前，他再次点头致意。在经过迪亚斯·格雷身前时，他露出了友好又略带讽刺的笑容。

"让他走吧。"马科斯评论道。他对着酒杯张开嘴，却没有喝酒。他宽阔的后背夸张地缩成一团，表现出他和汉森一样，已经被所有人抛弃了，可他依然能忍受这一切。

安娜·玛利亚迅速转过身来，想跟医生说话，却只能笑笑。她分开嘴唇，仿佛要把它们分开是一件困难或痛苦的事情，有那么一刻，她的笑容再次出现在迪亚斯·格雷面前。

她老了，绝望了。恐惧之下隐藏着另一种恐惧，一种无休止的恐惧，无穷无尽。很快她本人就会变成一种恐惧，仅此而已。

她把法兰绒夹克的领子当扇子扇了扇，停止了微笑。她

---

1 对马科斯的昵称。

点燃了镜中自己嘴上的香烟，然后慢慢把烟掐灭在了盛着水的小盘子里。

"没错，先生。"马科斯对着杯子说道。

可能她忍无可忍了。迪亚斯·格雷想道。她恰恰在此时此刻忍无可忍了，我们总相信某个时刻终会到来，在那个时刻，人们会看着镜中自己的面庞，恐惧地大叫起来。可能是因为发现了内心的恐惧，因而大叫。也可能正是恐惧诱使她叫了起来。

安娜·玛利亚突然有一种想呕吐的冲动，这种冲动时强时弱。她想象着与马科斯共度的夜晚，想象着被打的可能性，想象着迫使她挑衅挨打的冲动的可能来源。殴打意味着终结、停顿和毁灭。她以哭泣和自怜替代自己，替代整个世界。它们意味着摆脱仇恨的短暂自由，意味着转瞬即逝的柔情的部分回归：她颤抖着张开嘴，顶在熟睡的马科斯的肩膀上。泪水和喘息声在黑暗中蔓延，在那个男人的肌肤上蔓延，在他的气息和他的温度中蔓延。轻轻地，怜悯不再流向她自己，而是从她的胸口流出，从她始终庇护的记忆中流出，开始像一条毯子，像一次完美的爱抚那样，覆盖在这个男人沉重的身体上，覆盖在他的感官上。

她厌恶而无望地试图想起在特定时间从酒店厨房飘来的气味，试图恍悟油和调料在什么时间或什么食材上留下了印记。

"没错，先生。"马科斯重复着，慢慢端起了空酒杯。

酒保不在吧台后面。有人转动了前门，三人听到有人说了句话，听到了汽车的喇叭声和它在寂静的夏夜中发动起来的声音。

她听到马科斯哼了一声，感觉到把这个男人推向不快的怒火愈发膨胀，最后达到顶点：*最好还是晚些时候让他打我，别在现在打这个可怜的男人*。在镜子里，她假装自己并未挡在这两个男人和他们的对立面中间，她的身上混杂着某种骄傲和"我看到我的母亲像狗一样死去"这句话中流露出的细腻和忧郁，她的身上还带着对某个青年的记忆，他黑黑瘦瘦，默默无闻，曾在罗萨里奥的特洛卡特罗酒吧请她喝了加了可卡因的伏特加。

马科斯嘟哝了几句，医生淡淡地笑了笑，拍了拍手，把酒保唤了过来。凳子上坐着的这人穿的是灯芯绒长裤和法兰绒外套，没错。她尽可能地对着镜子，她十分憔悴，眼圈发黑，她需要涂粉，让自己的面容和垂死母亲的面容融为一体，一撮坚硬的头发在罗萨里奥的那个小伙子的额头前奔拉下来，这张脸插入到了她和母亲的面容中间。所有的一切，包括她自己，从很久之前开始，就几乎都变成了谎言，这三张面孔的真实程度远远比不上它们所象征的充满激情的绝望、无知和贪婪。

"让他走吧，让所有人都走吧。"马科斯说道，"我不走，我要留下来，直到天荒地老。"

他转向安娜·玛利亚的肩膀，扭到她的身体前方——她僵硬地坐在凳子上，仍然沉浸在镜中世界里，但如今已经意识到了那只是场游戏，一场她无力迷失于其中的游戏——

她向医生露出了半尴尬半傲慢的笑容。迪亚斯·格雷在他的酒杯和安娜·玛利亚的烟盒中间放了张钞票，又把酒保叫了过来。

"还不够。"马科斯宣布道。

她开始眨眼，动嘴，从镜子中脱离出来。

"还不够。我要留下来。也许演出今晚就会开始，也会在今晚结束。"

尽管马科斯的眼睛又小又近，汗水闪烁，脸色苍白，鼻子抽动，可他的神情却宁静、甜美且倔强。

"别叫酒保，医生。稍等一会儿。要是他来的话，就再喝一轮。不过先别付钱。我是不会走的，听到我的话了吗，安娜·玛利亚？"

安娜·玛利亚晃了晃脑袋，表示认可。她向后靠了靠，用戒指敲击着吧台的边缘，她想让这两个男人独处一会儿。

"所有人都要走了。我指的不是离开这里，也不是离开这座城镇。所有人都会从这些事情中抽身出来，您明白吗？请理解我。所有的小伙子都曾经像我一样，我们一样长大，做的事情和想的事情都一样。可现在只有我还和以前一样。为什么呢？不是因为我比他们更好，而是因为我既不害怕，也没改变。我从没怕过什么。"

此时他的确用拳头捶了吧台，不过很有分寸，显示不出什么信念。他的声音隐秘而忧伤，听得出已经喝醉了。*也许他并不是个不可救药的莽汉。医生心想。只是种意想不到的并发症。不得不去抛开、承认和尊重一个莽汉的智力和他犯*

的错误。

"我不是说他们是懦夫，就这样，面对别人，面对危险的时候。您懂的。请理解我。"他张开一只手紧压在胸口，"看到了吗？这不是害怕。他们和我上的是同一所学校，是和我一起经历过风浪的。但是他们不想节外生枝，他们变了，一件事只要跟他们没关系，他们就不想插手。我想说的是，同他们没有私人利益的关联。所以说我现在是孤军奋战。您瞧瞧汉森。他和我一样，我们一起上过学。现在他成了执政官的秘书，他本可以结束这些肮脏的事情。但他还得考虑选举呢，考虑所有这些破事。您也错了，但是我尊重您，我希望在没喝酒的时候和您聊这些事情。我会到诊所去找您的，咱们到时候聊聊，我不敢说您会认可我，但您肯定会理解我。"

他从凳子上下来，在刚来的酒保面前犹豫了一下，摇头表示拒绝。

"别，"他说道，"别收医生的钱，我来买单。"

安娜·玛利亚叹了口气，她抖了抖肩膀，伸开双腿跳到地上。迪亚斯·格雷转过身来，从门口向他们打了招呼。马科斯用一只胳膊搂住她，头慢慢低了下去，垂到酒保已经添满酒的酒杯上方。

*他也害怕。*迪亚斯·格雷在穿过街道时心里想道，*被恐惧捏合起来，就像被内疚或悔恨捏合起来一样，不过却更加真实得多。也许等到法伦斯泰尔[1]被建立起来，他还是会暴揍*

---

1 法国空想社会主义者傅立叶幻想建立的社会主义社会的基层组织。

她。我倒是想知道他们会不会和其他的兄弟们亲如一家。不仅适用于他们，也适用于所有人类的夫妻关系和友谊关系，这些关系都是被恐惧驱动的。现在我有了恐惧理论，我要运输它，组织它，传播它。我可以去贝尔纳的酒馆吃饭了，虽说家里肯定还有冷肉。

他绕着花坛按"U"字形来回走动。他想起了自己的腿，于是一瘸一拐地走回到了阴影中。恐惧理论并非无懈可击，不过要比马克思主义和弗洛伊德理念更有说服力，我的恐惧理论能决定历史和人的心理。

黑暗中，他跌跌撞撞地走到一棵树下的长椅边坐了下来，把手杖放在两腿之间。他像往常一样疲惫，可并不无聊，但也提不起什么兴致来。一辆看不清样子的汽车怒气冲冲地沿着码头呼啸而过，那种声响瞬间刺激出了青草和花坛里的锥形植物的气味。仿佛有什么人在用那具被他遗弃在长椅上的身体观察夜色、嗅闻夜色，热情地倾听夜色，以此即兴阐述关于鬼魂的命运和动机的长篇大论。

要清楚我到底是什么人。我觉得什么都不是，是零，是不可改变、如影随形的东西，是别人身边的某种存在。对我来说，什么都不是。四十年，迷茫的人生。这是种说辞，因为我无法想象这段人生是成功的。有些记忆不见得必然属于我。我没有什么可以留到第二天去实现的野心。有爱的感觉，与景色、灯光、野兽、天空、蔬菜、孩童、受苦的人、善良的行为、年轻优雅的女人团结在一起。也许我们不该谈论感情，而应该谈论温柔、短暂、自我满足。虽然注定要去书写

恐惧理论，但我并不恐惧。没有恐惧就没有激情，行动也就变得荒诞了起来。此时坐在长椅上的这个人：对我来说他什么都不是。至于其他人，那些看到我给人治病、让人痛苦、开单收钱的人，那些被迫把我视作某种可以把苦痛强加给他们或者从他们身上移除，能够杀死他们或者帮助他们的小神的人，他们也都一样。

他刚过四十岁生日不久，在这样一个夏日夜晚，独自一人待在圣玛利亚的广场上，整座城镇都弥漫着茉莉花香。当时正值政变前后。他能接生、接骨、诊断癌症、清理伤口、开潘托邦和吗啡。他的身体朝着河流的方向倾斜，用手杖的顶端划着地面。他的周围是在城镇或农场里熟睡或熬夜的人们，是分布在不同的环境和建筑中的人们，他们种族不同，但都经受苦难，都并非始终纯洁，也都有不值一提的伟大之处。在他的帽子上方，令人陶醉的宇宙在闪烁，在颤抖。

填满嘴巴的不过是唾液而已，也是他急于吃到冷肉和棕色土豆的心情的反映。他刚刚利用直觉感受到了恐惧理论。当晚他就发誓要完成这一理论，想要证明所有人都只不过是种感觉，是个瞬间，而表面上的连续性会受到压力、常规、惰性、使我们不配享有自由的软弱和怯懦的监视。他认定人都是放荡的，但同时又惧怕放荡。

住在河边的好处是，夏天的夜晚变得可以忍受了，不过有时候又有些过于凉爽。在广场的拐角处，有四只脚缓缓地踩着碎石，然后停了下来。沉默。他站了起来，急匆匆地走着，但非常跛，一侧肩膀歪着，茉莉花枯萎、潮湿、腐烂，被小贩扔在装纸屑和垃圾的箱子旁边，他闻到那股味道，心生厌烦。那一男一女已经绕过了广场的拐角，开始走近，脚步轻盈，四只脚踩在碎石上，吱嘎作响。他们挽着胳膊，他的手悬在女人白皙裸露的手肘上。她固执又心不在焉地用一截小树枝敲打自己的裙子，有时还用它划破树皮，两人就这样朝着广场边缘走去。

我们会擦身而过，我们会停下来为彼此让路。无论他们身上带着什么，无论他们的那场无名的行进意味着什么，我都要沉浸其中，但至少我有种忧郁的安全感，确信自己不必真正了解他们是谁。我可以回头到贝尔纳的酒馆去，我可以不看他们，闪身让他们过去，我可以不吃东西就上床睡觉。在路灯下，女孩的头发泛着亮光，光芒又渐渐消失。我不认识她，可我记得那金色的光，记得她头上的那条狭窄又迷离的光带。他也很年轻，走路的姿势有些僵硬，透着股心不在焉且自怨自艾的倔强。我走得更慢，拄着手杖，踟蹰着。

"晚上好，医生"，她看着我嘟囔了这样一句。我摘帽还礼，却没有认出她。也许她就是奥特罗的大女儿，奥特罗就是那个拥有卡车车队的人，也是那个患有溃疡的人。她的声音尖锐又虚假，肩膀上扛着一束茉莉花。

当然了，这并不重要，而且也无法被证实。不过，当我穿过街道，走进家门时——现在我的腿疼了起来，是真疼，我一瘸一拐地拄着拐杖，毫无夸张之意，从膝盖上传来的疼痛就像某个同伴安抚我的话语般如影随形——当我拉拽着裤兜里的钥匙环时，我慢慢点头，坚定了信念，在所有可能存在的迪亚斯·格雷中，最理想，最适宜，最不受失败、放弃和伤残压迫的，是那个有能力征服另一种环境的未知的迪亚斯·格雷。

风从河边吹来，裹挟着泛黄残破的茉莉花的气息，永远飘荡又静止于楼梯阴影中，可此时周围的气息变了，是午后咖啡馆的气息，是我从未见过的人口众多的城市的气息，是这些气息的混合体。所有迪亚斯·格雷里最迪亚斯·格雷的那个正独自一人坐在桌前，没有在等待任何人。这并非家庭咖啡馆，既不过分奢华，也不算太寒酸，从窗户可以俯瞰外面的那条宽阔但清理不净的大道。

迪亚斯·格雷抽着烟，完全放松身体，他有点出汗，晚春漫步感受的微微潮气让他觉得凉爽而温暖。他把烟头搁在杯子的边缘，任由烟灰掉落。有人在吧台后面清理、撒锯末。厕所的门开着，性爱的味道、氨水的味道和死蜗牛的味道在地板上交融，对抗着湿锯末的味道。汽车尾气的味道和新印刷的报纸的味道从窗外飘来，还有女士香水的味道，浓烈，柔和，带着某种未能凝聚成形的意图。

当然了，这一切都没什么意义，也并不重要。归根到底，我还是得小心翼翼地爬上阴暗的楼梯，带着对那一个迪亚斯·格雷的妒羡，闭着眼睛，鼻子躁动不安，试图聚集并呼吸不同气味组成的那种适合它的气息。

十二

"我记得，我仿佛看到了自己，一个和您一样的小男孩，也许还戴着类似的贝雷帽，贝雷帽一直垂到我的耳朵上。"兰萨说道。他张开嘴呼吸，让我注意到他在笑，他的牙齿掉了很多，剩下的牙也被烟草熏上了颜色。我很不安，没人有权利变得这么老。"也许不必显得这么聪明，贝雷帽别这么朝前，也别太歪。当然我以前在冬天也经常戴它。不过现在不戴了。我就是现在这个样子，那么咱们开始谈您感兴趣的事情吧。我确信您是能写出伟大作品来的，而不是一部……"他用一只手在空中画了个圈，又画了个菱形将之框住，然后举起啤酒杯。他喝了口酒，用两根手指擦了擦胡子。"而不是那种只不过是本书的作品。得是那种把您想说的东西都包含进去的书。文学死了，哲学死了，神学死了，心理学死了，还有其他许多学问也都死了。人们不可能记得所有东西。当然了，也许书里还有个小姑娘。这不算什么。我以为这是对荣耀的渴望，最坏的情况是，卑微地承认这与宿命论和救世主论无关。不过这么说也不对。这是坚持自我，是成长，是认真对待自己，是这种种愿望的体现。因为，不管怎么说，唉，到了这个年纪，我们总需要别人的帮助，总希望别人能认真对待我们。"

我没有任何怨恨地笑了。尽管对我来说并不容易，但我还是点了点头，我用眼神和手部的一个动作让他明白，有些事情他连做梦也想不到，而且在这些事情上，我们不可能理解对方。我的眼神告诉他，这种无法沟通的感觉令我很难过。

"可能是这样。"我说道，"但是我得再说一遍，我知道我写的东西还不够成形。"

我举起杯子，不让他觉察到我的尴尬，我知道，如果他认真对待我的话，如果我的年龄不是荒诞的一种明确的表现形式的话，他一定会觉得我很滑稽。吧台后面的那个纳粹分子挠着腋窝，正在跟服务生说话。几个女人走了进来，也许她们想让我把贝雷帽摘下来。"收尸人"和一个负责送报纸的家伙坐在靠里的位置。我不会摘下贝雷帽，我会对老板说既然"收尸人"能踏足贝尔纳酒馆，那么我也一样可以待在这里。我叫来服务生，点了更多啤酒和一盒香烟。胡莉塔之前给过我一百比索。她走到花园大门处，朝我嘴上吻了一口，同时把钱塞进了我的拳头里，然后把我推到了门外。在关门之前，她说了些什么。兰萨看到我盯着"收尸人"，他也朝他转过身去，又冲我挤了挤一只眼睛。

他毫无兴致地说道："怎么能容忍魔鬼来到这个充满善

意的地方喝闷酒、讨人厌呢？我们就要闻到硫黄味儿了。要是您的亲戚，十字军骑士、圣母拯救者马科斯没倒下的话，倒是能让咱们闻到点血腥味和打翻的啤酒味。"

我对他佩服得五体投地，甚至不顾他那肮脏污秽的眼镜、磨损严重的袖子和油渍斑斑的领带，觉得自己对他的敬意远胜于我对父亲的敬意。他老了，而我甚至谈不上年轻。这不是时间的差异，而是种族、语言、习惯、道德和传统的差异。老人和年轻时的自己压根就不是同一个人，他变成了另一种人，与自己的青少年时期截然不同，他是另一个人了。我们彼此本无话可说，此时却在这里喝着啤酒互相倾诉。

"但我们不能忘了另一个人。"他继续说道，"我们不能忘记贝尔格纳神父，您的那位受过涂油礼的亲戚。"

"您知道吗？"我打断了他，立刻把目光从他的身上挪开，"我觉得贝尔格纳神父是我认识的少有的几个聪明人之一。另外，他不是我的亲戚。他是我哥哥的遗孀的伯父，也是马科斯的伯父。"

"没什么关系。当然了，我知道这中间的关系，知道你们是联系在一起的。我记得，您父亲肯定也记得，有一次那个神父到《自由报》来抗议，用这个词只是来形容当时的情况，因为这种人只会在极端情况下才真正抗议，他要求报纸在提到他时不要叫他牧师，而是神父。他对我倒挺友好的。"

他老了，但他比任何人都更有活力，更干净。不过他说的话不是这样。他一开口，一切就都开始慢慢死去了。听他说话就像是在啃书本。那个纳粹分子又看了我一眼，那几个女人也转向我们这桌。要是他们让我摘下贝雷帽，我就结账离开。我不能以"收尸人"的存在为借口，我不能煽动资产阶级反对"收尸人"，虽说"收尸人"是个长了两只蹄子的反资产阶级者，是个象征，是真实、具体、属于过去的人。但是，每一种叛逆的立场都有自己的信仰、偏见，都有点资产阶级气。我又想起了胡莉塔。绝望又惊讶，我知道自己一整夜都无法从对她的想念中抽身出来了。于是，我给兰萨递了火，坚持说道：

"贝尔格纳神父——姑且按照他的喜好称呼他——是圣玛利亚为数不多的聪明人之一。"

"同意，"兰萨说道，"我对此毫不怀疑。原因有二：一是因为您所说的地域限制，二是我周日去听了他的布道，不开玩笑地说，他的确是干这个的料。"

给他穿上新衣服，刮刮胡子，修剪头发，擦擦眼镜，打理打理他的嘴巴，那张嘴巴此时正想咬花生仁，可是它们却沿着嘴缝往下掉，这就够了。

"您是不会相信的。"他继续说道，"这应该是种古老的迷信，现在已经根深蒂固了，所以也就算不得那么迷信了。在西班牙，尤其是穷人们聚居的区域，我们不得不在成长时学会把文化和教会混为一谈。只有神父才懂拉丁语，懂历史，懂地理，懂得读和写的也都是神父。虽然我当年不得不面对西班牙最粗鲁的那些神父，但事情并没有什么差别。当然了，后来哲学、神学、语言学的知识也就随之而来了，也就是说，那些象棋无法比拟的知识就来了。因此，我承认我总是对读书人怀着某种敬意，这成了种习惯，当然了，好坏姑且不谈了。"

我说我明白，声音微弱，像女人或小孩，这是事实，因为我很紧张，而且开始感到难过。我打了个手势，示意上更多啤酒，然后穿过大厅去小便。我经过"收尸人"身边，为了不看我，他开始和送报纸的人说话了，他不想让我有机会拒绝跟他打招呼。我走过去，尿了尿，又走回来，心里一直想着"收尸人"，为的是不去想其他的事情，不去想我内心中正在想的事情，以此摆脱心中的默许或拒绝。当我在桌边坐下时，我冲着"收尸人"笑了笑，笑了两次，但是他没看见我。

"您到后面去之前我说的那些话让我自己想起了想要跟您说的事情。"兰萨说道。

我不自信地等待着听他说出任何会激怒我、撕扯我的话。他对着新鲜的啤酒张开嘴时，我鼓励般地冲他笑了笑。

"我是指那部伟大的作品，独一无二、具有决定性意义的著作。当然了，您需要诗歌，所以那部属于您的书应当是本诗集。但是我，如果我写的话，既然我没有当诗人的天赋，我梦想写的是一本散文集，也可能是本小说，谁知道呢，不过我倒是倾向于那是本文体与众不同的书，绝对新颖。我突然想到它也可能会是本诗集，咱们可以讨论这个问题，因为从兴趣的层面来说，没有什么事情是绝对的。那本书只会是一个开端，是一条新开辟的道路。"

我心不在焉地问为什么，然后立刻发觉自己在颤抖，发觉自己已经被唤醒了，已经准备好发怒并喊叫了。

"伙计，"他笑着说，"因为诗歌是无止境的，因为它并不存在，因为它是用我们缺乏的东西造就的，是用我们没有的东西造就的。"

"其他的也是一样，"我鼓足勇气，拿着酒杯磕了磕桌子，说道，"我指的是成千上万本被写成的书，它们也是用我们缺乏的东西造就的。"我做了个手势，鼓励他继续说下去，示意他不必理会我，那种瞬间的激情已经消散，我发现他的额头上有块他试图用头发遮住的隆起的地方。

我并不在意摆出失败的表情，因为大家都明白，在我面前，在这些事情上，他才是永远在理的一方。我们之所以争论，也是因为他心怀善意，是为了让他高兴，也让我高兴。我不再听他说话，只是注视着他眉毛上方一绺灰白头发卷起处的凸起，我的眼神跟着他在桌子上来回游走的那只布满细纹的手移动，那只手像是在捋平什么东西，又像是在擦拭。

在里头一桌，"收尸人"正在侧着身子抽烟，另一只手的手指正在小酒杯前捻来捻去，送报人昏昏欲睡，他的黑帽子歪倒向鼻子处。还有其他几个男人也戴着帽子。老板和那几个女人看我，并不是因为我戴着贝雷帽。那只老手停住了，又动了起来，这次是垂直移动，轻声捶打桌子。胡莉塔把我推向花园时说："你应该让自己更开心些。"我该去睡觉了，兰萨也该去睡觉了。

"现在还不是时候。"他嘟囔道，露出了今晚最好的一个笑容，他看着自己捶打桌子的手。他的指甲脏了，但没有残缺，宽宽的，方方的，平平的，就像他整个人一样，透着股庄严感，不管怎么说这都是个重要的特质，不过却也容易显得心不在焉。

"现在，相反，"他继续说道，"我只想写本书，得是本小说，从头到尾都通俗易懂。拿出修改新闻的那股劲儿来……"

正是如此：*她在吻我的时候把钱塞到了我的手里，帮我握起拳头，把我向外推去，她让我用那些钱让自己更开心些，因为她没有别的办法让我快乐。于是我一动不动、独自一人站在花园里，面前是关闭的大门。—— 一阵潮湿的热风刮过，野心勃勃的大树抵抗着在月亮上飘动的细小白云 ——我用手指夹着钞票，把它弄响，把那种响声和回忆以及她说那些话的可能意图糅合到一起，直到我相信，那些话就在那里，被写到了纸上，在我的手心里，被我手上的汗水包围、保护、侵蚀。*

"可不止如此，我亲爱的朋友。请允许我这么说，我想回到那种对某种事物极度确定的普遍性渴望上去，您也有这种想法，或者说我赋予了您这种想法。我刚才没说清楚。不管怎么说吧，我在您这个年纪和那之后一直怀有那样的渴望。一本天才之作，独具匠心的作品，能够针对说有人说出所有话的作品。让文学、小说学、心理学和其他东西都见鬼去吧。书写完了，就随便其他人解读吧，那又是另一场游戏了。好吧，由于种种偶然性，我从没写出这样一本书，生活就是如此。现在，我又想出了一本可以与之媲美的作品。我想说的是，这部小说将完全用通俗的语言写成，我要抛开所谓的天才的原创性，也就是我们通常称之为天赋的东西。"

"我明白。那么您开始写它了吗？"我带着笑容，谨慎地问道。

兰萨模仿着我的谨慎，喝光了酒。他露出期待的表情，撑着桌子，慢慢站了起来。

"我也要去撒泡尿。"他说道，"要是那个雅利安野兽过来的话，请替我问他要包烟。"

我看到他走得有点跛，在经过"收尸人"的桌子前时摇了摇头。

后来，在路上，我想了一会儿，想到事情的确就那么发生了，她一边吻我，一边告诉我，她想用另一种方式让我感到幸福。这个吻跟她经常亲在我额头上的吻没什么不同。只不过我能够想象出她嘴巴的形状，就像在快速画画那样想象出来。丽塔的房间里有灯光，但是我没有看到马科斯的车。

我要了香烟和更多的啤酒。我看着安静的"收尸人"，试图猜想他到底是个怎样的人，编造他的过去，想象他和河岸边房子里最老的女人玛利亚·波尼塔在一起，那是他从我父亲那里租来的房子，不过我并没能成功想象出这些东西。我知道我会在依然年轻的时候死去，天真、糊涂、无知。真正重要的是成年人的生活，与我无关。如果说我有时候可以毫无不适、就算得上是令人信服地生活在他们当中，那靠的也是记忆、描摹、模仿他们的态度做成的，我不可能理解这些行为的深刻含义。在她吻我的时候，我就没有模仿她的动作。我想要的只是发生某些事情，某些具体而新奇的事情，某些让我变得与众不同的荒唐事。我想让他们看着我，我想变成丑闻，我希望他们无法把我和他们混淆起来，把我掌控在手中，认为我和他们一样。我对过去不感兴趣，未来又太遥远。必须得是现在，每一次都得是现在，立刻，马上。我只喜欢变成具体事物的话语。老兰萨说的所有话，爸爸说的所有话，学校里的人说的所有话，朋友们说的所有话，所有那些我听到的话都像黏液一样柔软，它们滴下，击打，闪烁，干涸，形消影散。我也说那种话，可说着说着就把自己累垮了，别人的黏液和我自己的黏液都只会把我累垮。它们浪费了我的时间。在孤独和沉默中，我的时间并不存在，也就不会被浪费。

但是，除此之外，只要我还接受去玩这场游戏，接受他们编造的生活，我就想让我的过去变成一片空白，然后再用在乡村度过的童年时光将之填满。和那个父亲一起，和那个母亲一起，他们和现在的样子没有任何联系，还有费德里科和一匹马，死去的动物的味道，我看着费德里科时的嫉妒和骄傲。那片代表我的过去的土地，那种我隐藏起来、无人生疑的对乡间的热爱。那么，除此之外，我可以用一晚上的时间，在那里，在当下，如下命令般让那些东西诞生，一个在首都之旅后的早晨来吻我、把我唤醒的胡莉塔；一个在我哥哥下葬后开始发疯，开始看着我，不停地看着我的胡莉塔；一个把我变成费德里科的胡莉塔；一个编织着关于孩子的传说，然后把我，豪尔赫，留在她身边的胡莉塔。我只会把很少的几种胡莉塔放置到我的过去中。我无法把她们中哪一个的形象放大，让她们比最近几个夜晚的胡莉塔更靠近我，如今，她开始意识到孩子和疯狂正在离开她、抛弃她，就像微弱的出血和脱发，没有紧迫感，但无休无止，从她的指尖，从她的脚上，从她的胸口，从她不再梳理的头顶。女人们的希望大概就是从那些地方流逝的。

下周的某个夜晚，她会发现房间里空无一人，只剩下她自己，她必须认清自己。她不能再叫我弗莱迪了，也不能再在壁炉里焚烧那些小毛巾了。

那一次，我一进家门，她就跑到壁炉前坐下，脸又红又湿，她把外套披在背上，浑身发抖。她哼着歌，我看着不断被她丢进壁炉，在炉火中蠕动的布和棉花的纤维，看着她的笑容，她突然停了下来，她就是从那时开始狂喜地说她怀孕了的。

这一切我都知道。此外，我还会想象睡前在床上重复那些话语和态度的样子，毫无用处。我看到她用手指轻轻抚摸自己的肚子。这些事情不会发生在我可以按照自己的意愿编造的、可以接受的过去。它们将——或者说它们引发的后果将——出现在我的面前，和我作对，试图顽固而机械地把我拖到痛苦的中心点，把我拖下那个潮湿、恶臭、冰冷的深渊，那里是成年人注定生活于其中的地方。我只给她几个小时或几分钟的时间准备，在这段时间里，她会不断轻轻用额头碰击壁炉的砖块，碰击悬挂费德里科照片的那面墙。碰击我晚上十一点钟走进的那扇门。三十岁，当了短短几个月的寡妇。

她将和我一样，我们将踏上同样的土地。对我来说，死亡这个词只不过意味着肮脏和痛苦。我将发现生命本身并不想停止，失败和死亡智慧继续滋养生命，推动生命延续。我带着对那个吻和那句话的记忆，带着那张钞票在手指上留下的感觉，在路上气喘吁吁地走着，心里想着费德里科，想着死去的人们脸上的抗拒、冷漠和不满的神情。大限已到，这个词说的不是我们，而是他们。面对天花板，毫不羞耻地展露着那个令人惊讶的鼻子，费德里科不断向我重复说真正死去的是他和我在一起的时光，是我生命中不可修改的一部分时光，永远无法解释，哪怕善意的内疚也永远无法触及。

"您没看到他进来吗？"兰萨边说着，边坐了下来。他用双手撑着桌子，把自己撑起来一点，又缩下去，好像座位上有玻璃碴子一样。"您的亲戚马科斯和迪亚斯·格雷医生到里面的包间去了。"

他耽搁的时间太久了。他面色苍白，有节奏地向右缩着胡子。一定是腹痛发作了。我记得他有肝病，不能喝酒。

"我希望咱们碰不到史诗上演。"说完他坐回到了椅子上。他的声音很轻，还在颤抖，就像刚呕吐过一样。现在他正试图对我笑。透过朦胧的眼镜，我看到他的眼睛一动不动，正专注于自己肠胃的不适。"我刚才跟咱们这儿的那位英雄聊了聊，他收的尸体比拿破仑还多。"

"啤酒是温的。"我打断了他，"您觉得不舒服吗？"

"哪儿的话啊。"他叹了口气，靠在靠背上，手指拨弄着额头上的毛发。

"要是您觉得酒变温了或者变凉了，咱们可以再点两杯。"

他的额头上冒出了汗珠。他喘着粗气，有那么一瞬间，他的眼神里露出了恳求的意思。他点了一支烟，我移开了目光。我听到他笑，咳嗽，用带着肥皂味的手拍打桌子。

"听着，"他开始说话了，"我想向您推荐贝尔格纳神父的布道。"

我给他递过去刚送来的一杯酒，他开始急促、兴奋又吸引人地说了起来，好像想把我的注意力从什么东西上吸引过去。

"真可惜您星期天没去。不过这并不意味着没法补救了。这将会成为每周日举行的十字军东征，直到时间的尽头，也就是说，直到他们把那家妓院搞垮。不过说真的，您的亲戚，那个您曾经背弃并再三否认的亲戚，贝尔格纳神父，真的很有种。而且他做事还很有道理，他肯定很聪明。虽然人们总是习惯把聪明和其他东西联系到一起……那人应该有两米高吧。"

"差不多吧。"我答道。我正在想兰萨可能会和"收尸人"聊些什么，他们可能会对贝尔纳、马科斯和迪亚斯·格雷医生做些什么，这些人之间几乎从来不打招呼。

我想走了，但又没有勇气说出口。每晚结束时，我都会感到失望，没有人能给我任何东西，也没人在意我能给予他们什么东西。我悄悄地在口袋里找到那张一百比索的钞票，用两根手指捏着它。我用眼睛寻找服务生，却没找到他。他一定是在包间里。

我突然把身子倾向桌子，问道：

"您知道我父亲的政治立场吗？"

我这样做是为了取笑，不是取笑兰萨，而只是想取笑某个人。兰萨不敢对我说他的想法，他不会提我父亲租给"收尸人"或巴尔特的那栋房子，也不会提到《自由报》上发表的最新的有关道德主题的社论。

"我无法得知，我们很少见面，哪怕见了面，也没时间讨论政治。"

现在我发现，当我朝桌子倾斜身子的时候，我想说的是：我需要一个女人，对我来说唯一重要的事情就是找个女人。

"您的父亲一向比较激进。"兰萨继续温顺地说道，就像是个奶妈，"当然了，近些年，眼看着正在发生的这些事情……"

他能见到我爸爸，可我却不能，尽管我能想象他的样子，他面带微笑，眉宇间却藏着一丝忧虑。我能看到他，听他评论新闻时事，意识到那十几个挺直腰板听他训话的可怜人对他的关注和尊敬。这已经足以令兰萨鄙视他了。不过我爸爸毕竟不是他爸爸，兰萨也并非只有十六岁，他被迫听爸爸吹牛、撒谎，一听就是几个小时，还经常把话翻来覆去地说，还要被迫心甘情愿地听，爸爸还会把一只手按在我的头顶或肩膀上吹牛、撒谎。他忍受不了妈妈注视我们时的幸福眼神。有时，他会对他可能会做的事情感到遗憾和厌恶。"我对未来会发生的事情丝毫不感到惧怕。只要他们把打字机留给我，我愿意失去一切。你明白我的意思。"他说完了，指了指我。我恨得要命。但我愿意为他流泪。

我把服务生叫住，要付钱给他。他停下脚步，微笑着走向吧台。那个纳粹分子撇了撇嘴，摇了一下脑袋，又俯身敲了敲酒桶上的圈环。

"钱已经付过了。"服务生说道。

这种事情对我有好处，它让我的头脑清醒了过来。

"不，不是我。"兰萨说道，"我很乐意和往常一样付一半的钱。一定是您的亲戚付的。"

我不希望是马科斯付的钱。不过我也没问服务生，以免知道答案，毁掉奇迹。马科斯从包间出来，停在了"收尸人"的桌子旁边。在他身后，一头金发、身材矮小、头发闪亮、身着崭新蓝色西装的迪亚斯·格雷医生微笑着举起手杖，拍了拍"收尸人"的后背。我靠在椅子上，手指依然捏着那张一百比索的纸币，我看到马科斯走了过来，他身材魁梧，喝得醉醺醺的，脸上和胸前都是汗，绿色的衬衫解开了扣子，垂到腰部。他靠在桌边，没有俯身，他看了看兰萨，没有打招呼，又看了看我，笑容里和窄小的牙齿上露出一丝同谋的意味。

"这么晚了，你在这儿干什么？"马科斯问道。

我又一次明白了，一切都是不可能的。瞬息间，我悲哀地相信一切都可以变得简单，而这种简单一旦被接受，世界也就会变了模样。

"不干什么。"我答道，"我已经十六岁了。"

兰萨看了看我，他的眼睛是天蓝色的，很小，好像瞎了一样，他用一块沾满污渍的条纹手帕擦拭着镜片。

"不干什么。"马科斯重复道。他的鼻翼映着白光，嘴巴微微张开，笑容消失了。"睡觉时间到了。这座城里的脏东西已经够多了，没有像你这样的小男孩……"

买单的不是他，不可能是"收尸人"。迪亚斯·格雷拄着拐杖，面色苍白，友好地冲我笑了笑。

"走吧，我带你回去。"马科斯说道。

我想起了这个夜晚，想起了和胡莉塔在一起的所有夜晚，想起了胡莉塔是他的姐姐。我想到了马科斯赤裸身子躺在丽塔床上的样子，想起了我的哥哥费德里科，想起了胡莉塔。我也想起了照片下方的那张床，我们曾多次靠在那张床边做祷告。

"你到底要不要起来？"马科斯弯下腰，轻声问道。

他直起身子，伸出抓满钞票的手，寻找服务生的脸。似乎有什么东西把我和他紧紧联系到了一起，有什么东西建立起了这种亲密关系，在这种关系中，我感到无处安置我的仇恨。

"已经付过钱了，"我一动不动地说道，"我还不走。要是你想和我一起走，就坐下来等我。"

我不为所动，又看了看迪亚斯·格雷友好而无用的眼神。马科斯把钱收了起来，吸了一大口气。他侧身对着医生，没有看他。

"我说什么来着。"他转过身来的时候嘟囔道，"他是我们这边的人。"

他轻轻拍了拍我的脸颊，然后在桌子上留下了几张钞票。我应了一声，又记起了迪亚斯·格雷的眼神。我一边把钱收了起来，一边打量着一动不动的"收尸人"，此时他正独自一人坐在靠墙的桌子旁。

"该走了。"兰萨说道。

我不想看他把屁股从座位上挪开的动作。我突然意识到，某种令人欣喜的特殊诅咒，某种微小的巫术，已经降临到了圣玛利亚头上，降临到了我们所有人头上，挑衅我们，考验我们。我再次对自己说，我需要一个女人。到了大街上，冷风袭来，我紧跟着兰萨一瘸一拐的脚步，摇了摇头，拒绝胡莉塔，拒绝丽塔，拒绝河边房子里的三个女人，那栋房子是爸爸租给她们的。

因为哪怕此时此刻我突然反应了过来，也确信胡莉塔把那张一百比索的钞票塞进我的手里时想要强加给我的命运是什么，我依然明白我还不能那么做，我不能让自己沿着广场朝下走去，走到妓院的天蓝色窗户旁，在同样是天蓝色的门上敲两下，如果这是某种仪式的话。

十三

女人们已经来了几个月了。我们，不管是沿着那条路走下去的人，还是没有走下去的人，全都耸耸肩，无所谓地接受了她们将永远留在这里的事实。河岸边的那栋房子，白色的墙壁十分粗糙，两边是阳台，阳台上有铁栏杆，百叶窗被漆成了天蓝色，门很厚重，我们这些去敲那扇门的人用指关节叩击那块木板，几乎总带有某种挑衅的意味，表示我们欢迎她们的到来。我们中那些没有走上那条蜿蜒曲折、尘土飞扬的道路的人，当我们不再谈论妓院，而愿意回归到圣玛利亚的那些老话题，可能是永恒的话题时——庄稼的收成和价格，政治，移民区的进步——也就意味着我们默许了这种状况的存在。

于是，看上去所有人，我们所有人，都同意了，妓院成了组成这座城镇的面貌的众多事物中的一种：长廊、周日上午摆满广场的水果和蔬菜摊位、连接城镇与移民区和罐头厂周围居民区的公交线路。当然了，贝尔格纳神父每次布道时都会提到火雨和盐像，但我们认为，他只是在为了维护我们的女人和儿童的权益而履行义务。

因此，在骚动过后，在丑闻过后，在从河岸边传来的充满新奇感的流言蜚语逐渐消失之后，我们确信那家妓院是属于我们的，而且是古已有之的，我们渐渐学会了在提到它时不露出坏笑。我们又开始光顾巴尔特的药店了，又开始向他购买药剂和香水了，我们发现，为了不和"收尸人"擦肩而过而换条路走，或者在他走进门时赶紧离开贝尔纳的酒馆，这些做法既令人厌烦又荒唐可笑。

在匿名信开始流传时，我们正在讨论政府针对小麦和玉米的补贴问题。有些匿名信是印刷出来的，尤其是在开始和结束的那两段时期。这些匿名信类似于搞政治集会或罢工时散发的单子，用普通纸写成，文字不规则也不清晰，证明它们是在秘密状态下匆忙搞成的。其他的，数量最多，最有效，最令人不安的那些匿名信，则是用蓝色墨水写成的，出自不同人之手，文字粗大，棱角分明，用的还是教会学校教给女学生的圣心字体。

今天我们可以认定为合法的那些匿名信，无论是印刷的还是手写的，都具有战斗性，直接而暴力，有时针对某个具体的人，但绝不带有侮辱性。我所说的合法的匿名信，指的是绝大多数匿名信，指的是那些只以声讨妓院为目的的匿名信。尽管，在某些情况下，这些匿名信会残酷地将被声讨人的体貌特征细致地描绘出来。因为当仇恨的浪潮席卷整座城镇，当狂热的情绪充斥在圣玛利亚和瑞士移民区人们的每一个眼神、每一个行为，充斥在那里的每一条缝隙、每一个角落中时，伪造的匿名信也就开始出现了，其诱因与妓院本身或经常光顾妓院的行为无关，而与某些宿怨相关。

有组织的巨大仇恨聚焦在河岸边的那栋小房子上，聚焦在它象征的东西上，它向那些光顾它的人以及他们的家人倾泻着什么，也向那些被动容忍——无论他们高兴与否——被天蓝色百叶窗遮蔽起来的皮肉生意的人倾泻着什么，它激发了各式仇恨者的骚动，让他们重新回忆起蒙受的羞辱，为他们提供了一种发泄和进行部分报复的手段。如今我们对这些东西都不再感兴趣了：骗取财产、通奸、对常见恶行的罗列。

没有一封伪造的匿名信具有真实匿名信所具有的特质：狂热、黄疸和惊人的固执，这些特质使得它们对于那些喜欢在阅读后保存它们的人来说如此珍贵。被时间夺去了新鲜感和短暂激情的合法匿名信，如今展现出了它的本质，像一副骨架般明晰而坚硬。姑娘们用手指描绘出的纤细字母，"n"有时写得像"u"，如今它们才显露出冷漠的纯洁，它们复刻的是讽刺的、熟悉的、用以描述世界末日的话语，是某些刻意而盲目地自认为是在拯救圣玛利亚的人说出的话语。

印刷的匿名信刚开始出现的时候，那些不祥的、讽刺性的匿名信总试图将每一次不幸、每一次死亡、每一场损失与玛利亚·波尼塔在河岸边的出现联系到一起。在这些匿名信里有一种告诫的语气，带着具有欺骗性的客观立场，如序幕般意犹未尽。迪亚斯·格雷医生在这持续了几周的第一阶段攻击中保留了写有下面一句话的匿名信："与魔鬼和犹太人结盟表面上看是笔好买卖，但神灵的庇佑正在远离我们。想想拉林科纳达的那些溺水者吧。沉思吧，醒悟吧。"可以肯定地说，这是编号为二号的匿名信，是第一封匿名信的变体，那第一封信更放肆，也更愤怒："如果有妓院存在的话，还要教堂干什么呢？如果可以用十比索租一个女人，还要家庭干什么呢？若一个民族失去了体面，他们理应失去神灵的庇护。拉林科纳达的溺水事件引发了这一系列不幸。"

那两封匿名信之间相隔几天时间，可这一空白并没有被其他与大众相关的不幸填充。或许这就是第二封匿名信除了坚持已有的观点之外，语气变得克制和柔和的原因。

但战斗很快就打响了。在纪念圣尤拉莉亚的那个周日，贝尔格纳神父在布道开始之前一动不动地站了很久，他双臂下垂，高大健美的身子僵硬地挺立着，目光游移不定，似乎在满教堂的面孔上寻找着什么。助手们站在他的两侧，他们的小脑袋低垂着，双手紧贴腹部，确信他们即将听到的话语比弥撒本身更加重要。

在那几分钟里，沉默自神父身上生出，传遍整个教堂，将信徒们的焦躁和不安都吸到了讲道台上。

"我的孩子们。"神父说道，就像是在回答一个急切的问题，一个他无法回应的寻求抚慰的请求。

沉默再临，他微笑着，痛苦又欣慰。他的手掌拂过讲道台的罩布，紧紧抓住木板。他自言自语地轻声回忆着圣尤拉莉亚的一生，没有明显的激情，没有提及人们预期的主题，仿佛他只是在重复一个古老而苍白的故事，一个与这座城镇及其罪孽无甚关联的故事。

一种解脱感和失落感涌上那一颗颗脑袋，在穹隆中膨胀，在祭坛的火焰和鲜花中蔓延。神父缓缓讲着，他那宽大的肩膀收缩着，被一双弯曲向前伸出的手托着，把令人惊骇的力量强加下去，那双手和苍白痛苦的面孔之间有着不可思议的距离。他费力地挺直身子，把手缩了回去，露出忧郁而嘲弄的微笑。

"我必须在讲述到圣人生命的决定性时刻时打断自己，因为我们都不配感受她的殉难、英雄主义精神和荣耀，哪怕这些东西只是通过我的话语展现出来也不行。我想说句公道话。这座教堂建立于诸位的虔诚和慷慨之上。这座教堂是用您的钱，用圣玛利亚信徒的钱一砖一瓦建起来的。我从未滥用诸位的虔诚。你们中很多人应该还记得，我刚到这里的时候，我们曾经在一座所谓的教堂做弥撒，而那里只不过是个棚子。于是我请求建一座教堂，我得到了。我请求给学校捐款，于是我们每年都给学校捐数千比索。每次我以上帝的名义提出请求，我都能如愿以偿。圣玛利亚是座又穷又小的城镇，却为三位未来的神父提供了奖学金。我不是为自己行善事的。我配不上，我分给你们基督的爱，是因为我亏欠你们。是你们建成了教堂、捐款、设立奖学金。每当需要帮助时，你们都会慷慨地施以援手。可我却什么也没给你们，因为我能给你们的并不是属于我自己的东西。我亏欠所有那些接受过我洗礼的人，感谢所有愿意向我倾诉他们的抗争和短处的人。我亏欠你们的父母，亏欠最后那些同我进行仪式的人，如今他们在看着我们，因我们的罪过而受苦。我感谢你们，我祈求宽恕。"

他又一次站到了讲道台的下面，双臂下垂，拧着脖子，巨大的身躯向前倾斜，仿佛要摇摇晃晃地倒下了，仿佛那宽大、坚实、健康、有活力的身躯遭受到了一场突如其来、无可救药的恶疾的威胁。

"我感谢你们，就像一个世俗人因自己配不上的好处而致谢。如今，就在今天，我们面对威胁，我们都是平等的。一个罪人篡夺了这个神圣的高度，在同其他罪人讲话。我不是你们的神父，我不是圣玛利亚的神父。因为魔鬼已向我们走来，而且受到了接纳。你们接纳它，而我不知道该如何阻止它。"

十四

从一开始，从议会表决同意颁发妓院许可证的那天起，"收尸人"就想到了玛利亚·波尼塔，认定必须在首都找到她并说服她。正如前面提到的那样，这是个千载难逢的机会。只有有了这个女人的协助，他才能抓住那个机会，不让它溜走，也不滥用它。但是，当他回到首都时——在巴尔特拒绝向他提供预付款的情况下——他立刻失去了预想中的热情、复仇的欲望和夸夸而谈的劲头。那座城市是属于其他人的，咖啡馆里的那些蓬头垢面的脸庞与他的记忆毫不相符，他们说着一种新的、难懂的语言，他们对过去发生的事情一无所知，也完全不相信鬼神之说。

"收尸人"惊讶又愤恨，心如乱麻，满脑子都是死去或失去的朋友，在心生恐惧之初他就身无分文，只得在港口附近租了间屋子，给自己留了二十天时间。

他吃得很少，黄昏时分才起床，整夜流连于河流下游的那些咖啡馆里，寻找能够指引他找到玛利亚·波尼塔的熟悉的面孔或表情。他在住处的街角找到一家又脏又破的咖啡馆，占据了一张紧挨着烟雾弥漫的窗户的桌子，那扇窗户总是紧闭着，挡住了这座充满迷雾和幽灵的城市。他一杯酒可以连喝几个小时，他买下的是回顾前一晚的失败的权利，也是审视下一晚的希望和直觉的权利。危险的是，原本是他回到首都的最大目的的玛利亚·波尼塔和那桩生意，已经愈发淡化了，每天早晨醒来，他自己的分量都会变重一些，"收尸人"，年轻的自己，过去的自己。

他已经变老了，知道自己的衬衫脏了，耳边的头发长了，腿脚不麻利了，孤独又抗拒，此时正用舌头舔着一杯杜松子酒，一个年轻而残酷的"收尸人"正在成形，一个将经历无数伟大而贪婪的夜晚的"收尸人"正在成形，他为生活而狂怒。

起初，他是一个粗鲁的人，一个二十多岁的小职员，他试图用从女人那里免费得来的东西满足自己同样粗鲁且本能的自尊心。后来，不知从何时开始，他有了某种志向，它就像疾病、疼痛和怪癖一样显而易见、根深蒂固。起初，除了在郊区街角的某些异想天开的决定，在酒吧的家庭包厢里的粗鲁举动，以及对朋友倾诉表现出的轻视态度之外，几乎没什么重要的事情发生。除了这些，还有软弱以及渴望确认自己与众不同的焦虑，再加上撒谎、模仿他人的观点和话语而产生的奇异的羞耻感，他那么做，是为了被别人接纳，他没有忍受孤独的必要信念。直觉告诉他，他渴求并隐约相信的命运和存在方式，在孤独中是无法实现的。

在他还坐办公室的时期，在他还是领着一百或一百二十比索薪水的职员的时期，在他还每天上八小时班的时期，他的笔迹圆润、清晰、均匀，在《日报》和《马约尔报》报社里显得优雅而温顺，在《科连特斯报》的专栏中则构建出敏感而无用的形象。在那些时期，他在老板、经理和会计面前会露出短促、快速、歪歪扭扭的微笑。他迫切希望被人喜欢，通过强加给他人一种适当的尊重，想以此被别人接受。与此同时，他还有一种不服输的意志，不接受其他人居住并捍卫的古怪世界。

尽管生活并不稳定，但在那段时期他已经可以在理发店享受短暂而昂贵的快乐时光了，在那里，男人们几乎可以说漫无目的地沉浸在香气缭绕的环境里，四周都是镜子，其中反射出的似乎还有关于体育比赛的讨论、顾客和街道上传来的喧嚣声。大家任由理发师挥舞剃刀，任由自己被湿漉漉的理发布和蒸腾的热气包围。与此同时，现实依然令人不安且桀骜不驯，在令人窒息、飘荡着薄荷味的毛巾之间，人们通过没有画面的梦境进行交流，通过被修甲工修整过的指甲和被擦鞋匠擦拭过的鞋子进行交流，毫不中断，逐渐加强。

然后，女人出现了，那是第一个真正的女人，一个以必要而自然的态度提供合同的女人，她严肃又真诚，兴高采烈地证明自己有能力兑现自己的诺言。房子、食物、面值十比索的钞票，钞票放在他的膝盖上、咖啡馆和饭店的桌子下，变成了一张张僵硬的纸条，被十六条或三十二条褶皱剥夺了所有价值和意义，钱借了出去，但希望他永远没必要归还。

但他，"收尸人"，只是在第五个或第六个女人出现时，才意识到第一个女人才是真正的女人。尽管如此，不断提出并兑现的全包膳宿提议，为应对额外开销而给他的不计其数的钞票，以及日常花销状况，始终令他感到缺乏安全感和成就感。这些都只能被他视作偶发事件，是迎接各种考验和学习的阶段。

有必要继续匆忙赶路，好在早上七点钟登上有轨电车、地铁或公共汽车，并接受自己——尽管因自己能通过不劳而获从银行里搞出钱来而感到隐秘且愤懑的自豪，尽管他对不容置疑的宿命抱有坚定不移的信念——接受自己与那些精神萎靡、愁眉苦脸、毫无反叛精神的人称兄道弟，他们在车厢里挤来挤去，嗅来嗅去，偷瞄硬瞅别人手里拿的报纸背面的新闻标题，他们的帽子上渗出肥皂水般浑浊的液体，令人尴尬地滴在脖子后面。

有必要签到打卡，边前进边咧嘴和人们打招呼，腰略微弯曲，以谦卑抵挡别人的好奇和关注，两列弯着腰的人走了进来，把外套挂在衣架上，女人们给防尘罩衫系上扣子，在香粉盒的小镜子里看看自己，这是中午之前她们最后一次这么做。

有必要听听在他旁边办公的三个男人从家里带来了什么消息，从前一天晚上带来了什么消息，有必要点点头。从铁盒子里取出灰色麻布封面的大书本，打开它们，调整好绸子袖子的长短，保护好胳膊肘和洁白的袖口，开始描画单词和数字，移动和查阅色彩柔和的纸张，回味自己的无能，有时会对着天天亮着的荧光灯的灯管射出的光线检查自己透着玫瑰色光泽的指甲，走了神，但不必刻意掩饰。

有时，他憎恨自己的懦弱，认为这不可原谅。还有时，他又认为这种双重生活——每天准时把八个小时的时间奉献给一个荒诞世界，投入一种他知道是错误的对存在的诠释——是一个令人向往的阶段，就好像中学时光是无趣的，但对于想上大学并实现抱负的年轻人来说，那种时光又是令人向往、极有用处的。

当时他受雇于一家杂志社，和一个比他年长、越来越胖的女人住在市中心的公寓里。这个女人叫白兰卡，为的是让她有个名字，而且要用到这个名字，这只是一种装饰，就像往脸上化妆一样，也像上街前借助束腰带的压力修饰体形一样。年轻的"收尸人"自觉受辱，却并不恨她，每个月的头几天，她都能带回当学校老师赚的三百比索。他们就靠这笔钱过活，因为他在杂志社赚的钱必须花在跟朋友们吃饭喝酒上，不是用在她身上的。

但是，无论是这些事情，还是计划中的暴力，沉默的日子，出人意料的离去和不明不白的归来，都不足以洗清每个月准时掉落在公寓房间桌子下面的那些皱皱巴巴的钞票所携带的原罪。除去缴纳的养老金和生育基金，剩下的钱有三百比索，它们意味着三十天的房费和饭费。这些脏兮兮、皱巴巴、大多泛着绿光的纸币，都是他们通过辛勤劳动挣来的。

和所有人一样，她也有名字，叫白兰卡。但这个名字并不能代表她，任何女人都可以用这个名字，人可以变，名字不会。她那肥胖的身躯，疲惫和不甘，强烈的期待，莫名的紧迫感，从眼睛和嘴巴上吐露出好消息时的那种几乎算得上骄傲的情绪，这些东西也不能代表她。因此，没有面孔，没有具有辨识度的声音，她试图置身于这个世界，与其他女人区别开，把她们当作物体，带着好奇心去思考她们的奇异之处。

出于绝望和羞怯，她取了白兰卡这个名字，还用其他许多称呼代替这个名称：白兰切，比安卡，姬塔，白兰。她明白名字并不具有太大意义。"收尸人"几乎每天晚上都和她一起上街，嘴角叼着根燃着的烟，他为这个女人感到羞耻，但也时刻准备着为了她和别人打架，他心不在焉地因自己刚烫熨过的新衣服感到骄傲。灰色西服，白色丝绸衬衫，黑色帽子，同样是黑色的领带结，带宽大鞋带的漆皮鞋，鞋跟倒很细长。他走着，每走一步，咖啡馆里的朋友们每尖叫一次，白兰卡（或姬塔、比安卡、白兰、白兰切、白兰切特，视每晚的情况而定）的手指每抽动一次，他都会更加确定自己所依靠的金钱庸俗又不可救药。

有时，在饭店吃完饭后，白兰卡当着来喝咖啡的朋友们的面，说出一些清晰而完整，带有可以猜想到的道德和美学意图的句子，这会让"收尸人"感到尴尬。他怀疑这个女人是想在他的世界里占据一席之地，尽管她越来越胖了，而且随着年纪的增长，与肥胖和衰老作斗争仿佛成了别人的事情，成了些空间中的障碍，与她无关，与她的身体无关。

但他与她或她的渴望毫无关联。一张面孔，和她的名字一样"白"，模糊不清，属于过去，更有甚者，在所有这一切背后，使这一切毫无用处的，是肉体那不可言说的诚实。在学校工作五个小时，白兰卡每天都在用行为和语言——为了她自己，为了她留存在体内的微小的不道德的东西——捍卫着传统、观点、无法解释的信仰，这些都没必要进行解释。后来，危机降临，在那个可以预见的时刻，所有强有力的灵魂都会寻求孤独和自身的命运。"收尸人"辞了职，和白兰卡分开了，或者是和替代白兰卡的女人分开了。他在廉价社区租了个房间，每天中午，刚刚醒来，刮好胡子，意识到自己微笑时嘴角出现了偏差，就像意识到某件工具的特殊性及其功能一样，他就会乘电车去见朋友们，和他们一起吃饭，并在河流下游的舞厅里寻觅与他的志向相匹配的女人，他需要这样一个不可或缺的女人，一次来按照自己的信念开始真真正正认真地生活。

他就是这样认识玛利亚·波尼塔的，他确信理想能否实现取决于我们有能力放弃事物的程度。这一确信后来成了一种信条，终其一生都不会离开他。玛利亚·波尼塔是个谨慎小心，但缺乏道德的人。谨慎小心，缺乏道德，他生气地想道，但又不明白，仿佛他在执行一项毫无意义的任务，要把某些不能混为一谈的东西分开，然而这些东西就同时凝聚到了她的身上，结合到了一起，赋予了这个女人生命，变成了她。谨慎而不道德，这两种特质经受住了他能想象出的所有考验，帮助她躲过了他能够设置的所有陷阱，在经历了打击、不公、慷慨行为、挑战和或奸诈或真诚的期待之后，它们依然无穷无尽，活力四射。

　　他已经身处由朋友和同事组成的时代了，这些人除了在友情和风格上能给予他一些帮助之外——这些东西从技术的角度来看是可以讨论和模仿的——再也给不了他别的东西了。而其他人则几乎都是失败者，或者即将迈入由夫妻生活构成的可悲的老年时期，所谓的兄弟，只是在强烈的冲动的推动下共同进入了某种生活，其进入途径是钞票的味道和女人的味道，是丝绸衬衫、屏风、堕胎、城乡接合处的烤肉店、光洁的脸颊、思乡之情和自认是冷漠的情绪。这种强度超越了他们，超越了银行账户和骄傲感所带来的不假思索的满足，超越了他们被赋予的理解的可能性。他们是他的兄弟，他们注定要和他一道支撑传统，激发人们对外国佬的仇恨，在接连不断的偶像崇拜中慢慢寻找自信的理由。

　　他们中有些人——沉默、紧张、好斗——配得上看他在一家咖啡馆的吧台前哭泣，在那里，吉他手们的舞台上垂直悬挂着两条坚硬的服丧黑纱，小伙子胡里奥在妓院门口被马赛人杀死了。

　　他们中有些人想帮助他复仇，或者帮助他为复仇做无休止的准备。他们同样不服从当地领袖、看上去是黑白混血种人的佩雷斯和吉奥瓦尼尼斯提出的等待和安抚的命令。在现实中，他们心生怀疑，在饭店、酒吧和丛林里密谋复仇大计，可这些都只不过是为小伙子胡里奥守灵的仪式的延续，但实际上没人能给他守灵。大家互相讲故事，做些压根难以实现的预言，在甘蔗酒小酒杯的环绕中，在饮酒的间歇寻求勇气，左轮手枪贴放在臀部上方，他们的手摸着枪托，同时也在丈量着不可挽回的死亡带来的困惑，大家都有一种令人惊愕的无力感。

多年后的"收尸人"，在《自由报》工作的"收尸人"和在河岸边的小房子里生活的"收尸人"，那个只有送报人巴斯克斯或在圣玛利亚短暂的清晨碰上的某个年轻的卡车司机才会向他投来令人晕眩的钦佩目光的"收尸人"，在重复这个故事之前，总是习惯站起来，整理记忆，然后才会慢慢克服最初的抗拒情绪：

"我不知道他叫什么，我是指他的姓。他的名字是胡里奥。我没有亲眼看到他死去，但是在那之前的一天，在几个小时前，我还和他待在一起过。他当时二十四岁，比我小，比当时的我小。但都是一回事：我们都是硬汉，早在波兰人来到艾格隆的地下室里搞死那些女人之前我们就已经是硬汉了，男人，真正的男人，现在已经没有这样的男人了，大家把他看作领头人，都愿意听他的指示。在那段时期，我是指独裁时期，所有人都人心隔肚皮，随便因为某些无关紧要的小事就能出卖自己的同伴。马赛人不那样，因为他们始终是那副样子，只关心生意上的事，而且他们知道怎么保护自己的生意。马赛人和犹太人，再加上后来那些总喜欢趋炎附势的波兰人，他们都是外国佬，这就能说明问题了。胡里奥是我们所有人的希望，我们的年纪都比他大，我得再强调一次这一点，我们都是在妓女和告密者的环绕下长大的人，已经厌倦了漫无目的地生活。我们一开始都躲着他，都随便敷衍他，看轻他，觉得他只是初登舞台的丑角，想把他排除出局，没承想他早就掌控了球权，就差临门一脚了。可他从没问他们要过什么东西，哪怕他们想给他什么，他也都会毫不冒犯地拒绝。你看，那个叫胡里奥的小伙子是这样行事的：他耐心观望，混在人群中，直到发现和那些人有仇怨的人。这时他才会做一番自我介绍，然后就到了谈论马赛人的时候了。他会告诉那人我们为什么和马赛人斗争，而马赛人又是怎样联合到一起来恶心我们的，然后说我们应该组织起来，抛开旧怨，肩并肩一起把马赛人从属于我们的土地上赶走。那些人有时候会感到无聊或生气，他们会像赶苍蝇一样想把他赶走，因为他们忍受不了一个乳臭未干的小子来教他们做事。但是他依然会用年轻姑娘般温和的语气说着，守在那些欠了死债、戴着秘密枷锁、对自己的情况和他的建议心知肚明的人身边，他也会在有理由笑的时候笑一笑，但他始终用眼神告诉他们，他不是一个可以被缰绳套牢的人。没人鼓励过他。他总是低声给他们讲道理，十分平静，直勾勾地盯着他们的眼睛。他就这样一点点成长起来，没有浪费任何时间。他不为自己求任何好处。他身边有两个女人，再就没什么了。他唯一希望的就是我们能够团结起来，成熟起来，对抗外国佬和卖国贼。您可以想到，他是我们的希望。我们所有人都在思考他不断重复的那些话，只有他，一个初来乍到的人，跟任何人都无仇无怨，可以从一个人身边走到另一个人身边，跟他们争论，试图说服他们。我一定见过他和一些头目并肩前行，他总是穿着灰色的外套，朴实无华，戴着黑色帽子的头颅高高挺立。我可以这么跟您说：所有一开始向他怒目以对的人，最后都对他无比尊重。几个小时前，我在市中心见过他，那是个周六，他从那家咖啡馆的吧台处唤我，那里没别的咖啡馆，就是'多雷戈'咖啡馆，他笑嘻嘻地邀请我去喝一杯，半搂着我，胳膊下夹着一份折起来的报纸。我第一次看到他戴了一条不是黑色的领带，上面还有一枚马蹄形别针，别针上镶着颗小宝石，那一幕到现在还能浮现在我眼前。我当时急着做什么事情，不能多陪他。第二天，星期天，下午，太阳落山后，他站在一栋房子的门口烤肉，一群马赛人从一辆出租车上向他射击，他的肚子上中了差不多半打子弹。他哼都没哼一声就死了。肯定是这样。然后祖国就完了，一切都完了。"

十五

　　那场战争就那样开始了，从邮差的邮包里迅速跳出的匿名信可以证明这一点。那些信里的字迹是蓝色的，字体均匀，让人感觉书写者写得不慌不忙，几乎所有收信人都是女性，谴责她们的儿子、兄弟、男友，也有个别一些人的身份是丈夫，去逛妓院。信里没有辱骂的字眼，也没有撒谎。当时，就在贝尔格纳神父做完那第一场极具侵略性的布道之后不久，第一批信就出现了，这些信里只是提到了一些名字、日期和时间，几乎没有暗示即将袭来的、将分裂整座城镇的报复行为。

　　有些写信人已经年近三旬，但她们中的大多数人都是在学校的合作行动社里互相认识的女孩。不管怎么说，她们中没有任何一个人与那些打开长长的蓝字信封的人假想出的绝望的老处女写信人的形象相匹配。也许在这些人的想象中，写信的是同一个女人，收信人们不约而同地把骨骼、眼睛、身高、肤质、指骨的长度、指甲的形状、写字时指关节的凹凸等因素结合在一起，凑成了一个写信人的模样。

所有人都在没有交流、没有依据的情况下，给那个假想出的女人——没人认为她会是个男人，哪怕笔迹说明不了任何问题，哪怕匿名信是打印出来的——套上了一件蕾丝上衣，圆形的领口整洁而窄小，配上一条细天鹅绒丝带，或者在领口处用一块宝石或一枚金币当别针。她们又赋予她不动声色的微笑、凹陷的嘴角、甜美的表情和正气凛然的轮廓。让她充满恨意，可并不令人厌恶，她沉默寡言，爱长吁短叹，喜爱植物和猫咪，也爱黎明和黄昏。她们又给她戴了顶假发，或是让她拥有一头染成黄色的头发，让她习惯把印有姓名缩写的手帕贴在鼻子上，只是为了闻闻香水的味道，享受孤芳自赏的感觉。

第一批匿名信，那些追求隐晦和语言色彩的匿名信，那些坚持提及在拉林科纳达野餐时溺水的小伙子们的匿名信，可能就像人们说的那样，是从圣器室里流出来的。几个星期过去了，没有天谴，也没有明显的灾难发生。贝尔格纳神父在讲道台上向我们表明，这种停顿，这种对神意明显的蔑视或遗忘，比一系列具体的悲剧事件更可怕，更不祥，更令人不安。他回顾了巴比伦人和尼尼微人的粗心大意，他用哭声和紧咬牙关的吱嘎声来形容不可预见的未来，他仔细观察了暴风雨的前兆：平静。

于是，合作行动社的姑娘们，圣玛利亚的那些衣着光鲜的纯洁姑娘，在没有人能够证明她们是在服从某人的命令或建议的情况下，面对历史，遵从自己的信念，在改变城镇生活所面临的苦难和危机局面的想法驱动下，自发地开始聚会和密谋，低声起誓，保持沉默，在丝滑柔软的纸张上，用她们传统而自豪的高挑字体写下了那些带有威胁和谴责意味的蓝字信件。

当然了，她们并没有谈论那些被罪恶吞噬、被天谴击垮的中东城市。她们只是简单地提到了河岸边的房子或玛利亚·波尼塔，提到了收信人的儿子、男友和兄弟，提到了某些我们所有人都熟悉的地点和人物。她们确认了某些巧合，这些巧合的意义不容置疑、超凡脱俗。

姑且以玛利亚·曼为例，她是乌尔基萨大道上售卖遮阳篷、床垫和沙滩椅的店铺店主的女儿，那家店就在巴尔特的药店对面街角处的乐器店旁。她收到的应当是由邮局寄出的第一批匿名信中的一封，信上写道："你的男友，胡安·卡洛斯·平托斯，上周六晚上去过河岸边的那栋房子。他在周日去找你时已经不纯洁了，很可能已经染上了病，他在你家里吃了午饭，然后带着你和你的母亲去看了电影。他大概吻了你吧？他碰了你母亲的手或你家桌子上的面包了吗？你的孩子会发育不良、双目失明、满身疮痍，而你自己也难逃这些可怕的疾病的侵害。然而，在此之前，其他的不幸也会先行降临到无辜的你头上。想一想吧，在祈祷中寻求救赎吧。"

玛利亚·曼可以和其他人一起，为这个身体羸弱、满怀怨恨、有着《圣经》人物的名字、身穿蕾丝上衣的女人的形象注入活力。她们可以看到她咬着嘴唇，孤独地在夜里写信，同时闻着手帕上的香水香味的样子。但是，那些匿名信的真正作者，也就是合作行动社里的姑娘们，同那位想象中的老女人的形象完全不同。

最重要的是，她们很真诚，她们的目的很纯洁。除了终结妓院、洗刷圣玛利亚的污秽和耻辱所必需的牺牲之外，她们不想引发更多的痛苦、争吵和分离。圣玛利亚的污秽和耻辱诞生自河岸边，不断扩大，十分傲慢，用它的触角划破城镇里的房屋。她们没有被时间或怨恨埋没。她们并非在寻求复仇，而只是为了保护自己，抵抗那些威胁到她们的原则、计划和大家共有的未来的敌人。

她们不喜欢乱交，她们无法忍受这样的想法：在河岸边的那栋房子里，乱交是可能而容易的。她们不希望以那样粗暴的方式被拿来和那些女人作比较，不愿意容忍男人们觉得自己有能力摧毁她们，哪怕这只是她们的臆想也不行。

她们先是在学校每周为合作行动社提供的房间里，然后在马拉比亚的遗孀胡莉塔的家里见面，后者的家位于通往拉达布拉达的路上，从头上数第五栋房子，旧旧的。她们都是新来的，身体健康，边走边笑，甚至会发出尖叫声，每个人都在保护自己的秘密不被他人恶意窃取。她们制订计划，互相寒暄，然后在喝茶的间隙，脸色微红，牙齿轻咬舌头，舔舔滑向笔尖的贪婪的手指尖。她们写着匿名信，同时惊讶地发现，她们正在建立的这种女性联盟已经有几个世纪的历史了。

从本质上来讲，这种情谊比爱情更强大，它能够经受住一切放弃个人意志、向男人妥协的想法。她们喝着茶，嚼着糕点，闻着不可避免的香水味，用轻柔的手掌轻轻扇走额前头发周围的热气和潮气，她们露出最洁白的牙齿，宣告笑声的到来，也在保护着笑声。这些姑娘写下匿名信，来捍卫这座城镇的纯洁，也让男人们无法猜透她们的身份，无法破解她们留下的唯一谜团，这个谜团已被荒诞、狡猾以及或陈旧或新颖的误解所遮盖。

　　马拉比亚的遗孀胡莉塔同意每周接待她们两次。费德里科·马拉比亚的照片大概有十几张，其中许多都是放大的快照，他在这些照片里或微笑或忧郁地望着这些匿名信的作者。姑娘们注意到，那些照片正在迅速老化：每次她们瞅一眼它们，就觉得这些照片拍摄的时间比她们前一次来时计算的时间要更早两三年，而这个男人就显得更加死气沉沉，也更加不可信任了。但她们从未把这种想法说出口。在花园里同胡莉塔道别后，她们也只是评论了照片里那个男人的眼睛、肩膀和上唇的优美线条，那里是他的脸上唯一柔软的地方。

　　有时，她们会发现费德里科的裤子和衬衫散落在家具上，躺在地板上，还能闻到淡淡的古龙水和哈瓦那雪茄的味道。就好像在她们来到这里的几分钟前，有人曾在这里洗过澡，换过衣服，在炎热的天气里与慵懒的胡莉塔聊过天，还抽过几口粗大的雪茄烟，而烟灰正在房间里唯一一个烟灰缸中泛白。不过她们知道，衣服是费德里科的，雪茄烟和古龙水的味道也属于费德里科，尽管这绝无可能。她们等待着看到胡莉塔的脸，她那张疲惫的嘴巴，她杂乱的垂下的头发，她那双明亮而神圣的眼睛，其中充满不屈不挠、愤怒狂喜的意味，这种眼神暗含某种隐秘而不可言传的胜利感。

姑娘们注视着这个女人的一举一动，打量着她把手肘凑向腰间的缓慢动作——这个动作发生于她将装有茶壶和茶杯的托盘以及盛着蛋糕的盘子放在桌子上，然后冲她们微笑之后——她用这样的动作来强化自己的沉默，挑衅般地邀请她们体验幸福，并宣布自己的孤僻。姑娘们注意到了这一切，于是一个接一个地抛开了恶意，她们强迫自己相信奇迹或疯狂，让自己显得更加美好，她们推断，那个从墙上和桌子上的相框里、从黑漆漆的壁炉里望着她们的死人，下午就在这里，比她们中第一个敲响花园里那扇吱嘎作响的大门的人还要早来十五分钟。也许她们会在楼梯上和他擦肩而过，也许想象那个瘦削但精壮的男人在楼梯拐弯处停下脚步，倚着栏杆，耐心为她们让路的画面并非十分荒唐。

姑娘们发现费德里科的衣物散落一地的那些下午，接待她们的胡莉塔与平常相比更加衣冠不整，也更加兴高采烈，一边跑着，一边嘟囔着抱歉之类的话，把散落在几把椅子上的裤子、皱巴巴的衬衫和盘旋成蛇形的领带取走。在把这些衣物放进衣柜之前，她会用皮带扣敲打某块木头或自己的身体。放好衣服后，她会打开窗户，扇走空气中的烟味、男人味和古龙水味。在花园的灯光下，她张开双臂，冲她们微笑，再次请求原谅，她的脸始终红通通的，因为姑娘们可能看到或闻到了某些私密的东西而感到悔恨。

她只说必须要说的话。她把双手插在睡袍的口袋里，眼神癫狂，面露笑容，面对着她们，仿佛站在某个虽近在咫尺，又不可触及的高度上。当姑娘们谈论起那些含糊不清、空洞乏味的事情，也就是她们只有在那里才敢谈论的事情时，她总会点头表示自己已经做好了准备，于是她给她们端来茶水、钢笔和墨水瓶，还有一盒又一盒颜色淡雅的线装纸。她从不表现出自己知道她们为何要来她家，就只是任由她们交谈、书写。

她的头发凌乱而僵硬，没有化妆的脸被汗水浸得油亮，她就像年轻人一般露出无精打采的样子，她没有掩饰太阳穴处和嘴巴上方的细纹，她愉快地抗拒身边发生的事情，她的眼睛里闪烁着的怒火仿佛已将这些事情完全废除。胡莉塔有时会毫无表情地盯着姑娘们，有时会低头看看自己的肚子，还有时会抬起头来，让视线越过她们，超越她那有限的兴致，超越对亲朋好友们日复一日愈发坚定的定论的接受，为的是再次参与到那个无法实现的事件中去，参与到她曾经拥有过的幸福和陪伴的时刻中去，至少几个月前她曾经经历过这些场景。

谈话，倾斜向信纸的身影，裸露在夏日氛围中的肩膀，同龄的姑娘们，这些都只不过是飘荡在回忆与记忆之间的一团云雾，但却可被感知，属于当下。

当她们用蓝色墨水费力地写着揭露恶行、施加惩罚的话语时，胡莉塔又触摸起了费德里科的胳膊和后背，又回到了床上，回到了同壁炉或对话或沉默的状态中，回到了乡村里的冬日清晨，回到了由受惊的马匹、鸣叫的鸟儿、粪便和牙膏的气味交织而成的孤独的场景中。

十六

兰萨摸了摸胡子，又举起了啤酒杯。除了粘在杯底的纸板杯垫之外，被他一同提起的还有我不久前摇晃两根手指示意不要提起的那个话题。

"关于您的诗，我能说的最不中听的话就是，"他说道，"它们是好诗。我宁愿看到它们恐怖的样子，就像发育不良的畸形虫子一样，或者像多了或少了几条腿、几只眼睛、几根触角的小动物。我想说的是……"

"别再说了，我不感兴趣。我对羞愧地给您看的那些小诗不感兴趣了。我不想后悔，它们诞生过，但已经死了。"

"我想说的是，"他悲伤而决绝，带着夸张的严肃劲儿坚持道，"它们之所以糟糕，是因为写得太好了。在您这个年纪，在这样的年份，在这座城镇，我更想听到一声呐喊，一种难以理解的狰狞，某种形式的疯狂。"

"好的。"我笑了，喝了口酒，"年龄，岁月，圣玛利亚，您还忘了说个人环境的问题。"

他有点沮丧，显得更加悲伤了，他假装在这个周六夜晚的贝尔纳酒馆里，在厌恶和话语的交织中寻找着服务生。

"不，"他看着我，嘀咕道，"我没有忘记，这您是清楚的。让我这个可怜的老人说下去吧。我只说不得不说的话，只用这些话来烦您。您明白我的意思。因为在我读过的所有东西里，我只留下了几行诗，我就是想让您在这几行诗里体现出我请求您给出的那些东西，也就是您被该死的命运要求去写的东西。请忽视那些小错误，别把时间花在校对稿子上面。听听看，这是我改过的版本：

> 我，她，我失去了，我献出了生命，
> 以此换取他人的衰老和野心。
> 日复一日，更加肮脏、渴望、冷酷，
> 我该走，我不能走，也不能不去相信。

我们又要了更多的啤酒，我花了很长时间，慢悠悠地清空、重装烟斗，对进进出出的人评头论足。兰萨露出和善而平静的神情，湿润发红的眼睛里流露出细微的胜利喜悦。

"是的。"我说道，"我喜欢。但这有什么关系呢？它不是我之前给您读的那种手脚错位的怪物了。这样更好，好得多，它远离了恐怖和尖啸。"

"您不相信我的话。"他坚定地喃喃自语，声音穿透啤酒泡沫，"就当是老年人的失误吧，是记忆出了问题。但是这四行行文不通的文字……我在其中找到了我向您乞求或预言的困惑和真相。但这没用。您已经表明态度了。在这些事情上，别人的意见起不到什么作用。认真听取意见的人反倒会迷失方向。现在，您悄悄往吧台那边看看。您的亲戚马科斯带着跟屁虫和女人们来了。所有这一切都只不过是法伦斯泰尔式的忧郁废墟。"

我瞅了一眼，他们正在买酒、喝酒。我又转向那个老人。

"有一天晚上您曾经跟我提起过法伦斯泰尔。当然了，我听到过一些流言蜚语。不过说真的，我不清楚，也不明白。"

兰萨笑了，慢慢抽着烟。

"您有时间吗？"他问我道。

"当然。"

"为您感到高兴。请把烟斗点燃，衔着它。实际上这是另一个恐怖的赌局。不过您要是认真对待它的话，会觉得它带来的只是遗憾。马科斯·贝尔格纳既不配做父亲，也不配为这件事的失败负责。您和他差多少岁？"

我抽着烟，盘算着。我猜不透老兰萨说这番话的意图。他管这些话叫"开场白"。不管怎么说，这个夜晚会很漫长。我清楚老年人和年轻的傻瓜们的伎俩，他们喜欢利用一些琐碎的故事来达到自己的目的。我回忆起了父亲曾带给我们的压迫感。

"我感觉大概差了十岁。"我最后答道。

"您最早对他有记忆，是什么时候的事？我指的是真正的记忆。"

"真正的……好吧。我是从两三年前开始见到他的。就是以您说的那种方式见到他。"

兰萨开心地笑了，迟迟没有抽烟。无所谓了，我对法伦斯泰尔更感兴趣。

"这样看来，"他如释重负地说道，"咱们谈论的不是同一个人。之前曾经有过另一个叫马科斯的人。他酗酒、肥胖、粗鲁、臃肿。我遭受过巨大的不幸，只能到处漂泊，离开了西班牙，来到这里。我有了足够的时间，于是我从各个角度审视自己的私人问题，逻辑、失眠、绝望。坏事情一件接着一件发生。最后，我别无选择，只得在圣玛利亚停下脚步，还有迪亚斯·格雷医生，我的朋友拉尔森——一个收集可怜的妓女的人——还有其他许多人，不过这些人甚至到了今晚都与我无关。在这里，直到死亡，"他边说着边抖了抖肩膀，抬起手捂住嘴，不让自己咳出来，"都会有悲伤。还有不解。但这既不是喜剧，也不是悲剧。是法伦斯泰尔。我跟您提到的是一个您从未了解到的马科斯·贝尔格纳。他当时应该和您现在一样年轻，也许比现在的您只大了一点。可是请原谅我，我认为他拥有您没有的一样东西。就是我们称之为'血性'的东西。您写诗，您可能可以体验人类最重要的某些经历。那个马科斯也能用肉体和灵魂——如果说他有灵魂的话——体验到这些，而且不用写下哪怕一行文字。那个因苏拉尔德家的姑娘应该是我的同胞。我觉得她真正的姓氏应该是因苏拉尔德。不过这不太重要。所有搬到圣玛利亚来的人最后都会枯萎、腐化。咱们别老是患得患失的了。"

"好的。"我轻声说道，这样老人就知道我并没走神了，我也没打断他的话，"她之前是马科斯的女朋友。"

"她，还有她父亲买下的所有乡间土地。当时瑞士人的殖民区刚刚开始形成。每六个月就会有一些家庭带着铁箱子和《圣经》，穿着奇怪而干硬的衣服，满怀崇敬地来到这里。但那时移民区还不存在。这张照片差不多就是那时候出现的，大概是奥尔洛夫拍的。奥尔洛夫大概在1905年俄国革命之后曾经到过这片区域，或者早在叶卡捷琳娜大帝厌倦了波将金之后就来了。奥尔洛夫什么都会说，也懂得如何说服您，他会满怀激情，毫不受罪地说个不停。他比我更会撒谎。我得承认，在不合时宜、夸大其词、谈论不可能出现的情况的方面，我们有相似之处。但我们还是不一样：他寻求的是美，是文学般的轶事，是现在人们所说的逃避现实的东西，是发明创造。这是艺术家的立场。可我只是个寻找真相的可怜老人罢了。"

在我的背后，马科斯发出了威胁式的叫喊声，然后立刻开始大笑了起来。他的朋友们向他劝酒，他们又点了更多的酒。

"女人们在干什么呢？"兰萨问道。

我偷偷瞅了瞅，毫无激情地回答了他。

"其中一个，"我说道，"在一脸恶心地抽烟，病恹恹的。另一个则在哼着小曲，化着妆，看上去很平静，就像是在缝衣服或是修补房屋一样，且不管她住在哪儿。"

两杯啤酒被端了上来，兰萨用嘴唇碰了碰泡沫。

"好吧，"他接受了这样一个场景，"现在说回到奥尔洛夫和那张照片。我家里有影印件，从多年前开始我就准备了一个笔记本，里面记录着我感兴趣的各种东西。那将是个惊喜。有机会的话，我会邀请您看看它的，哪怕出于神圣的爱国心，也得让您了解圣玛利亚的真实历史。我给您讲讲那张照片，里面有个瘦瘦的马科斯，长着森林之神的那种尖耳朵，长长的眉毛，坚挺的鼻子，还有稚气未脱的嘴巴。他的肩膀上披着件黑色斗篷，也可能是件披风，一双难以置信的长手从披风里伸了出来，那是眼前这位马科斯从未曾有过的手指。我不知道这个戏法是怎么变的。他穿的外套剪裁风格老旧，马甲很高，黑领带有些过厚了。这位姓贝尔格纳的先生皱着眉头，像是双眼间现出一道豁口，他摆着姿势，向下看去。也许在那个时期他也写诗。休息一下，看一看，想一想。我现在突然想到，有朝一日您可能也会变成马科斯今晚的样子，这并不是不可能发生的事情。在兰萨的笔记本和'博物馆'里，人们会奇迹般地发现另一张不可或缺的照片，那是来自巴斯克地区的姑娘蒙查·因苏拉尔德的照片。

"照片效果很差，泛黄，褪色，就像是张剪报。但您仍能看出她那轻蔑的眼神，性感又不屑的嘴角，有力的下巴。咱们别忘了，她的年纪比马科斯大，而且不算年轻了。耐心研究下那第二副面孔，就能明白为什么没人能干预这件事了，为什么老因苏拉尔德——我指的是她父亲，她母亲已经去世了——别无选择，只能听之任之。他接受了法伦斯泰尔，要是咱们还记得日期和地理位置的话，信息就已经够多了。

"那里最开始有六个人，全都是有钱人，也都很年轻。有一对已婚夫妇，马科斯和蒙查。辉煌时期有十个人，还不算小孩。无从得知，连我也不知道，究竟是谁提出并倡导了那个想法。表面看上去，它挺简单的，要是咱们在一张纸上把它总结一下，或者是在茶余饭后讨论一番，它就非常简单了。那个遥远的马科斯·贝尔格纳提供了他的部分土地和一个也许您将来可能会继承的农场。然后就是共有财产，神圣不可侵犯的财产之类令人反感的概念了。

"在那段时期，在那些夜里，最初的六个人经常会聚在进步俱乐部共进午餐，或者轮流邀请对方到家里做客。此外，在某些周六他们还会在巴斯克人因苏拉尔德的家里相聚。我得再强调一遍，那个想法非常简单，但绝对可靠：离开圣玛利亚，到农场生活，收割庄稼，为动物的繁殖生长而欢欣鼓舞。这是第一阶段。第二阶段包括购置更多土地，进口纯种牲畜，不断积累财富达数百万比索。我再说一遍，从理论上来看，这个计划是成功的。所有先驱都拥有资金支持，可以在干旱、疫病、冰雹和牲畜生长困难的不利局面下提供帮助。当然了，他们也会雇工人，这样他们就可以集中精力从事指挥和规划之类的智力工作了。自然也有卑微的女佣，这样孩子们就不会添太多麻烦，每天也能按时吃上饭。当然了，这是一项讲求合作的工作，至少在利润分配方面是这样。好吧，这是个建立在利他主义、互相容忍和理解基础之上的原始的基督教社区。

"一切就这样开始了。我想象那个巴斯克小姑娘，也是法伦斯泰尔里唯一的单身女性，想象她面对只会乞求和口吐污言秽语的老因苏拉尔德的画面。因为蒙查已经成年，也因为因苏拉尔德家三分之二的财产都归这个姑娘。我想象着她无动于衷、态度坚决的样子，还有我已经试图描绘过的那张平静的面孔。她只回答了一次：

"'我要先认识一下马科斯。我得在跟他结婚前知道他是怎样一个人。'

"很自然，她和其他人一起去了。就像我刚才跟您说的那样，几个月后，又去了另一对夫妇。可以说，他们完成了第一阶段的所有任务。法伦斯泰尔式的农场发展顺利，非常顺利，这种态势持续了一年或十八个月的时间。我们这些关注那段历史的人对那一幸福时期确切的持续时间看法不一。但是，当我们这些来自不同地方的人聚在一起排解孤独，打牌取乐时，我们就历史强加给我们的日期，就历史中最难以理解、最空洞、最愚蠢的东西达成了一致。我们就历史的客观性达成了一致。历史即虚无，就像个空蛋壳。

"我们都认为，在六个月零二十三天后，巴斯克姑娘因苏拉尔德骑着一匹偷来的马离开了法伦斯泰尔，到圣玛利亚稍作休整，然后去了首都，找船带她去欧洲。几个月后，她的父亲把他们的东西卖了个好价钱，从此我们就再也没有关于他们的消息了。可是真相依然是个谜，我们所有人都试图用诚实和礼貌来填充那个空蛋壳。可是谁会告诉我们真相呢？因为后来法伦斯泰尔的人口在慢慢减少，计划被一点点打乱，人们任由庄稼枯萎，几乎所有动物都死了。

"指望那九个法伦斯泰尔人中的任何一个出来解释那场失败是无用的。现在，如果我们还记得那四对夫妻中有一对在共同经历了原始的、基督徒式的社区生活后决定分开的话，那么编年史作者出于职业操守和对后世的负责态度，会认为自己有权去研究那些陪同马科斯及其同伴移居迁徙的辛劳农民身上出现的众多巧合的问题。最重要的是，我们可以相信巴里恩托斯所说的为数不多的话，他曾是那个经营不善的农场的主管，我觉得他现在应该在恩杜罗附近有一个仓库，或者类似的产业。

　　"至于马科斯，他能够承受痛苦的环境，知道如何接受悲伤和逆境。回到圣玛利亚后，他在一段时间里不断买醉，当众倾诉自己的忧伤。然后，他在游艇上装了一箱又一箱酒，在一些女人和友人的陪伴下，在河流上游或下游消失了几个月。

　　"当然了，'雇农'啊，'牧羊人'啊这些称呼都是诽谤。一个死板的调查者可能会相信这些说法。但是绝对无法利用下层阶级特有的、满是愤恨言辞的流言蜚语来撰写和推广《圣玛利亚第一法伦斯泰尔的真实历史导言》。真正做到这一点的是我。

　　"我在那篇文章里提到过，据说在那项庞大的工程进行了六个月左右的时间后，人们开始感到某种程度的困惑。一开始，大家无法确定那些人是那个神圣家族的核心。当然了，我必须郑重声明，平民并不经常靠近那座法伦斯泰尔堡垒。但负责做饭和照料孩子的姑娘们自然不可避免地要经常出入其中。

"慢慢地，根据那些诽谤性的消息，新缔结婚约的那几对夫妇的统治既没有合法化，也没有得到祝福，那种统治被本世纪最完善的工业社会普遍采用的标准替代了：避免任何物质或时间的损失。就在那时，我之前给您描绘过的那张照片里的马科斯·贝尔格纳已经因为醉心玩乐而有了许多追随者。

"根据一些肮脏龌龊的说法，新的庄严仪式每周举行两次。他们玩骰子或纸牌，印着宗教人物的卡片被丢来丢去。于是，法伦斯泰尔人抛弃了盲目的冲动和具有欺骗性和吸引力的宣传。他们抨击无处不在的神灵、意外和命运，决心每周两次在夜间纵情笙歌。那五个女人都很年轻，都很讨人喜欢。我对那些男人的决定没什么意见。我只能对您说他们也都很年轻。

"还有人说，为了更改神谕，他们有时会玩抽签取卧室钥匙的游戏。这种想法想象力十足，自然有它的有趣之处。但是作为一个诚实而严谨的历史学家，我无法接受这种说法。因为大家都知道，马科斯·贝尔格纳的农场里的卧室不可能带锁，自然也就没有钥匙，这一点您也很清楚。此外，他们也不需要这些东西，当然了，不把话说死，如果他们赋予这些东西某种象征意义，让它们成为富有诗意的仪式变种的话，也是可以说得通的。

"有些毫无价值的材料常常顽固地阻碍真理闪烁金色的光芒，我们还可以再补充点类似的材料，权当娱乐。人们如虚构小说般强大的想象力还补充说，被神灵们随意撮合的一对对夫妻在那个时期发现，没有比两个人朝夕相处更悲伤的孤独了。因此，他们选择了社会娱乐活动，大家一起寻欢作乐，这可比自私的个人主义、小资产阶级情调优越得多。

"现在，为了寻求真理，我必须向您指出我叙述的历史中的两处并不能完全令人信服的地方。我们姑且把人的天性当成某种决定性因素，那么这样一来，无论如何思考，我都无法解释为何法伦斯泰尔人过了那么长时间才开始那种致命的滥交行为。我把巴斯克姑娘因苏拉尔德疯狂而可怕的逃跑当作某个重要日期。那么我也不明白，哪怕大家已经接受了那种共同生活的模式，他们又是如何能够共处那么长的时间，直到最后也没有互相踢打、互相开枪。我还想补充一点，我看到，也听说您的亲戚马科斯正在组织一场针对公民'收尸人'拉尔森在河岸边经营的简陋妓院的神圣十字军东征行动，这令人感到惊奇。从心理学的角度来看，这可能是艺术家之间常见的职业竞争问题。现在，如果我们用马克思主义的标准去看待这一问题，那么这种憎恨的根源可能就在于，在那栋天蓝色小房子里工作的三个女人并非无偿提供服务，她们也并非受到对于这项职业的崇高爱意的驱使才上床去的。这与马科斯在令人难忘又短暂的法伦斯泰尔田园生活中所拥有和认识的女人如此不同。"

十七

　　"是个周日的晚上。""收尸人"说道。他靠坐在院子里的一张小桌边，在喝之前先搅拌了一阵杯中的液体，把抽了一半的香烟弹到了地砖上，确信对方不明白自己正在想些什么。"周日的晚上，或周一的早上。你注意到了吗？"

　　"注意到什么？"玛利亚·波尼塔从窗户里问道。她的头靠在两根铁栏杆上，裙子里，也就是分开的两腿之间的缝隙中放着一只玻璃杯。

　　"你没有注意到。你在听我说话吗？要是你听了的话，你就不会问了。你知道我不喜欢说话，但只要我说话，我就希望别人仔细听。"

　　玛利亚·波尼塔笑了起来，她希望"收尸人"听到她的笑声。她把屁股放在窗台上，慢慢抬起头，摩擦着两根栏杆。

　　"你说的不是星期天晚上。你说的是另一件事。"她垂下眼睑，看着院子里那个孤单的男人的影子，他的周围摆着几张空桌子，被夏日悲愤的热浪包裹着。除了壁龛里的蜡烛，那里没有一丝光亮，壁龛前是尊圣母倾身怀抱圣婴的金色雕像。

"我不会像在学校时那样问你。""收尸人"说着，用手指从玻璃杯里拈出了一只坚硬的绿色小虫，"我一直想买那种纱布，挡在窗户上。但一开门，虫子还是会钻进来。有一天晚上，这里全是那种厚壳虫，我不喜欢那些人把它们踩扁。"

她把头从铁栏杆上移开，轻轻拍了拍脑袋。外面的夜色就像是条黑色的分界线，把这里和炎热而未知的圣玛利亚的世界隔离开来。她知道姑娘们拿着茉莉花，一头金发，正在广场和码头上漫步。每个周一的下午，内莉和伊莲内的故事都会稍稍改变一点她对这座城镇的印象。某家店铺的橱窗里又摆上了什么新物事，某桩轶事揭示了这里的某种令人无法理解的传统，一个骑马的男人将永远在她记忆中的广场上骑行。

"收尸人"往杯子里倒满酒，又点燃了一根香烟。屋子里，阴影中，女人中的某一个在打着呼噜，在某个地方，睡着了，"死去了"。"收尸人"意识到她永远无法知道自己在想什么，他告诉自己某个人正在利用他来操演某些事情。

"今天周日的晚上。"他说道，"不管你注意到没有。"

"我当然注意到了。对我来说周日就是周六。所以我真正该留意的是哪天是周六。对吧？"

"收尸人"摇了摇头，继续喝酒。然后又冲着窗户边的那个白色人影笑了笑，他知道她不可能看清他，他的笑容中带着一种愤世嫉俗的意味，也夹杂着爱意。

"就快结束了。"他说道，"我更喜欢和男人聊天。"

"什么就快结束了？"玛利亚·波尼塔问道，她依旧把脑袋靠在铁栏杆上，"你可以跟我讲。你老是说你想知道什么，但是又不着急。"她从来就不相信这些话，她总能嗅到失败的气息，就像在嗅闻某种气味，嗅闻不得不接受的房屋和旧家具发出的味道。

"我更想和男人聊，更想和迪亚斯·格雷医生聊。我不知道他是不是算真男人，我不知道他能不能理解我。不过我很希望他此时能在这儿，在这张桌子边。就要结束了。神父来了，那些家伙都在外面，正坐在车里做记录呢。男人们已经不敢跟我打招呼了，他们害怕被那些人看到跟我走在一起，甚至连外国佬都怕看到我。我不害怕，我们是有许可证的，他们不能把我们赶走。但是我已经注意到了这种局面。"

"已经？"玛利亚·波尼塔问道，"到这里的第一天我就想到了，就在咱们坐车穿过城镇的时候，所有店铺都关着门，没人探头张望，也没人辱骂我们。但你总是说……"

"我那么说是为了给你鼓劲儿。因为我确信这种事迟早会发生。以前就发生过类似的事情。可是现在的情况更糟，现在他们来真的了，在事情最终解决之前，他们都绝不会善罢甘休。"

"好吧，那咱们就快要走了。咱们还有退路。咱们可以去罗萨里奥港，或者去首都，更好的选择是找个跟这里类似的地方，一座小城镇。如果只能夹起尾巴做人，那可就太憋屈了，不过钱还是能赚到的，还不会有麻烦。亲爱的，你没什么可担心的。要是说你感到难受，那也只可能是因为姑娘们，毕竟她们是抱着许多幻想来的。"

"是的。""收尸人"说道。他点燃了一根香烟，开始摇晃玻璃杯，玩起了射到杯中的蜡烛光。

玛利亚·波尼塔突然向后一仰，把杯子里的酒都喝光了。那是一种难以言说的滋味，在胸口泛起一阵灼烧感，是对打烊后到每张桌子前收起一个又一个酒杯的短暂而难以捉摸的记忆。她又把头靠到了铁栏杆上。

*我大概已经老了。*她想道。她不在乎在圣玛利亚的冒险结束时，挣到的钱是否比她想象的要少得多。她不在乎此时在院子里的椅子上摇摇晃晃着的那个粗壮男人对她是亲切抑或反感，他的身体似乎在跟着卧室里传来的鼾声的节奏摇摆。此时，她觉得自己似乎已经知道"现在是星期天的晚上"这句话的含意了，但她对它的含意并不感兴趣。她感到十分平静，并未被微小的仇恨和常见的贪婪所困扰，这些仇恨和贪婪反倒激发了她的力量，她的求生欲。*我大概已经老了，老了。*她的身子没动，心里却在想着同一件事，舌头在微微张开的嘴里活动，慢慢把这几个字吐了出来。

也许失败是真的，也许这栋小房子注定要关门了，然后再次乘坐卡洛斯的福特汽车穿越那座城镇，这次要爬上陡峭、干燥而泥泞的街道，街道两旁种满了忍冬藤、桉树和其他不知名的遮阴树。回到火车站，就好像她来到这里只待了几天，仿佛是结束了一次访问，结束了几天假期，她再次经过曾经到过的地方，在姑娘们的故事里，她对那些地方的记忆毫无疑问得到了完善。内莉和伊莲内的故事，还有在院子里慢吞吞喝酒的男人们的闲聊聚会，他们摆脱了束缚，在慢慢恢复。然后，她将最后一次穿越那座城镇，紧闭的门窗对于亲密态度愤怒抗拒，她对于自己战胜那种情绪不抱什么希望。一台老式篷车僵硬地前行，几乎规律性地随着道路的起伏上下颠簸，透过它那早已用处不大的骨架，可以瞥见几个背影，几张盲目而无动于衷的面孔。所以说，她心里想道，她就要永远失去圣玛利亚了。

"我希望他能在这儿，我好跟他说话。""收尸人"说道，他一动不动地盯着地上最后一根香烟闪烁的火星，"他是不会明白的，你今晚也理解不了太多。周日的夜晚，明天，周一，都是一回事。但事情就是这样：他对所有这些事情都有另外的想法。对我，对你，对生意上的事。"

鼾声已经听不到了。烛光噼啪作响，逐渐暗淡，给那幅画面笼上了一层可怜的黄色。

"他会理解什么呢？"玛利亚·波尼塔轻蔑而诏媚地嘀咕了一句。

一个年纪几乎和她一样大的男人，肥肥胖胖的，一身黑衣，瘫坐在空荡荡的庭院中央的椅子上。她能记住他的名字和习惯，能认出他来，能罗列出把他和她联系到一起的种种事件，甚至能轻松、友好而精准地把这些事件衔接起来。她举起空酒杯，把嘴凑过去，呼吸了一下杯中的空气，呼出的气体模糊了杯底烛光的光亮。*我老了，我在撒谎，我应该待*

在首都，如果他们告诉"收尸人"，他肯定会生气，内莉大概会和那个外国佬生活到一起，我还有几千比索，还有我变卖东西赚来的钱，明天我要睡到再也睡不着为止，最好还是去一座小城镇碰碰运气，我一整个夏天都被困在这里，如果我们离开的话，我还得把酒水订单取消掉，我老了，我正在对着酒杯吹气，就像小女孩那样。

"一了百了。""收尸人"说道，他再次摇晃椅背，微笑着向前望去，"可是我忍受了很多事情，我不知道你能不能明白。我忍受了太多事情，现在我想让自己动摇一下，让他们瞧瞧我是什么人，他们又是什么人。"他的一缕硬发垂到了一只眼睛上。他的笑容和拿烟的动作使他显得更年轻了，轮廓分明的面孔在烛光中时隐时现，显得消瘦了。

玛利亚·波尼塔感觉到了倚靠在铁栏杆上的脖子后方的夜色，就好像这是一个与众不同的夜晚，很容易跟其他夜晚区分开来，一个可以被保存下来、运输出去的夜晚。整个夏天都被关在屋子里，连沙滩都没去过。她把杯子放在窗台上，试着入睡，在清醒中，在疲惫的紧张中，在所有可能的恐惧和悔恨中辗转反侧。

她并不在意失败，也不在意她在抵达时所遭受的蔑视，在这座小房子的铁栅栏和天蓝色的木头之外，等待她的依然是那种警惕、耐心、持续的蔑视。但是，她已经为最终失去自己梦想中的圣玛利亚而哭泣了，那是她从来不敢面对的真实的圣玛利亚。

她确信，哪怕她鼓足勇气走出门去，例如在第二天，周一，和伊莲内、内莉挽着胳膊爬上通往广场一角的土路，靠在姑娘们身上，沿着店铺的门和橱窗前行，迈着慵懒的步子走在林荫道上，她也依然无法辨识出这座她每天都在不费吹灰之力地想象的城镇，她利用客人们的欢声笑语来想象它，利用风带来的或夏天挤出的气息来想象它，用姑娘们每周带来的新鲜玩意儿来想象它，用自己对另一座被乡村环绕的小城镇的古老记忆来想象它。

十八

其中某个女人——可能是一个人睡的瘦女人内莉，也可能是在陪睡的伊莲内——的鼾声此时从房间里传了出来，很有规律，音量不大，断断续续地在院子里响起。就像一只小蛤蟆，湿湿的，软软的，掉到地上。

"收尸人"喝着酒，试图把鼾声与某张相应的嘴巴联系到一起，内莉的或是伊莲内的。他没有去想象姑娘们睡着的样子，尽管他对她们视如己出，就像一个正常的父亲心不在焉、略显忧郁地对待自己的女儿一样。他们组成了一个家庭，这个四人组转瞬即逝但令人难忘的特征只会使得警报声更加响亮，让偏见更加强烈，阻止所谓的善与恶的混淆。

经历了失败，经历了糟糕的时光，经历了多年的试炼和自我陶醉，经历了无法预料的教训，"收尸人"最终发现，罪恶之所以被认定是罪恶，就在于它的无用性，在于那种自我满足、不求上进的恶习，在于它不需要在这个世界上去超越、去外显，去让其他人看得见、摸得着，成为事物、数字、可供分享的满足感。

他们是一家人，他、玛利亚·波尼塔和那两个姑娘，他们为了赚钱这一共同目标聚到了一起，在一个外省城镇里，在一条河边，在一条河和一个满是长着金色头发的人的移民区之间，那些人比他更强大，因为他们当年不需要通过受罪和自卫来发现并适应针对自己的偏见。和其他家庭一样，这个家庭的建立和维持也是偶然的，这种偶然可能是荒谬的，也可能天生就该遭受辱骂。

他们的目的与决定移民区和圣玛利亚人的态度和思想的那种目的不谋而合，这也是"收尸人"能够想象到的所有其他人所抱有的目的：赚钱。但不止如此，在赚钱的欲望和金钱之间并未建立起一种直接的联系，那种联系是一种目标，需要通过劳作，从粗糙的自然欲望开始，借助技术、经验、磨砺、合法的手段、新奇的诡计来实现。当然，媒介是有的，同意充当媒介的人也是有的。那些人准备击垮他，促使他堕落，对他的志向中的那些脆弱、不协调、不忠诚的东西，对那种协议诱发的谴责和单纯的辱骂感到愤怒。

最后，玛利亚·波尼塔把头从栏杆上挪开，挺直了身体。她微笑着，光着脚，走到了"收尸人"的桌子边，散开了头发。她重新斟满酒杯，俯下身子轻轻吻了吻他的嘴角，停顿了一下，闻了闻酒精和烟草的味道。

"收尸人"晃了晃他的肩膀和一只手，她又走回到窗户边。她的轮廓融入夜色中，腿和胳膊都垂了下去。

"为什么不跟我说话？"她坚持问道，"说说话，假装我不在这里。哪怕我们必须关门歇业，那也没什么关系。你和我能做很多事情。我知道你不爱我，我想说的是不像以前那么爱了。你在听我说话吗？不过你还是爱我的，而且会一直爱下去。说说话吧，就当我不在这里。"

"没用的。""收尸人"说道。睡梦中的女人口哨般的鼾声现在更快了，仿佛带着欢快的节奏，好像是在呼唤、引导着黑暗中的某个人。"没用的。"

"跟我说说你和我以前是什么样的。"玛利亚·波尼塔不带希望地嘟囔道。

"收尸人"沉浸在那种情绪里，无法记起圣玛利亚的冒险之外的任何时刻，这次冒险是他渴望了多年的完美机会，可如果他没有勇气、仇恨或难以表达的爱意来延长或捍卫它的话，它就可能会将他置于死地。

但只是说话是没有用的，尤其是跟她说话。如果说他想象过迪亚斯·格雷医生来到那里，如果说他想象过有一种强烈的需求去怜悯和反驳那个怯懦的小医生，那一定是为了快乐、愤怒和有意识的绝望，这种绝望使他自暴自弃，认定开口说话毫无用处。全完了，不是因为在接近五十岁时，在圣玛利亚迎来的一场新的失败敲打了他，不是因为他抗拒这座城镇，不是因为那些默默无闻、歇斯底里的女人，也不是因为贝尔格纳神父那令人躁狂的精力，更不是因为那些守在妓院门口、在车子里哈欠连连的可怜鬼。

全完了，是因为一切都结束了，几乎以一种令人吃惊的方式，那个有多种称呼、但大多数时候被称作"收尸人"的男人的独特而无可替代的故事已经结束了，他并不了解自己，却可以自诩比别人了解得更多。他可以像一个女人对待某个已经死去的胎儿那样，把他转移到自己身边。他可以通过记忆来让自己相信这个人还活着。但是如今已经没有更多"事件"可以发生了——每一个真实的事件都意味着微小的重生、改变、迷惘、进步和令人高兴的修正——剩下的只是一系列反射动作，从这一次死亡到下一次死亡，一切反射动作都是可以预见的，是刚刚结束的过去强加的。

没有人。也没有这个蜷缩在栏杆旁喃喃自语的女人，她缩着长长的双腿，把膝盖抬到了脸的高度，膝盖上顶着盛满酒的玻璃杯，她弯着身子，这样一扭头就能像个孩子一样喝到杯子里的液体了，她的双手一直放在玻璃杯下面，一动不动。也没有迪亚斯·格雷医生，他既和善又疏远，冷漠而陌生，从出生起就无力理解对已经死去的"收尸人"来说唯一重要的那件事情，他无力理解那个将要开始蓬勃发展、半真半假的传说。没有玛利亚·波尼塔，没有迪亚斯·格雷，也没有巴斯克斯。

没有人。他死了，被总是突然迎来结局的信念惊呆了，尽管依然能说大话，依然有直觉，如今的他却只能跟自己谈论"收尸人"的事情了。他预见到了那独白中会出现的有分寸的手势、静止的红眼睛、绝望的努力、放弃的想法、单纯的好奇心和正义感，从现在起，他必须带着那种正义感来唤起他那已经结束的生命里的某些片段，以此重建"收尸人"

的历史，并在迎来最终的死亡之前，确信自己已经获得了一种可以掌控的解释。只有这样，相信自己明白了死亡究竟是何物，他才能平静地死去。

"如果你不说话，那咱们就去睡觉吧。"玛利亚·波尼塔说道，"你会留下来的，对吗？如果说事情已经全完了，那么你留不留下来睡觉又有什么关系呢？"她站在院子中央，睁大眼睛喝完了杯子里的酒，露出了孩子们喝酒时的那种若有所思、心不在焉又自信满满的表情。她依然散着头发，头部和壁龛里无精打采地噼啪作响的火焰平齐。她还不到四十岁，"收尸人"在心里开起了玩笑，大概也就三十出头。不过身子已经变得沉重了，就像是被吊了起来，和我当年认识的玛利亚·波尼塔不一样了，她当时还是个小姑娘，名字也不一样。虽然她个子很高，但她身上的一切依然在朝上生长，她想向上发展。她比我高，几乎比所有男人都高，但那时的她依然想抬起头来，挺直腰板，举高手臂。现在她回来了，身子却垂了下来，如今她想朝下发展了。她的腹部、胸部、面部和那双变大的手都是如此。

"我不走。""收尸人"说道，"你去睡吧。"

"你有烟吗？这儿还有酒，但别喝太多了。"

"今天是周六的晚上。从这一切开始之后，我就再也没喝醉过了。"

玛利亚·波尼塔走到壁龛前，蘸了点唾沫，捻灭了火花。她在清凉的地砖上挪着步子，朝处于阴影中的房子走去，朝那模糊而和谐的岩洞走去，那是个荒芜而自主的岩洞，睡梦中的女人——可能是内莉，也可能是伊莲内——发出的鼾声如流水般在其中流淌。她停了下来，转过头来：

"我想去打扫下卫生。你看到那些污渍了吗？你别耽搁太久。"

"收尸人"等待着开门和关门的声音，后来，他手里拿着玻璃杯，把它擎在胸口的位置，他走到窗前，把鼻子伸进两根铁栏杆之间。那辆车还在那里，黑乎乎的，一动不动，毫无生气。一根香烟闪烁火光，停在黑夜中，被某张嘴巴叼着。夜深人静——不把远处的鸡鸣狗叫算在内，也不算最后一班电车驶向码头边昏昏欲睡的街道时发出的叮叮当当的、疲惫的铁器声——但仿佛在那辆车边夜更浓，声更静，这得归因于那三个昏昏欲睡、局促不安、沉默不语的人心里想着的事情。

"一群戴绿帽子的王八。""收尸人"说道。他转过身，看了看铺着地砖的小院子，也看了看铺着浅色桌布的小桌子，它们已经不再像原来那样对称排列了。他又坐下来，点燃了一根香烟。夜斩钉截铁，夜无休无止，像是被那个女人有节奏地吞吐而出的鼾声滋养着。幸运的是，他没和迪亚斯·格雷在一起，而玛利亚·波尼塔已经去睡觉了，她会睡去，不会等他。如今，他跟已经死去、容易被理解的"收尸人"在一起。他举起酒杯，道了声"干杯"，然后一饮而尽。他笑了，有些茫然，因良好的意图而感到兴奋，他把酒杯放在桌子上，用指甲轻轻敲打着杯子。

十九

马科斯是躺在地上醒过来的，他不得不立刻闭上了眼睛。他看到了早上八点钟的阳光，那股阳光被桉树的枝条断得零零碎碎的，那些枝条则被没有新鲜感的风轻轻摇曳。他看到在他的双脚之间是一堆沙土的边缘，还有些干草，阳光照射到河面上，反射过来。他的后颈湿湿的，有些酸痛。夜晚和清晨的记忆在他的后背下翻滚，升腾起来，覆盖住他，温暖的区域和绵长的寒战在他的全身交织。

长廊里传来了女人的声音：

"最好还是把他叫醒。你觉得呢？在大太阳底下睡觉对他一点好处都没有。"

"让他被晒爆吧。"安娜·玛利亚说道，另一个女人嘲讽般地笑了一声，听着就像是只在啄食的小鸟，是清晨的一丝欢乐，但欢乐很快就被耗尽了，延长的笑声里只剩下了轻蔑、笨拙的礼貌和没有针对性的怨恨。马科斯感觉头上出了汗，肚子上也是，他看到一滴滴汗水落到肋骨上、衬衫下。一个杯子或一个罐子在上方叮当作响，长廊里，一个女人用嘴巴模仿出了某种声音，另一个女人则笑了起来。

"其他人还在睡着呢。"内娜说道，"我去叫醒马里奥的时候，他把我赶走了。他得到中午才能醒酒。"

"他们还没把牛奶送来。"安娜·玛利亚说道，"这是昨天的奶，我还以为变酸了呢。"

"要是德国人想什么时候挤奶就什么时候挤奶，那我们还养奶牛干吗呢？也许他会把奶牛卖掉，因为压根没人管。"

"太阳对他没什么坏处。"安娜·玛利亚说道，"他不是第一回这么睡觉了。"

"别管他了。人们说真正有害的是月亮。月亮会让人发疯。不过他现在跟疯子也没什么两样了。"

内娜又笑了，现在她似乎是在张着嘴等待笑声消失。他们在阳台上吃着早饭，都没洗脸，脸上还有化妆品和油光的痕迹。也许内娜正在修剪指甲。

"所有人都差不多疯了。"过了一会儿，安娜·玛利亚说道。她声音里的愚蠢就和她的外国口音一样明显。

"你从没去过罗萨里奥港吗？"

"没有，我给你说过了，我不喜欢那里。"

"你都没去过，怎么知道不喜欢呢？"

"我不喜欢。"

马科斯在寂静中装睡，他感觉到了愤怒和怜悯，想着自己的脸一动不动正对着天空的样子，在那两个女人的目光和思绪面前束手无策。他想象着自己需要安娜·玛利亚的赞美或示爱。他想象着自己跪在地上，俯视草地上自己的那张巨大、孤僻、通红、失魂落魄的脸。但是看着她的不是他，而是那些女人。安娜·玛利亚和内娜正从长廊上盯着他看，她们眯着眼睛，纠缠于脑袋里懒惰和暴躁的情绪，交替说着些愚蠢的话语，喝着早茶，看着指甲，百无聊赖地寻觅着她们那些愚蠢话语里隐藏着的虚无缥缈的含意。

她们盯着他，盯着他那张赤裸而无助的脸。也许她们眯着眼睛，是因为早晨的阳光刚好照到了长廊。于是，在安娜·玛利亚的两侧太阳穴附近，各出现了一小扇皱纹，那是两个能够引她发怒的三角形。我们的脸上都藏着秘密，即使它并不总是我们试图隐藏的那种秘密。女人们待在那儿，穿着礼服，瘫坐在帆布椅上，她们的脸因炎热、清晨的葡萄酒和让她们的颈动脉颤抖的仇恨而涨得通红，因悔恨而朽坏、苍老。*操蛋的婊子*。他心想道，他的眼皮保持着安睡时的松弛感。但不止她们，是所有人，是其他人，他们通过长廊里那对一动不动的女人来审视他，在这个清晨，向他展现出不友好的沉默。

她们不紧不慢地看着他满是汗水、涨得通红的脸，还有收缩的嘴角、硬布衬衫翘起的领子后的下巴。她们能看穿他的谎言，闻到他的臭味，同情他的不安和泪水。她们能看到他，评判他，了解一些他永远不会知道的事情。

风停了，太阳高高挂到了桉树顶上。两匹马无助但不急不躁地朝着农场的一侧嘶鸣。岸边树上，鸟儿叫完一轮又一轮，就像是撕扯布料的声音。

"我不喜欢。"内娜说道，"给我啤酒。"

"就和另一个男人一样。"安娜·玛利亚说道，"就因为喝了点酒。"

"好啦。"内娜说道，"别纠结了。我不喜欢，就这样。给我讲点别的事情吧。"

一个女人开始笑，另一个帮她笑完。

"没什么。"安娜·玛利亚说道，"我当时一时兴起去了特罗卡德罗。那个小伙子来了，请我进了包间。他总是让我喝伏特加，我就这样学会了喝它。它就像烧酒一样，就像是纯酒精。你会喝醉，但不伤胃。"

每次谈到伏特加，她总是说同样的话。一个长着结核病病人般的脸的黑人小伙，挥汗如雨地赚了几个比索，都花在了在北边的一家歌舞厅里买伏特加上。几个妓女喝多了，其他人也喝得醉醺醺的，酒钱是我付的，我就这样躺在地上，一直躺到早上，就像一坨屎，这是星期天的早上，这个早上不断拉长，我姐姐疯了，因为那个废物死了，没人陪她睡觉了，而那些犹太人还在用妓院赚钱。

"事情就是这样，没有回头路了，你得说服自己。"内娜说道。

"可能吧，亲爱的。"安娜·玛利亚答道。

在这个时候，她们互相称呼对方"亲爱的"，假装尊重和关心对方，每个人都在用话语和笑容在对方面前塑造自己的理想形象。

农场里，奶牛哞哞叫着，慢慢向岸边靠近。马科斯抬起膝盖和胳膊，在草地上打了个滚，醒了过来。后颈依然酸痛，很明显，沮丧的情绪就像嘴里的臭气一样实实在在。他站起身来，沉重而晕眩地走到通往长廊的木头楼梯前。他转过身来，看了看天空，看了看河水。安娜·玛利亚在他身后说着话。他打了个哈欠，从帆布椅后面走了过去，喊了句脏话，以此回应女人们讽刺般的问候。只是到了厨房后，他才发现自己光着脚。他喝了一杯水，用第二杯水漱了漱口，然后对着窗户上的铁丝网吐了口唾沫。

他走进卧室去找浴裤。当他在梳妆台的抽屉里翻找时，一只苍蝇在他的后背上方嗡嗡乱飞。裤子不在那里。他直起身子，不解地打量着卧室窗帘映在窗户上的影子。在安娜·玛利亚的香水气味的指引下，他走到了床边，倒了下去。他双手抱胸，想要沉浸到那一夜的记忆中去，去压碎它。睡眠的前奏总是意味着和解和协议，没有什么需要被解释，那是种不言而喻但异常明晰的理解。苍蝇飞来飞去，寻找他衬衫上的开口。马科斯站起身子，肩膀上拖着床单和安娜·玛利亚的味道，那些味道就像是即将脱落的线头。

他走出卧室，慢慢用鞋跟跺着长廊的木地板，又冲着女人们倚着的帆布椅靠背骂了一句，一下子跳下楼梯。他挺直腰板，面带笑容，渴望战斗，当石头和荆棘刺痛他的双脚时，他却欣喜若狂，他沿着斜坡走到河边，边走边脱掉了上衣，解开了腰带。

河水很凉，但还不够凉。他先是闭着眼睛游了一圈。水的凉意和形状，冷漠而盲目，触碰着他的嘴巴、乳头、腹部和睾丸，迷失于过去，流到足跟后。它们又回来了，执着，准时，无趣，拂过他的嘴唇、胸膛和肚子。

他把头伸出水面呼吸，朝着无法看到的、想象中的河岸划去，他试图把自己的想法体现在肩膀的摇摆上，与此同时，他还在吹着河水，想要想明白那些他必须去想的事情。他嘴巴朝下，不急不忙地慢慢回游，他的眼睛在阳光的照射下眯成了一条线，嘴巴则张得圆圆的，正准备吐口水。他笑了，他开始清醒了，腋窝和腹股沟的冰冷感愈发明显，就好像水正从他身上带走可辨认的、转瞬即逝的气味，还有岁月和往事，以及他心甘情愿保持的懒散态度。现在，他伸展身子，满心欢喜，张开双臂，支撑着漂浮在水面上的身体，透过挂在眼前的水珠，他看到了熟悉的风景。他巧妙而间接地乞求这一切发生。他让自己沉了下去，一直到需要呼吸为止。最后他浮了上来，摇了摇被太阳晒得通红的脑袋。

他望了望田野和沙滩，不得不借助记忆来说服自己，从童年时期开始，他已经在无数个类似的清晨一次又一次望见它们了。但是，尽管存有这种记忆，他此时还是觉得自己是第一次看到它们，他之所以能看到它们，仿佛是因为他的眼睛创造了它们，仿佛他的死亡或是他拒绝凝视它们的选择都将意味着那片杂草丛生的河岸，夏日的阳光，被斜梁支撑的长廊，那两个懒洋洋地喝着酒、聊着天的渺小女人身上所穿衣服的颜色的毁灭。

豪尔赫一瘸一拐地从一棵树后面走了出来，弯腰拔一根野草。他那条蓝色的裤子又皱又脏，叠好的衬衫挂在一侧肩膀上。他很瘦，金色头发，肋骨紧贴着腹部两侧的皮肤。马科斯又潜入水中，然后头也不抬地游向岸边。此时，豪尔赫正盘腿而坐，一边嚼着某种植物的根茎，一边微笑着，友好而宽容。马科斯从沙滩上站了起来，看着那团沉默的白色人影，龇牙咧嘴地笑了，根茎的一端在微风中晃动。

"昨晚的事情很抱歉。"马科斯诚恳地说道，但是语气并不坚定。

豪尔赫耸了耸肩，继续保持微笑。此时他正望着远方，水面波光粼粼，他的脸在阳光的照射下显得皱巴巴的。

"我忘记带太阳镜了。"豪尔赫慢吞吞地说道，"我肯定是把它放在收音机旁边了。但是今天早上……"

女人们又笑了起来。一个茶杯被摔碎在了长廊的地面上。安娜·玛利亚站了起来，大喊大叫，不停用双手拍打自己的裙子。

"这群母马。"马科斯说道，随即笑了，"你带烟了吗？我也没带。"他弯下腰，紧挨着豪尔赫坐了下来，一只胳膊伸直开来，撑在了沙子上。"听我说，我真心恳求你原谅我昨晚上的所作所为。不过在我看来，我也很高兴发生了那样的事。"

"为什么要道歉？没什么大不了的。喝多了几杯酒，然后就打起来了。"他用断掉的指甲摸了摸右侧颧骨，"还有点疼，但没什么。"他露出牙齿，毫不费力地笑了笑。

"我不是故意打你的。"马科斯道，"我不是在给自己找借口，但我的确不是故意打你的。"

"好吧，这不是你的错。问题在于你很强壮。我承认这一点。我几乎每天晚上都去看望胡莉塔，但是没发生任何事，要是不喝醉酒，肯定不会有什么嫉妒的理由，有时候我觉得她疯了，有时又觉得她没疯。"

"我明白。"马科斯答道，他转过头，让豪尔赫看到他的笑容，"我除了强壮的身体，其他一无是处。"

"不是这样的。"豪尔赫晃了晃一侧肩膀，说道，"我连身体还没长好呢，自然也谈不上强壮。健美的身躯，过多的训练，过多的力量。你一向如此。力量就像金钱，得去用它。但这些都不重要。"

帆船俱乐部的两艘船在远处驶过，正驶向港口。三个光着膀子的男人和一个穿着白色线衣的男人正在有节奏地弯腰、直腰。

"是的。"马科斯说道，"你知道为什么我为昨晚的事感到高兴吗？因为现在一切都结束了。"

"结束了？"豪尔赫笑道，"什么结束了？对，有时你发誓说你要到庄园里干活去了。你就像是另一个费德里科。你还说你不会再喝酒了，说你要把安娜·玛利亚送到首都去。但你还是经常喝醉，后悔自己做出的承诺。现在已经是早上了，而你才刚游完泳。现在那座庄园是你姐姐的了，对吗？我是指整座庄园。因为可能我也有属于自己的一份。"

"你别提我姐姐。"马科斯快速说道，然后又轻柔地补了一句，"我认为胡莉塔疯了，说真的。要说只是因为守丧而伤心，那也太过了。"

"她刚刚结婚，而且她很爱费德里科，至少这一点是真的。"

最后一句话像昆虫一样轻快，在马科斯紧闭的双眼上停留了片刻。他看到了一小时之前的自己，在安娜·玛利亚的香水味中，在苍蝇断断续续的吵闹声中试图入睡。他记得自己恼火地打了豪尔赫的脸，试图让自己相信自己恨他，相信他对争吵和打斗很有信心。现在，他也想进入状态，想说话，希望语言能给他游泳时的感受披上事实的外衣。

"现在我想抽烟，我又想喝醉酒了。但是现在无所谓了，因为一切都结束了。你得明白我的意思。"

"好吧，"豪尔赫点了点头，"行，什么结束了？"

"一切都结束了。所以我才为昨晚的事感到高兴。因为在我战斗的时候，我已经开始留意到了。首先，你完了，因为你离我更近了。你，你去拜访我姐姐，费德里科本人，第二次，也是最后一次。我不在乎那时发生了什么，也不在乎现在发生了什么，或者没发生什么。无意冒犯，你明白我的意思。然后是安娜·玛利亚，她也完了，法伦斯泰尔完了，这种生活方式完了。"

"好吧。"豪尔赫说道。马科斯想象着他露出牙齿正对太阳的样子。"那么你打算怎么办？例如，你打算拿那家妓院怎么办？"

"我不知道。但是我肯定不会比现在做得更多了。刚开始的时候那确实算是件大事。从现在开始，不算什么了。"

"好吧。它可能微不足道，也可能影响深远。"

马科斯说道："现在你会明白，我并不像某些人想象的那么愚蠢。就像你一直以为的那样。有一次我们喝醉了，就是那个'黑鬼'回到圣玛利亚的那次。我们互相倾诉彼此的想法。你一定记得这事，因为我曾经在我姐姐的房间里给你说过。"

"对，我记得。"豪尔赫说道，"那个夜晚也是以拳打脚踢结束的，每次都是这样。"

"那天晚上。"马科斯慢慢说着，他坐了起来，一直坐着，背对着房子跟豪尔赫。他的身体再次又干又热了，河面上光秃秃的，泛着泡沫，白色的锥状物像灯光一样忽隐忽现。"那天晚上，不是我跟'黑鬼'在一起的那个晚上，而是你跟胡莉塔或者我跟胡莉塔在一起的晚上，你当时想告诉我你对我的看法。你当时说只有到我们最终分别、再也不会见面的时候，你才会把那些想法告诉我。"

"对，我记得。"豪尔赫说道，他的声音听上去有了变化，没那么柔和了。

"那么你现在就该告诉我了。吃完午饭我就要走了。你会告诉我吗？"

"当然，我可以说。但我不希望你认为如果我说了的话，你就被迫要永远不见我了。也许我的话会惹到你。但是我是为了你好，我保证，尽管你可能发觉不到这一点。"

"不，我如今已经决心要了结一切了。我刚才游泳的时候就把所有事都想通了。我当时根本没有想到你。"

豪尔赫又笑了，几乎和之前的笑声一模一样。

"一个人只要喝醉酒，事情就显得容易了。不过人生又漫长又复杂。"

"我们还有时间。"马科斯说道。他一直保持微笑，因为他不想发火，他有些不安、焦虑、情绪低落，开始生出了厌恶感。"要是你愿意的话，咱们也可以到屋里去，喝个大醉。如果你想喝醉的话。"

"不，我不需要。我从来就不需要喝醉酒。我的意思是清醒的时候更舒服。我还是有点害怕，害怕说错话。"

"没事的，说吧。"马科斯耐心地嘟囔道。也许沉默可以让对方开口讲话，也许沉默会像强迫一样让人生厌。

"我不想谈论胡莉塔，也不想谈论费德里科。在这一点上，咱们要比你想象的更加一致。你要离开圣玛利亚了吗？"

"对，我要离开圣玛利亚了。无论如何，我都不想再见到你了。我想你也不会来找我。"

"好吧。"豪尔赫说道，"这已经不是你我之间的事了，你得明白这一点。唯一重要的是我们曾经是朋友的那段岁月，尽管咱们年龄相差悬殊。现在，当我想到你时，我已经无法真正看清你了。我想的不是你，而是这几年的岁月。我是说，我想到了自己。几乎所有我想做的事都是和你一起做的。"

"我明白。不久前在提起安娜·玛利亚时，我也说过同样的话，她之于我而言也具有同样的意义。但是，除此之外，你明白，或者说你认为你明白我是个怎样的人。"

"好吧。"豪尔赫说着又笑了起来，"我并不激动，真的。这就像是结婚。一段友谊马上就要结束了，而其中一方出于懒惰依然在坚持，因为另一方同他一起做过的事情已经成了他的一部分。我做过的事，或者幻想自己做过的事，都是跟你和费德里科一起做的。费德里科已经死了。我以前从来不懂该怎么说出口，但你是明白的。我不会把我心中所有对你的想法都说出口，因为一时之间我也想不了那么全面。最重要的就是你的身体。再就是你有钱。你身体强壮，有活力，可对你来说没什么用。当然了，对于那些女人来说这可是个好东西，再就是在圣玛利亚打架时能派得上用场。你很强壮，但你没有利用它去做任何对你来说重要的事情。这种做法毒害了你。只要有人坠入法伦斯泰尔，你就会脱光衣服，锻炼身体，好让他们看到你。有时你会打安娜·玛利亚几下。但这些事情满足不了你。所以你只要想继续生活，就得渴求更多东西。可是在圣玛利亚没什么更多的东西。你就这样活着，这样残忍而无意义地消磨自己。为了给你的力量找到一些存在的意义，你就必须把那种力量强加到别人身上。可是你找不到那个'别人'。你当然可以拿起棍子来敲断一匹马或一头牛的脊椎。可是这么做又有什么意义呢？你也可以开着门跟安娜·玛利亚睡觉。你可以威胁圣玛利亚的所有人，包括移民区的所有外国佬。你可以像昨晚那样，用一根手指碾死所有靠近灯光的小虫子。因为你有钱，所以你的精力注定无处宣泄。你很慷慨。但是我认为那只是你展示实力的另一种方式。也可以这么说，你是个矛盾的家伙。你自相矛盾，是因为你想把那种力量分出来去对待，是因为你很清楚它对你来说什么用都不顶。所以说，你的地位低于你的力量，低于你给人的第一印象，因此你才会显得弱小。你想要干扰人们，让他们无法了解你。现在你创造出了那家妓院，你创造出了针对你姐姐的妒意，以前的妒意，昨晚的妒意。"

"我不明白，也无法苟同。"马科斯平静地说道，"但这也不重要。大体上来看，我同意你的说法。尽管作为友情关系中的另一方，我永远无法明白所有事。我身上就没有什么优点吗？好吧，无所谓。在我们的一生中，除了计划方案和兄弟情谊就再也没什么别的东西了。区别就是，你一直相信，也会继续相信某些事情有朝一日会发生，就是我们谈论过的某些事情，某些计划，然后你就会大获全胜。可是我从很多年前开始就不相信这些了。这么多年过去了，咱们都还是同一副模样。就我所知，直到今天，你从没对任何人做过什么好事。你跟我是一类人，你总是给小费，只不过每晚都把小费给我姐姐。我往庄园写信，是在给小费，我抚摸安娜·玛利亚，也是在给小费。要是咱们想想自己，就知道自己真的完蛋了。但我们并非一定要去想自己。还有什么要说的吗？"

"没了，现在也没什么别的重要的事情了。只希望这一切对你来说真的已经结束了。我还年轻，但你已经要继续被毒害着生活了。"

马科斯站了起来，又笑了。他伸了伸胳膊，用拳头捶了捶肩膀。

"计划方案，兄弟情谊。走着瞧吧。你说的一切，我以前都跟你说过。"

女人们离开了长廊，厨房里的炊烟慢慢腾到了屋子上方。豪尔赫再次蜷缩起了身子，用瘦弱的胳膊抱着裹在蓝色裤子里的膝盖，眯着眼睛盯着河面。就像风的方向和温度突然发生变化一样，孤独、悲伤和迅速地成熟此时占据了这个瘦小弯曲的身体。

"好吧。"豪尔赫露出牙齿说道，"我仍然可以当你的朋友。"

二十

　　一周两次，合作行动社的姑娘们会把自行车停在马拉比亚的寡妇家花园里，坚定地爬上吱嘎作响的楼梯，准备完成第三阶段的匿名信撰写工作，这些信提醒我们要对那栋带天蓝色窗户的小房子里提供的享乐活动保持警惕，并促使我们反思它的欺骗性以及我们冒险付出的不成比例的代价。

　　在那两次会面中，姑娘们面对重新焕发青春、热情洋溢、花枝招展的胡莉塔，感觉自己比在另一个胡莉塔面前时更不自在也更茫然了，之前那个胡莉塔总是衣冠不整，蓬头垢面，满脸油光。

　　在那两个下午，她们几乎一刻不停地写作，几乎不回应那个寡妇挑起的轻浮乏味的话题，不过后者总是表现出夸张的友善，前者也几乎总能完成自己的任务。

　　她们知道该如何抵御胡莉塔周围的那种复活般的氛围，胡莉塔用一种令她们震惊的方式——因为她们很清楚这并非刻意为之——决心维持并传播这种氛围。她们听到她在敞开的窗户前,对着干燥而炎热的大地欢快地大叫。她们看到她突然跑到镜子前,默默抽着烟,她那吮吸香烟的嘴角带着孩子气般、嘲弄式的弧度。她们忍受着一连串问题和回答,问关于妓院的事,问关于这座城镇的怒火的事,问关于她们正在写的信的事。

在那两次会面中,姑娘们几乎完成了她们的任务,她们就要为名单上的最后一个人写信了,这份名单承接上一份名单,也就是记录着第二个时期的匿名信收信人的名单。在此之前,除了拉林科纳达的溺水事件之外,没有发生过任何明显的灾难,也没有发生过任何令人印象深刻的集体性不幸事件。

正义联盟,或者后来被称为骑士联盟的团体,既不是贝尔格纳神父创立的,也不是在他的建议下成立的,尽管圣玛利亚的许多人依然这样认为。应该在那家妓院落成的几年之前,骑士联盟就成立了,专门为了阻止一部展示正常分娩过程和剖腹产细节的德国电影在圣玛利亚唯一的电影院上映。正义联盟当时由佩尼亚神父(一位来自安达卢西亚的老人,死于心绞痛,继任者即为贝尔格纳神父)、移民区的四个农民和一位当地商人、五金店店主拉马略——如今五金店店主拉马略的父亲——组成,他们不费吹灰之力就组织了圣玛利亚人观看那部电影。

电影院的老板是个瑞士人,他本想利用那部电影来搞点与之相关的生意,但他立刻就明白了放弃那种想法可以带来的好处。

因此，正义联盟的成员们在听取了电影院老板的解释，并接受了后者的放弃声明之后，决定自掏腰包来支付对方在合同和广告方面蒙受的损失，这种自愿的做法纯粹出于好意，可是在那之后他们发现，自己立刻就无事可做了。

他们以一种孤僻而友好的方式，走访了教堂前那杂草丛生、被闲置的铁链环绕的街区边上的那些正在崛起的商铺，那里原本计划要被建成广场，他们毫不费力地获得了承诺，那些未来的商铺的橱窗里绝对不会展示女性内衣。然后，他们在《自由报》上刊登了一则警告，称来自首都的杂志会给圣玛利亚带来危险。佩尼亚神父在讲坛上连续三个星期都重复了这一警告，只不过从他嘴里说出的警告篇幅更长，更易懂，也更严厉。

在佩尼亚神父去世前，该联盟一直以秘密和理论的形式存在。他的继任者贝尔格纳神父在接管教区时，并没有为该联盟找到合适的存在理由。但他是个聪明人，有远见，很喜欢组织，于是他接管了联盟，将其更名为圣玛利亚天主教骑士联盟，并用城镇中正在形成的知识分子群体取代了原来的农民群体。从那时起直到妓院开业，骑士联盟一直只是充当着贝尔格纳神父的顾问委员会的角色，负责为修建教堂的费用和神学院学生的奖学金来募集资金，并且在圣玛利亚的报纸上发表对书籍、杂志、电影、时尚和风俗的训诫和批评。如今，在圣玛利亚，除了《自由报》之外，我们还有了《秩序报》。

在贝尔格纳神父进行完第一次宣战般的布道后,他表现得自己好像已经忘了这个问题,似乎他已经忽略了河边那栋房子里的女人们的存在以及男人们的光顾。他庆祝了圣诞节,并在圣西尔韦斯特日的后一天——那一年的1月1日刚好是星期天——祝愿教堂里的信徒们、那些没能前来以及不愿前来的居民,在新的一年里幸福、悔罪,变得完美。他向上帝祈求这一恩赐,却只字未提妓院的事。不过,在弥撒结束后,他召集了骑士联盟的五位成员于第二天,即星期一晚上的七点钟到教堂的会议室里开会。

我不知道会议上讨论了什么,决定了什么,因为那次会议在开始前就被宣布为秘密会议。从很久以后逐渐被宣誓者们泄露出来的信息可以推测,贝尔格纳神父让骑士联盟意识到了问题的严重性,以及那个问题给这座城镇带来的丑闻。几乎可以肯定,他向他们透露了那些让我们寝食难安的蓝墨水匿名信的来历,他还恳悉那五个人听他的话,以合作行动社的姑娘们的行动为榜样,效仿她们,毫无保留地给予她们大胆的支持,那正是她们需要的东西,也是她们理应得到的东西。

结果,绅士们都表示同意,并迅速行动了起来。从会议第二天的傍晚开始,即1月3日星期二的傍晚六点起,一辆汽车——一共有三辆,每日轮班——停在了河岸边的那栋带天蓝色窗户的房子前,与它只相隔一条几米宽的土路。

起初,汽车一天到晚都停在那里。后来他们发现,在早晨等待罪犯是没用的。那几个女人会一直睡到中午十二点,她们并非总是一个人睡。她们的同伴在夏日的白色光芒中总是觉得头晕目眩，在天蓝色的房门前犹豫良久，就好像他们刚刚才出生，又或是刚刚才从遥远的国度归来，他们发现重新适应这座城镇是件让人痛苦的事情。在那栋房子里睡过觉的男人们的名字已经出现在了上一批名单上，记录那批名字的工作在某个早晨已经结束了。

汽车里的男人们抽着烟，几乎总是保持一言不发，互相通过碰胳膊肘来进行示意，胳膊底下还夹着大左轮手枪，每班有三个人——联盟里的绅士们的儿子们和侄子们，包括儿子们和侄子们的男性朋友们都上阵了——他们始终保持警戒状态，用夸张的愤怒来回应那些跟他们打招呼的人，甚至直接闯进车子里的人，这也是他们短暂排解无聊的方式。

在整个傍晚和夜晚，他们几乎都在用单音节词来慢慢创造并强化这种履行社会责任的感觉和被动的英雄主义的感觉，借助这些感觉，荒唐啊，间谍啊之类的想法就都被击碎了，消解了。此外，他们还从孤独感，从腋下左轮手枪的坚硬感和单调的距离感中找到了支撑点，这种距离感是在朝着那条看不见的河流，朝着恩杜罗的棚屋下降、拐弯时产生的。他们觉得自己是证人，是法官，认为汽车仪表盘的灯光下逐渐描画出的一条条不规则的短线可以改变某种命运和特质。

正因为如此，匿名信的新时代才得以开始。它们比之前的信更精确，引用了明确的人物、时间和日期。很快，我们就都确信这些匿名信里的内容是真实的了，那些被指控的人肯定在信里提到的那个日子去过那家妓院。由于这种准确性，由于它们没有任何报复或诽谤的意图，合作行动社的姑娘们寄出的信就有了力量。我们在读这些信的时候，我们没想着作者的问题，没有去想写信人究竟是谁，监视妓院的人又是谁。实际上，就好像有种超凡的力量在向罪人和其他人表明，用虚伪来掩饰罪行引发的后果，这招是行不通的。

这么多年过去了，人们已经知道了一切。如今我们可以相信，在想到这些事情的时候，我们看到的是圣玛利亚及其居民最本真的样子，而非我们当时看到的样子。现在，并不存在什么特殊的东西来把我们同记忆中的那些东西联系到一起。但是，从本质上来看，这种距离感并非是时间造成的，而是冷漠造成的。

圣玛利亚的土地上没有任何重要的地点。城镇、移民区，再加上从飞机上可以望见的所有景观，都在不紧不慢地向下延伸，组成一个半圆形，直到河边。向内陆延伸的土地平坦又对称，除了山丘之外，没有其他明显的高地。可是，现在，在讲述这座城镇和移民区在遭受入侵的这几个月的故事之时，虽说我是讲给自己听的，不保证准确性，也不保证文学性，我写这个故事就是为了让自己分分心，现在，在这个时刻，我想象着城镇边有座小丘，我可以从那里眺望房子和人，我可以笑，也可以自寻烦恼。我能做任何事情，感受任何事情，但我插手不了什么，也改变不了什么。

我还把圣玛利亚想象成一座玩具城，一座由白色立方体和绿色圆锥形组成的淳朴建筑，由一些迟缓但不知疲倦的昆虫负责管理。我看到了它那不多的人口数量，了解了它的几何形状、高度和平衡性。我从它那几乎一成不变的重复性中理解了造成那些昆虫躁动不安的动机。但是我无法发现这一切的确切含义，我感到惊讶、无聊、气馁。这种灰心丧气的感觉削弱了我的写作欲望——我认为在这项事业中存在着某种义务，某种救赎——在这种时刻，我更倾向于玩另一种游戏，那就是假设从来没有圣玛利亚，没有移民区，也没有那条河。

如此一来，想象着我所写的一切都是我编造出来的，事物就拥有了某种意义，这种意义是无法解释的，的确如此，但只有在连自身的存在也生疑时，我才会怀疑这种意义。在此之前，这里什么都没有，或者说只有一片广阔的沙滩和河边的田野。我创造了那个广场和广场上的那尊雕像，我创造了教堂，我在河岸边布置了建筑群，又在码头边布置了一条步行道，还选定了移民区的位置。

绘制圣玛利亚的地图和平面图，再给它命名，这并不难。但还必须给每家商铺，每个门厅，每个街角都放上一盏特别的灯。还必须赋予从教堂尖顶上飘过的低矮云朵以及带着乳白色或玫红色栏杆的屋顶平台某种形状。必须分配那些令人不快的家具，必须接受那些讨厌的东西，必须把不知道来自何方的人带到这里，让他们定居、变脏、移动、快乐、消耗。在这场游戏中，我必须赋予他们肉体，对爱和金钱的需求，各不相同又不谋而合的野心，以及从未得到不朽和值得不朽的事物审视的某种信仰。我必须赋予他们遗忘的能力，还有明晰可辨的面孔容貌和五脏六腑。

毫无疑问，贝尔格纳神父激活了骑士联盟，他组织了它，让它开始运转，并设法将它——如果我们考虑到他手下的那些"骑士"普遍平庸的话——变成了一种效率高超、纪律严明的武器，几乎总能胜任需要它来完成的各种任务。

如果我们专注于事实，那么就可以接受某些历史学家的以下看法，他们认为贝尔格纳神父犯了个错误：接受了防守的立场，在敌人进入堡垒之前没有选择发起攻击。据说《自由报》的校对员兰萨对这些事件进行了大胆而直接的描述，对其笔下的神父基本抱有负面态度，与他如今的形象大相径庭。虽说兰萨只把他的研究成果的短短几页内容展示了出来，而且展示对象往往不是那些有足够的能力复述其内容的人。可是在他不知情的状况下，还是有部分内容被抄写了下来，可供人们查阅。在贝尔纳酒馆进行的多次聚会中，他不止一次对马拉比亚的儿子和其他人评论过神父在我们难忘的那种紧急情况下所表现出的态度：

"我只是不明白为什么那位老兄一直像没事人一样袖手旁观，直到我们都被那些婊子迷得神魂颠倒了他才跳出来。"

最可信的解释是，贝尔格纳神父当时无法接受这种事情会发生。就像我们接受死亡的存在，明白死亡会降临到我们认识的每一个人身上，但我们不可能坚信自己也会死去一样。神父觉得——我们是这样猜想的，我们试图去做出解释——哪怕并没有超出理论的范畴，妓院的存在也是不可否认的现实，它可以存在于首都、罗萨里奥港或萨尔托，也可能建立并运作于某个无名村庄的某片土地上，最后，几乎可以在全国乃至全世界任何地方建立并运作，但圣玛利亚除外。

他对此深信不疑，不受虚荣心的影响，除了过分天真之外再无其他缺陷了，因为圣玛利亚正是他主持弥撒和洗礼的地方，是充满智慧和灵能的他用那双大手行礼，帮助濒死之人渡过难关的地方。

最被历史修正主义接受的解释是，贝尔格纳神父知道，在那一年的那段时间里，保守派议员投票支持了药剂师巴尔特的提案。哪怕到了今天，我们也可以通过推断和某些无法溯源的证词来证明，身材矮小、面容憔悴、目光闪烁的迪亚斯·格雷医生凭他的喜好左右了命运的进程，他成了阿塞洛、巴尔特和"收尸人"的信使，带着他的客观精神，他对于取消禁令的渴望，跑来通知神父说人民的代表们已经就屡遭失败的妓院提案达成了一致。神父知道魔鬼已经离圣玛利亚很近了，所以倒不如放它进来。

如果我们坚持要个解释，还想试着尽量忠实于事实，那就必须接受事情在这个节点上出现了分叉。其中一个分支把我们带到了贝尔格纳神父面前，他感受到了那个时刻的来临，他向所有人承诺——尽管他的承诺很少兑现——他要完全化身为一个个体，化身为上帝的仆人，化身为圣徒贝尔格纳，去面对邪恶的表现形式，并与之斗争，如今，邪恶已经有了躯体，有了与它从未实现过的种种可能性相匹配的力量。在进行忏悔仪式的过程中，神父每天都要忍受那些琐碎的、私人的、难以捉摸的、不确定的罪恶及其不完美的表征，它们就如同转瞬即逝的瘟疫一般，而神父则常常于忏悔的根源和虚弱的虚荣心之间犹豫不决。

另一个由那种混乱解释生出的分叉是，贝尔格纳神父希望、接受、允许邪恶的到来及扎根，这样一来，圣玛利亚和移民区的居民们，这些被托付给他的羔羊，就会有一种集体性的、专属的面对诱惑的机会，这也是战斗和获胜的机会。这样一来，他们也就有了展示——不是在他面前，在这种情况下，他无足轻重，只能祈祷，无论结果如何——自己在人间获得救赎的意愿的机会。

但是，不管有多少理论可以用来解释贝尔格纳神父为何迟迟不着手抵制巴尔特实施他的旧计划，无可争辩的是，就连兰萨本人也愈发困惑地承认，这位神父自从出于这种或那种原因决心参战的那一刻起，就一直以身作则地冲锋在前，直到最后。

二十一

　　跟其他许多夜晚一样，我的动作依然迅捷，我知道自己是在不知不觉中复制着前几个晚上的动作，我感觉自己在重温骄傲、忧郁和拖延，于是停止了写作。

　　我扣上了衬衫的扣子，戴上贝雷帽，把它拉得歪斜了一些，关上灯后，我倚在窗前看月亮，看着它在花园里被压得扁扁的，闻着花香，望着胡莉塔的房门，脸上露出坚毅、沉思、坚定的神情，我刻意为之，但我不知道我想借这种表情表达什么。

　　下楼梯的时候，我想起了一种不知名的植物，想起了每个人身上最美好的东西——几乎总是不可见的——想起了我和胡莉塔的处境，想起了我死去的哥哥，想起了她的肚子里并没有他的孩子。

　　我停在花园中央，站在丽塔屋子漆黑的窗前，我记得自己曾在其他几个夜晚，带着同样欺骗性的微笑，站在同一个地方。*就像个好丈夫一样*。我心里这样想着，就是为了让自己烦心，同时我把钥匙插进了锁里。在大厅的阴影中，我一动不动地守着门，等待着教堂大钟敲响晚上十一点钟的钟声。风向大概变了。我发现云越来越长，向月亮爬去。

我卑微又小心翼翼地走去，用楼梯的轻响声宣告我的到来。我打开门，走进屋子，椅子上没有凌乱的男士服装，床上铺着崭新的单子，她穿着浅蓝色的晚礼服，和她那双闪亮的皮鞋刚好配到一起。她坐在壁炉边一把很矮的椅子上。她没有看我，而是正在上下推动左前臂上戴着的宽手镯，她的颈背被头发遮住了，这个发型肯定是在别人的帮助下盘好的。

不再忍受的决定再次攀爬上了我的身体，支撑着我，让我靠在门的木板上。小桌子上放着一瓶酒和两个杯子，几乎都已经倒满了酒。在我走近并开口说话之前，她不愿让我看到她的脸。我发现，不再忍受的决心并不坚定，它等同于那种已经过时的、被搁置了上百次的欲望，我想张开手，用尽全身的力量，打她一下，就一下。

我想呼唤她，但我克制住了，恨意让我的舌头发干，我同情她，把她当作一个不可替代的、已然逝去的朋友。她没有回头，而是又喝了杯酒，伴随着酒杯在桌子上的碰撞声，笑声如此小，小到容不下嘲笑、欢乐乃至期待的余地。我只想了解那窄窄的、圆圆的、浅蓝色的肩部。当我试图通过盘算胡莉塔今晚的疯狂程度来转移注意力时，她猛地转过头来，让我看到了她的脸，严肃而警觉，仿佛刚刚摘下面具。她给我倒酒的动作绵长而不失威严，让人感觉到其中的虚情假意。

"你好，豪尔赫。"她说道，好像早就排练好了这一问候的话语。

我是豪尔赫，只是豪尔赫，我还活着，头脑清醒，对自暴自弃的冲动悔恨不已，从壁炉边那成熟坚定的姿态中解脱了出来。

我们喝着酒，互相顾及对方，假装焦虑地大口喝酒。我坐在她的面前，缩成一团，她则对着我微笑，再次把玩起了手镯，从手腕盘旋到手肘。她手臂上的皮肤变黑了：我无法猜测她是何时离开屋子站到阳光下去的，我想这一切应当非常荒唐，无法理解，无法融入过去的时光和种种承诺。

"豪尔赫。"她重复了一句，避免让我困惑，"我从下午开始就一直在等你了。我的意思是，我一直盼着能在晚上十一点钟见到你，和你说说话。我想从明天起我就会去餐厅吃饭了。我已经不在意了，已经没有理由把自己锁在家里了。要是你知道……我发现真相已经有几天了，超过一个星期了。但是我直到今天才反应过来。你留意到了吗？也就是说，我已经憋了太长时间了，已经等不及你来，好把这些都告诉你了。"

卧室有些奇怪。我看着崭新的床单、整齐的家具和床脚地毯上的图案。我拿起酒杯，点燃烟斗，一边听她说话，一边用这个夜晚所能表现出的最具孩子气的表情盯着她。

"你不介意吗？"她问道，"你没发现一切都不一样了吗？"

"是的，我觉得一切都不一样了。但是我没搞明白。"

她平静下来，望着空空的壁炉，里面没有任何污渍，她的脸上露出了专注的笑容。

"明天我要出门，我要和你们一起吃饭，我要在这栋房子里正常生活。"

她看着我，想发现惊讶的神情，就好像她以前没说过类似的话一样。她平静下来，愁容满面，这是一种受外部刺激而引发的愁容，停留在她的肌肤上，没有渗透进去，没有给她压力。

"我该怎么给你说呢？我应该怎么给你说呢？"她自问道，对着壁炉露出平静的微笑。

我发现我不再相信她了，也不再相信萦绕在她周围的氛围，我承认几周以来，我一直不相信她已经疯了。然后，我想，有什么事情就要发生了，有什么事情就要在今晚结束了。

由于我没有作答，她不得不闭紧嘴巴，缩了缩脑袋。裹在浅蓝色衣服里的身子也缩了缩，最后又挺直了起来。突然，她孤零零地挺立在椅子上，膝盖与肚脐齐平，她的头发是浓浓的金色，嘴角的表情与她涂抹的口红很不搭配。她和我有些远，和我对费德里科的记忆有些远，她孤零零地坐在那把摆放在房间中央的低矮的椅子上。

"我觉得自己今晚有点傻。"她甜甜地说道，她的笑容不见了，声音却更亮了，显得更宽容，更有说服力，强调了她的天赋、耐心和秘密。

"我则一直如此。"我回答道，"有时我觉得自己从一开始就是个傻瓜。我不想告诉你这种感觉，因为我不在乎，也因为你不会理解我，就像我不理解你一样。"

她眯起眼睛盯着我，此时她的笑容所代表的不像是陶醉。那是种苍白、幸福、紧实的笑容，是完全属于她的笑容，是我哥哥生病之前，她时常问我些亲切而家常的问题时所带的笑容。

"豪尔赫，请……"

我举起一只手，但她以为我是在用那五根手指保护自己，用潮湿的手掌保护自己。

"如果我们一直都能相互理解……我之所以还活着，真的只是因为我一直都能理解你。我不是在责备你，这只是个玩笑，我是个傻瓜，有些任性，也懒得让你在无须开口的情况下猜测一切。"

我站起身来，走到壁炉前，磕了磕烟斗。她继续说着些我听不清的话，用母亲一样的语气向我解释未来的严峻性，列举我拥有的特权，让我相信父亲为了我的幸福放弃了一些东西。我把烟斗倒空，把它叼在嘴上，走到窗前，却不想打开窗户。她的声音变甜了，继续解释着我在过去长久以来理解的东西，把晚上十一点钟的会面变成了课堂教学。

"你能理解我的每一个错误，你从不害怕，从不认为我疯了。你是费德里科，我知道你就是费德里科。这是谎话，且让它过去吧。你知道我会有费德里科的孩子，你知道费德里科已经死了。而这一切后来也变成了谎话。但在成为谎言之前，你知道的事情和我知道的事情一模一样。别对我说你不知道，也别告诉我说你不这么认为。"

"对。"我说道，"你说得对。我不在乎如今它变成了谎言。对我来说它在以前并不是谎言。"

我用成熟男人的声音说道，那声音缓慢而低沉，没有战战兢兢，没有犹犹豫豫。我可以打开窗户，嗅闻空气的味道，重构笼罩在黑夜中的远处的风景，感受孤独，感受坚强。但我害怕从黑夜中浮出，回到她的身边，回到这里，更加年轻，更加卑微。

"所以说，豪尔赫，你怎么能说我们不理解彼此呢？你怎么能说你从一开始就是个傻瓜呢？"

我不想看她。她的声音仿佛在表明她刚才哭过，现在则得到了安慰，试图通过笑容来取悦我。有些重要的事情发生了，有些事情则永远结束了，我对此并不感到高兴。费德里科的照片从墙上、壁炉边、小桌上消失了。我有生以来第一次真正意义上地独自一人，也是第一次不为孤独而感到苦恼。我觉得这对她来说更加糟糕，因为我再看她一次，就不爱她了，就好像我一直都瞧不起她，只是想玩弄她，就像对待妓女一样。

"你别站得那么远。"她说道，"今天咱们必须谈谈。今天我必须跟你解释真相，你会明白一切在未来会怎样变得美好。从明天开始，从此时此刻开始。你明白的，一个人一旦发现了某个真相，就会觉得其他所有人都知道了那个真相，也就觉得没必要把它说出来了。"

她又在撒谎，现在她已经不相信自己的谎言了。她坐在矮椅上，拒绝把后背靠在靠背上，她绝望而扭曲。她转向我，就像一只手，又像一个螯足，还像一盏聚光灯，刺眼的是她的脸，苍老、松弛、乞怜，仿佛失去了腿脚，只能靠身上的缺陷支撑。以前，在另外那些夜晚，怜悯保护着她，把她同我分开。现在，我自己决定和她分开，我希望把她推远，我要成为自己，了解自己。

她问了一个问题，我躲开了她试图摸我脑袋的手。

"所有这些事情。"我说道，"我来这里做什么？我每天晚上都来这里是为了什么？我是谁？因为我不在这里，我不能算数。你只认为我是费德里科，你从没觉得我是别人，我不是你，不是上帝，也不是一件家具。可我是个大活人，我不是费德里科，也不是费德里科的孩子。我已经对你说过了，我是另一个人，我一直就是另一个人。"

她倒空酒杯，站起身来，浅蓝色的裙子在地板附近自由摇摆，她喃喃自语，舒展身体，又缩了回去。胡莉塔弯腰抚平床单，改变床头柜上的花瓶中的那些香豌豆的插放顺序。我看到她挺直了腰板，依然面带微笑，用食指轻轻敲打一朵花，另一只手则放在臀部。

"你的话很荒唐。"她说了一句，等我发问。

我目不转睛地盯着她，放弃点燃烟斗，我假装不理解她的癫狂，我看到她一头金发，大概三十岁，既显得苗条，又显得宽大，还显得稚气未脱。

"这不是很荒唐吗？"她坚持说道，我听到她重复着"我的上帝"之类的话，然后躺到了床上。

我说话，因为我必须说话，而不在乎她是否在听：

"荒唐，一切都很荒唐。那又怎样？我在这里度过了无数个夜晚，而且，甚至在白天，我的灵魂依然在这里。我来听你说话，我们俩在玩你的游戏，在玩费德里科的游戏。但我还有其他的游戏要玩，还有其他不幸要去忍受。我不知道这些事情有多重要，但它们就是我的不幸。它们是我的不幸，我心里装着它们，而我却还是会来，坐在这里，听着你因试图为自己辩护而编织的谎言。也许事情不是这样，也许你真的疯了。如果你疯了的话，你就不会因为我说的这些话而感到痛苦，如果你没疯，你就应该好好听听这些话。"

"豪尔赫，"她说道，"豪尔赫……"

我望着熄灭的烟斗，就好像在望着她，我知道此时她眯起了眼睛，正对着天花板微笑，她正在竭尽所能地增加对自己的怜悯。

"别再这样说话了。我不想让你后悔对我说了这些……"

"我知道我不会后悔。每天晚上我都在后悔没把这些话说出来，第二天也是一样。我每晚都跑到花园里去后悔。我是该继续说下去还是该离开呢？我可以听听你想对我说些什么，然后我再走。"

"不，不。"她说道。我明白她又觉得自己强大了起来，她确信自己并没有失去我。"你还是把想说的都说了吧。你应该早点告诉我的。"

"我以前做不到，我也不知道为什么。我不知道为什么今天我能做到了。"

"我很高兴你能说出来，我想听你说。这样更好，你得把一切都说出来。我也想告诉你一切。就好像一切从头开始一样，但现在是真真正正地从头开始。给我来点白兰地。"

我把酒杯拿给她，放在小桌上，她没有动，也没有喝。她面朝天花板，双手交叉，脸显得更圆、更年轻了。当我走远时，她叫住了我。我背对着她停了下来。

"豪尔赫。"

"我在。"我说道。

如果我哥哥还记得的话，他会经常选择那张肥胖的面孔，下巴肥大，耳朵下方和脸颊处都长着不少肉。他会带着不同的好奇心——更深沉的、不那么充满希望的好奇心——再次凑近过去，看看那闪闪发光的牙齿和眼睛，看看那翘起的嘴唇和跳动的眼皮。

她把空杯子放在小桌子上，咳嗽了一声。现在，她把伸长的双臂靠在身旁，露出同样平和的笑容。无论她是否怀孕——在这个夜晚，每个谎言都可以向前迈出一步，在世界上占有一席之地——浅蓝色的裙子在她的腹部都鼓出了一条曲线，紧贴在她的两腿之间。我从她脚上的那双缎面鞋上辨识出了她的疯狂，那双鞋鞋跟很高，之前她从未穿过，鞋底的凸起部分在闪闪发光。

二十二

　　每个周日的晚上，无聊又苍老的拉尔森总会想起玛利亚·波尼塔，想起她被称作诺拉的那段日子，想起从第一个名字到最后一个名字之间那一系列已经被人遗忘的假名字。他想起了首都，好奇地反思着一个与他格格不入的时代和某种在他看来属于别人的、僵死的冲动，可是这些东西却像某些意料之外的消息一样令他感到惊讶。他的手毫无必要地托着脸，惺忪睡眼仿佛在望着那些杂乱无章的记忆和疑惑。

　　他不假思索地逃向那些不知道名字但不可思议的街区，逃向那些在谈话中听到或在拍卖公告中发现的一条条街道。

　　在午餐和黄昏之间的那段时间，他会静下心来，在装满烟灰的咖啡杯前，透过雾蒙蒙的玻璃——玻璃上的白字蜿蜒延伸，仿佛在预告台球高手们和吉他手们即将到来——仔细观察郊区的景色，铁丝网上爬满藤蔓，维修车间堆放着汽车骨架，印着水果图案的马大普兰细布在店铺上方的砖墙处被风吹起，那些店铺的名字都像是某些女人的名字。

他走过破旧的或新开通的街道，踩过地砖拼接处的顽强杂草，记住了街道、不完美的拐角和挂着令人难忘招牌的商家。后来他才明白，这一切皆是徒劳。

就像是顽强和信仰带来的必然结果，他并没有下定决心去寻找，可它们就那样来了：汽车、公寓、日本丝绸衬衫、摆脱所有不情愿的滥交。当他开始危险地相信这一切都是真的，当他觉得自己和朋友们一样骄傲，一样野心勃勃时，灾祸就从天而降了，六个月的牢狱之灾过后，他被迫逃往内地。

在狱中，他可以证实——她总是准时到达，带着笑话、希望、香烟、冷嘲热讽的安慰和换洗的衣服——玛利亚·波尼塔的谨慎和不道德在某种程度上和他的本质是相通的，与他在疲惫和颓废的时光中提炼出来的理想是一致的。

她总是在探视时间的第一分钟到来，年轻的她习惯嘟着嘴，好像怕笑出声来，她总是用那短促而无法逃避的怜悯和挑衅的眼神在看守们的脸上徘徊。她评论拉尔森羸弱的身体，展示礼物，在告别时列举那个失落的世界里发生的各种事情，谈谈女人们和朋友们乏味的人生起伏。她并不在乎这些，也不觉得"收尸人"在乎这些，她只是耐心、愉快、可靠地讲述着，仿佛她已经明白，谈论这些才是正确的做法，才是适合当时情况的做法。

那六个月结束时，他觉得自己天生注定要塑造两个完美的事物：一个完美的女人，一家完美的妓院。要实现第一个理想，他需要上苍的眷顾，需要与那个为这种命运而生的理想女孩相遇，至于第二个理想，他必须有钱有闲。

出狱后不久，他厌倦了被人跟踪，厌倦了披着白色雨衣的年轻人走进咖啡店要他出示证件，厌倦了胖胖的、带着嘲弄神情的检察官让他等上几个小时才开始听他解释他的生计问题，于是他决定到内地去寻找女人和钱安顿下来。

玛利亚·波尼塔当时不愿意陪着他，他明白她做得对，这对他俩来说都是最好的选择：未来来到他身边的那个完美女人必须是个毫无阅历、天然纯真的姑娘。但是，这样的姑娘没有出现，他也没有机会安居乐业，他每天都要在咖啡馆里和租住公寓的床铺上忍受孤独，开销也就越来越大，要想安顿下来就更不可能了。在岁月流逝的同时，他还必须生活下去，因为他必须活下去，等待与那个姑娘相遇的时刻降临，或者等待为那家完美的妓院揭牌的时刻降临。所以他向自己保证，不关注自己，不妄下判断，对自己正在变成一个怪人的事实表现得一无所知。

他必须活下去，因此他创造了对贫穷、年老、虚弱、被人唾弃的妓女们的保护事业。

他在朝他投来的讽刺性目光的中心表现得无动于衷，在清晨供应杂烩的饭店里，对着五十多岁的胖女人、身着舞会礼服、瘦骨嶙峋的老妇人微笑，和善而宽容地倾听她们的心声和建议，对他来说，只要还能赚钱，而且有迫切和绝望的信念来为他赚钱，那么她们就还算是女人。他因而获得了"收尸人"的绰号，他足够大度，面对这个绰号，他只是报以狡猾又同情的微笑，再无其他抗议。要是他有过一丁点自杀的冲动，有足够的勇气在镜子前停下脚步，打断午睡的梦境，审视一番自己，他可能就会像个蓬头垢面、没脸没皮的小提琴手一样，在未经允许的情况下，给三流城市的二流咖啡馆里的顾客们拉舞曲和杂曲，头高高扬起，逐渐露出不屑的表情，大大的嘴巴一动不动，露出可以被进行任何解读的笑容，他确信，只要他不将那把油腻发黑的小提琴当掉，只要他不演奏探戈舞曲，只要酒鬼和粗俗的女人不一起哼唱他拉的曲子，那么某些重要的东西就是安全的。每演奏完三首曲子，他就会走到桌子边，伸出一个金属碟子，再把收到的硬币倒进黑色大衣的口袋里，可是他手上的皮肤既不会沾上欢乐，也不会沾上屈辱。有时他还会展示一份泛黄的音乐会节目单，褶皱处的磨损很严重，已经很难展开了，不过他本人被印在上面的照片依然清晰可见，他还用红笔圈出了"维也纳"这个词，这样一来就可以在其他歪歪扭扭、模模糊糊的字迹音符中迅速找到它了。

　　甚至在这些年里，"收尸人"经常在舞厅里走来走去，步履缓慢，走走停停，巧妙地构建出与他想象中的那个人相对应的安全而平和的假象，他缓慢地用冰冷的手假意问候别人，然后在某张桌子边坐下，依次向那些无人问津的人献上他的爱意和安慰。他就像是拖着一个装满劣质商品的手提箱，来到光线不足、斑驳陆离的角落，在桌布上打开箱子，巧妙地展示商品，毫无热情可言，他确信任何推销员都无法说服顾客，确信在购买行为中，在顾客为某件商品支付某个价格时，只有虚荣心和牺牲精神的晦涩结合才是最重要的影响因素。他提供了一种可以让人接受的替代品，可用来替代希望，替代抑制不住的男性欲望，替代某种温暖的体验，这种体验可以无限制地用来安抚、理解和容忍。

他支起"店铺"，四片磨得发亮的指甲触碰着他的脸颊，他用牙齿咬着嘴唇，另一只手拿着个小酒杯，坐在远离舞池的桌子旁，那张桌子靠近弹簧门和发光的招牌，招牌上写的是"女卫生间"四个字。所有女人都会打那里经过，每晚不止经过一次，不急不缓，表情漠然。他没把时间浪费在盯着她们看或者暗示她们他所提供的东西的好坏上面。她们都知道他是什么人，也知道他能给她们什么，或者想向她们索取什么。他喜欢的那些女人，那些依然年轻貌美的女人，那些在厕所旁边的那张桌子上对着耐心的他眨眼睛的女人，那些让他短暂想起以前的计划和态度的女人，都是不可能被他吸引的，她们与他产生不了任何利益关系。只有另外一些女人，那些被衰老摧残，被男人遗弃的女人，才会在某个夜晚独自来到他的桌前，请求允许她们在那里喝醉。

故事几乎总是这样开始的，如果他有足够的幽默感和记忆力，能够去比较一下的话，就会发现这些故事归根到底都是同一个故事，都是那些女人的生命里不可避免的同一件事情，就像青春期、更年期和死亡一样。他知道该如何带着适当的严肃和微笑去倾听，也知道如何拍打那只不再接受伪装的、布满皱纹的手，知道如何嘲弄忧愁，如何缓慢但自发地重复一些肯定和乐观的话语。他没有给出敷衍了事的安抚话语，也没有提有朝一日一定会得到应得的补偿之类的说法：他给出的是他自己，立即开始，当晚执行。

他知道该如何让眼前的醉眼蒙眬的女人为酒账买单，他压根不必提出要求。这样一来，在未来的日子里就不会有误解和困惑了。每一次，在那些类似新婚之夜的夜晚临近结束的时候，当刚刚被他添加到收藏品或羊群中的或胖或瘦的尸体决定暂时停止哭泣，或暂时停止呕吐，或暂时停止在他的肩膀和耳朵间嘟囔那些让人疲惫的话语时，"收尸人"会把叼在嘴边的香烟仰向卧室的天花板，沉思几分钟，思考与所有那些年过四旬的女人息息相关的失败或失败的感觉。这种失败或失败感似乎从一开始就一直在等待着她们，从出生就开始了，或者从青春期就开始了，就像是潜伏在公路边的拦路抢劫犯。或者说，这些东西在她们的体内孕育，受她们的血液的滋养，到了某个不可避免的日子就分娩出来了，于是她们会发现自己被淹没了，被失败淹没了，进而把自己的存在归咎于他人，归咎于这个世界，归咎于她们在四十岁后才在心里想象出的那个上帝。

这种海难遇难的感觉——他认为这种感觉的出现与任何可以想象的环境都无关——这种对惨痛经历的生理性谴责，将所有女性与他联系到了一起。但与此同时，由于女性的失败是无法弥补的，而他还没有把话说死，所以他可以像兄长一样对待她们，他可以提前了解她们，而不必听她们撒谎，他可以指导她们，也可以用他的钱为她们购买廉价的、日常的、具体的刺激。

二十三

　　仿佛知道我正在思考时间方面的问题，父亲打断了我的思绪，从马甲口袋里掏出了那块欧米茄三盖金表，上面刻着句提及了善良和男子气概之类东西的话，那是二十五年前《自由报》的员工们送给我祖父的。

　　办公室里穿着蓝色衬衣的男人，撰稿室里打着翘起的领带的沮丧男人，主管室里戴着眼镜、弯着腰、衣袖光洁的男人。我希望所有这些人都已经腐烂。那时，所有人聚在一起，就像被归拢到一块用于聚会的硬币一样，散发着令人作呕的味道，有或轻柔、或独特、或相似的烟草味，也有熨烫衣服的味道，还有汗味，有单身人士的味道，有已婚人士的味道，有骄傲自负的味道，还有甘受奴役的味道。

　　母亲低头织毛衣，也许正在数针，又也许是在祈祷。我不知道她胸前的别针上为何要挂着朵黄花。她早就知道自己是一位妻子、一位母亲。我一直知道她有一张与这些身份相匹配的脸，甜美却没有特征的眼神，和善但苦涩的嘴巴，比例每天都在变好。我隐约还记得，我曾一度试图猜测，如果她不是一位幸福的母亲、忠实的妻子，如果她只是一个女人，她的脸会是什么样子。但自从费德里科去世后，我就知道她脸上的那张面具已经不可能再摘掉了，随着时间的推移，某些东西会逐渐从上面脱落，但不会有真正的变化。她专注地盯着我，恳请我表现得温顺一些。她深情地望着父亲，还透着点敬意。我不知道她在想什么，也许她根本什么都没想。当父亲继续在窗户和桌子之间走动时，我看到墙上钟表显示的时间是差十分十一点。胡莉塔大概已经开始等我了。

"你会继承一些钱的。"父亲又说了一遍。我心不在焉地怀疑他停止说话、掏出手表，只是因为他不知道该怎么继续说下去。"我也不知道有多少钱，也许很少，也许够用。总之，比我想留给你的少得多，比你应得的也少得多，这一点我敢肯定。"他把一只手撑在桌子上，有些悲伤地冲我笑了笑，然后立刻不好意思般地把目光移开了。

我只有十六岁，但我明白，男人之间的温柔只能通过遮遮掩掩的方式流露出来。母亲看着我们，又看看桌子，看看花瓶的高度，看看那堆黑色的相册，和祖父批注的第一组《自由报》以及她的祖父从国外买来的《圣经》。她身处父子间的那股夹杂着柔情与理解的浪潮的中心，这浪起起伏伏，让两人在这次饭后谈话中紧紧地联系到了一起。她叹了口气，表示她也参与到了其中，她手中的针线又动了起来。

我摇了摇头，笑了笑，我想表达的意思是，我对金钱不感兴趣，我不配拥有任何东西，而且父亲是不朽的。也许他早就料到了我会有此反应，因为他在走开之前用力地把手指压在了桌子上，然后继续说了起来。

"但我想，谁知道你今天能不能理解呢，我还是得给你留个范例。我不是说留下个希望你去追随的范例。我明白，所有人都是与众不同的，事实上，你是我的儿子……"

我来自他，来自他的身体，来自他走路的姿势，来自他的信仰，来自他把手揣进裤兜，抚摸、掂量自己肚皮的动作。我再也找不到什么新的表情来表达我的感动了，我的脸上只能做出一种条件反射般的白痴表情。我调整了双腿的摆放姿势，开始用手指缠绕起了文件夹里露出的线头。

"我要留给你的是……父亲的形象，父亲的记忆，你不必感到不好意思。我希望留给你的是一家企业，也就是《自由报》，一份可以说是值得这座城镇和城镇之外某些地方的居民骄傲的报纸，这不是我一个人的功劳，我只是在表达一种想法，这是别人的智慧的成果。也许作为受过不同教育的人，作为另一个时代的人，你可以……"

他没说完这句话，没说清楚也许我可以拿报社怎么样。我试着把线头系成一个水手结，我还记得四五年前的那些戏剧性的日子，记得那些尽在不言中的沉默，记得那些计划之内的分歧，当时费德里科离开了报社，说他想结婚，说他想去田里劳作。他们觉得他和胡莉塔结婚不是什么坏事，因为她有钱，利大于弊。

但费德里科是长子，他必须融入马拉比亚家族的新闻从业传统，撰写关于向日葵的价格和圣玛利亚的社论，圣玛利亚是最纯洁、最传统的堡垒，而费德里科则是大胆的进步分子。他应该认为，祖父——小个子、修剪成圆形的胡须、短鼻子、正气凛然——如果能放弃他选择的文明化的、传教式的使命，不是只想着用两台油印机和一辆生锈的马里诺尼自行车赚点小钱的话，一定能做出一番事业，写出伟大的文章。

因此，他，我的父亲，下令用一周的时间来哀悼并怀念那位继任者，为之赎罪，并以此来向祖父和他本人致敬。他用喊叫、劝诫和旧事轶闻无用地试图打动费德里科，逆转他的无聊想法，指责他的忘恩负义和思虑不周，最后，他选择了无声的责备。

现在已经十一点十分了。如果我让她等得太久，胡莉塔为这个晚上准备的谎言和其他编造出来的东西就会发酵、变形，不耐烦地在她的嘴里和眼睛里流淌交汇，试图夹杂着困惑和憎恨，一下子涌到我的面前，它们所蕴含的本意也就被破坏了。

"我从来都不在乎钱。"父亲说着，坚毅地低下了头，表情沉重，翘着腿，对自己的这种性格毫无悔意，但已经做好了准备承担这一性格带来的后果。

"我知道。"我激动地应道。我的手指无法把线头打成水手结。

在这种与金钱没有直接关系的谈话中，表达出对金钱的理智蔑视是我家的另一个传统。母亲把针线放在裙子上，抿了一口凉茶，她看着我父亲，脸上一贯的甜蜜更浓了，似乎在微笑，重新露出宽容的神情，就像是在宽恕赖账欠钱的人一样。他转向我，抬起一只手来。他的面孔恰恰是我徒劳地试图摆出的那副样子：慈爱、心不在焉、有点傻气。

"因为我，"他说道，"我想让你好好听我说，哪怕我的一切都被夺走，我还是能感到幸福。我只要你们两个人和一台打字机在身边就够了。也许夺走我的其他东西反倒是帮了我一个忙。"

我努力给他一个最合适的笑容，眼神中流露出难以名状的热情。他看起来可笑、臃肿、严肃又虚伪。但是，在这个时刻，我知道我是爱他的，我对他又爱又怜，我将永远尊重在我的想象中存在的、在他所有缺点背后隐藏的那种难以言明的美德。如果我能相信他提到打字机是因为他读了我的诗或是因为知道我在写诗……但是，多年之前我就听到他说过同样的话，同样的豪言壮语，只不过说话对象是费德里科。十一点一刻了，幸运的是，母亲站了起来，走过去吻他了。

她靠在他的肩膀上，看着我，笑了。我想，她不是一个人，不是一个女人。她是我的母亲，但她没有面孔。鼻子、额头、嘴巴、身高，这些都是属于我母亲的东西。她微笑着对我说，父亲是对的，我不应该和那些去过或者接近过河岸边的那栋小房子的朋友混在一起，不过，无论如何，她都信任我，都和我站在一边。

"总有一天你会明白这一切的。"父亲说完，毫不客气地扭身摆脱了她，"你会明白我们的出发点，你会理解我们的。今天你觉得难以忍受的事情……总有一天你也会为人父母的。"

母亲笑着，但并不显得高兴，仿佛她独自一人陷入了回忆之中。

"你这个啰唆的老爹的想法……"

父亲微笑着，做出保证和崇敬的表情，没有明显的不耐烦，也没有卑微地寻觅我脸上的某种可以帮助他结束这场对话的情绪。马上就到十一点二十了。我站了起来，让他们看到我热泪盈眶的双眼。

"孩子啊。"他抚摸着我的后背，心满意足地说道。

母亲亲了亲我，然后对他说：

"你别一直不停地写了。也别抽太多烟。别睡太晚。"

"我想出去走走。"我不好意思地说道。他们两人此时又站到了一起，我侧过身子，戴上贝雷帽，把雨衣披到肩膀上，第一次在他们面前露出了我的烟斗。贝雷帽、雨衣、烟斗，这三个孩子气的癖好把我母亲逗笑了。

"我不知道下雨了。"父亲看着我的雨衣说道。

我道了晚安，带着宽慰的心情，弓着背，迈着孩童般费力的步子，穿过房间，离开他们，来到了花园里。

天气炎热，星斗满天，夜色幽深。我打开又关上了房门，就像已经上楼回到了卧室。我等了几分钟，一边装烟斗，一边试图倾听女仆丽塔房间里的动静。*也许所有事情都会在今晚结束。我心想。也许胡莉塔清醒了过来，一切又回到原点，重新开始，我们会回到费德里科死后的第二天，我们会突然相遇，谈论起他。可能她不想再接受我了，而是想让自*

已被接受。

我叼着没有点燃的烟斗，悄无声息地穿过花园，小心翼翼地用空空的雨衣袖子拂过夜色，我发现思想并不生自我们，它们原本就在那里，在我们头脑之外的任何地方，自由而坚硬，它们进入我们的头脑，让我们去思考它们，当它们觉得够了，就会离开我们，它们亘古不变，任性调皮。

当我推开楼上的门时，我听到胡莉塔跑了过来，绊倒了一把椅子。我停下脚步，好给她留一点时间，当我打开门时，我发现她正坐在空壁炉旁的地板上，穿着件深色的皮大衣，抱着膝盖，对我微笑。她就像是用了几个小时思考同一句话，难以控制它，此时毫无说服力地用它抗议道：

"我从十一点钟就开始等你。你知道今天是个重要的日子，你必须早点来。你不会告诉我你没收到信息吧？"

"收到了。"我说道，"我收到了。可是我没办法早来，他们一直在跟我说话。"

但我记起一直在跟我说话的只不过是父亲一人。

"聊关于我的事情？"

"不，不，不。"我赶忙坚持解释，"聊所有的事情。我的未来、道德、妓院、牺牲、圣玛利亚、姓氏、良心、经验、《自由报》和我的祖父。都是些老生常谈的事情，只是现在……"

我站在她身边，不确定她有没有在看我，每说一个词，我都摇摇头，露出嘲弄而成熟的苦笑。我窥见她那张浓妆艳抹的脸，此时拉得长长的，往日那隐秘、被动、疯狂的笑容已经坠到了膝盖的位置。我把雨衣扔到地上，坐了下来，架起一条腿，点燃烟斗，试着憎恨胡莉塔，也试着让自己相信她需要我，而这种需要授权我拥有了鄙视她、保护她的权力。

"谈了所有的事情！"她惊讶地嘟囔道，好像这是什么不可思议的事情。

此时，她抚摸着双腿被大衣裹住的部分，每只手摸一边，在屁股和脚踝之间来回摩挲。她的脚上穿着拖鞋，一动不动地贴在地面上。她的笑容定格住了，显得有些茫然，我肯定她指的是些连她自己都叫不出名字的东西，这让我感到十分不安，进而生出一种冰冷而陌生的憎恨，与我希望对她产生的憎恨不同。

"你今天做了什么？"我问道。

她停止摩挲，缓慢地抬起肩膀，突然又放下，然后又动了起来，双手开始在外衣和双腿上摸来摸去。我想，今晚客厅里的这一幕意味着，我的父母已经接受了费德里科的死亡，他已经不在了，痛苦和记忆是无法用双手触及的，没人能和死者沟通或抗争，因为他们已经顺从得无法再做这些事情了。现在，对他们来说，我也已经成了费德里科，成了在圣玛利亚创建《自由报》的不朽的马拉比亚的继承人。

"今天她们又来了。"胡莉塔说着，并没有停止身体的动作，"和之前一样，她们可怜我，我也可怜她们。区别是她们还带着肮脏的好奇心。我有过同样肮脏、小气的好奇心吗？当我还是个和她们一样的女孩时应该有过。"

不对，我们并没有谈论所有的事情。我哥哥的死亡还没有盖棺论定，她们，我的父母，还没有想象出缺少费德里科的未来。就像胡莉塔一样。胡莉塔觉得我太年轻了，还不适合嵌入他们多年以来为费德里科想象的态度和环境。

"我不明白。"我生气地说道。

她停了下来，近乎严肃地盯着我，脸上依然挂着微笑。但她不明白我爱她，她不知道她是我的，也不知道游戏时间和故事时间刚刚结束了。

"你说的是谁？哪些女孩？可怜什么？好奇什么？"

我平静地问道，就好像是在叼着烟斗说话。

胡莉塔又开始摇晃了起来，困意蒙眬的笑容又回来了。但我不想让步，我害怕她会沉默，因为她是个女人，她年纪比我大，她有更多需要保持沉默的事情。我翻了翻口袋，看也不看一眼就告诉了她：

我得见你，因为事情已经发生了。咱们得一起祈祷。十一点之后的任何一分钟都不能耽搁。你必须帮助我，让我原谅所有可耻的怀疑时刻。十一点钟，如果你认为可能的话，再早一点也可以。"好吧，我现在来了。发生什么事了？"

她抬起头，身体停止了晃动，半张开嘴，目光呆滞地盯着我，仿佛能在我的面庞四周看到我说话的嗓音，它似乎有了短而直的形状，带着挑衅般干巴巴的颜色和蓄意的冷漠。我第一次突然有了一个想法，她也有骄傲的能力，她小时候也曾这样盯着她的父母，后来也这样盯着费德里科，比起解释来，她可能更喜欢灾难。

"没什么事。"她说道，"我想见你，所以就叫你来了。

你不高兴吗？"

我抬起肩膀，吸了口烟斗，看着烟雾在她面前稀释。她仍然张着嘴，等待着，赌我可能会冒犯她。

"我没有不高兴，"我回答道，"所有那些事情，他们抛到我头上的说教、柔和的态度、缺乏谨慎和公正性……"

现在她的嘴角露出了笑容，恢复了柔情，咧开的嘴巴两端就像是在测量我的体形，她不想帮助我。

"所有那一切。为什么我得有父母呢？我知道他们的所有事，可他们却对我一无所知。但我爱他们，我不能停止伪装，我不能让他们看到这种关系中隐藏的那种公正性，我什么也没做，只是默默忍受。"

"这就是原因吗？"她问道。

她在撒谎，她不相信我，她最好还是接受我的谎言并继续摇摆她的身体。她又露出了陶醉的笑容，她希望消耗我，再宽慰我，以便把她为今晚而想象的故事以及角色强加给我。

"这是真的，或者说应当是真的，因为我没有……可如果我无父无母的话，情况只会更糟。我的意思是如果我从生下来就没有父母的话。"

我站起身来，走到挂着哥哥照片的墙边，我坐到床上，打开床头柜的抽屉。抽屉里有发卡、折叠起来的纸、一股木头和药水的味道、一管安眠药在灯光下滚动，还有一管仍然密封着的在颤动，压在一张证件照上。我看着她套在皮大衣下面的肩膀忽上忽下地动着，看着她盘在脖颈上方的头发，寻觅着那些能令我忽视胡莉塔身体的记忆。她平静了下来，用嘶哑、隐秘、带有欺骗性的声音对我说话。我跳了起来，还没搞明白她在对我说什么，就先俯身问她道：

"为什么我不能或者不应该去妓院？为什么我不能做自己想做的事情？"

她刚才正在说的话，那些丢失的词语和建议，又都回来了，覆盖住了她，在她的头顶和肩头弥漫出一层薄薄的、不连贯的东西，足以把她和我隔开。

"为什么我不能去妓院？"我冷冷地重复道，声音平静但响亮。

她倾斜身子，把头靠在膝盖上，发出沉重的呼吸声，仿佛她闻到了什么气味，仿佛她在匆忙中努力辨认那种气味的含义。然后，她用脸颊和太阳穴体验摩擦的感觉，她失败了，又平静了下来。她在我的下方，侧脸一动不动，似乎是在模仿思考、睡眠和放弃的样子。她的头发上有金色的饰物，有依然稚嫩、不断变幻的曲线，有线条，有被绝望和岁月摧残出的凹痕。泪水开始闪烁，她脸上的所有特征也开始闪烁，她警觉，却又假装不舍，像是要转过身去，忍住不哭，她不想接受不可避免的眨眼，也不想盘算在上方的我的反应。

我想，我可以拯救自己，把我自己从她那里，从我的怯懦中，从我死去的哥哥那里，从我父母那里，从我的回忆和此时此刻的感觉中拯救出来，方法就是夸大——直到我能够触碰到它，直到感到恐惧和呕吐的时候为止——那种微小的恶心感，我知道她比我大，知道她去过我从没踏足过的地方，知道她花过我没触碰过的钱，知道她浪费了那些等待着我去把握的机会，自从我知道了这些事情，我就有了那种微小的恶心感。我又坐了下来，开始抽烟。她能够接受我没有看到她流眼泪。

"这是个不针对任何人的问题。"我冷漠地嘟囔道，"为什么我不能去妓院？为什么一个十七岁的小伙子不能去妓院？不是说我想去。但如果你能心平气和地听我说话，如果你不像其他人一样那么混蛋……"她摇了摇头，把脑袋从膝盖上移开，看着天花板继续摇头。"所有人都是混蛋。我比他们聪明，我和他们不一样。为什么在对他们来说是正确的事情上，我就必须点头认可？为什么我要同意一切他们给我做出的安排？就因为他们出生得比我早？"

我一直坚信我正在说的这些话，但我现在不信，我现在也不在乎。如果我现在说出费德里科的名字，她今晚就会爆发，进而把她的游戏展现得淋漓尽致。

"我父亲曾经去过一家妓院，除此之外，他如今还把那栋房子租给了'收尸人'和他手下的女人们，让他们做皮肉生意。也许那是属于你的房子，是属于你的财产，是你们夫妻的共同财产。"

我没有看她，烟斗依然点着，卧室里的空间与我记忆中的相比显得小得惊人：比如说，我似乎只需要伸出一只胳膊，就能触摸到悬挂费德里科照片的墙壁和床头已经朽坏的雕饰花朵。我想伤害她，不是用话语，而是给她一种强烈而突然的无能为力的感觉。我想让她恨我，哪怕只是一瞬间的恨意也行，我想用这种恨意来刺激自己，来隐藏我自己的恨意，进而保护自己。

"也许那栋小房子是我的财产。可能是你的，也可能是我的，不管是谁的，老人们总会先死一步。而他，我的父亲，他禁止我去妓院，他甚至没有真正下禁令，而是做出必要的努力来和一个可怜的小伙子讲道理，还不想伤害他细腻的感情，他是去过妓院的，我觉得这没什么。他和女人们调笑，抚摸她们，一杯又一杯地为她们付茴香酒的钱，和她们上床，除了约好的价格之外还会给她们小费。他是真正的马拉比亚家的人。而费德里科，我敢肯定，从没骗过你。"

"费德里科。"胡莉塔打断了我，好像她并没有呼唤谁的名字，好像她只是机械地祷告了一句，或是嘀咕了什么暗号。

我感到轻松，叹了口气，休息了一下。我无用地吮着烟斗，等待着。她发出了一种让我难以理解的声音，就像是种低沉浑厚的沉吟声，但没有悲伤的感觉。她让寂静蔓延到她下巴的高度为止，然后重复那种声音。我窥见月光照在窗玻璃上，聚在静谧而寒冷的三角形区域，那是被窗帘发现的上一个冬天的残躯。我心里空落落的，就好像我从未对她说过什么针对她的话，胡莉塔，就好像我发现感情是可以被自由选择和自由接纳的，但要让感情成长，就必须经历一连串注定必须出现的不眠之夜。我心里空落落的，我转身看着她。

"费德里科。"她重复道，寻找着这个词中易于接近的部分和弱点。她对我微笑，平静而坚毅，似乎已经从危险的境地抽身而出了，泪水的光泽把她的笑容延伸到了颧骨上，遮挡在了下巴上。"费德里科曾经认识过许多女人，和许多女人在一起过。但费德里科已经不在了，没有了。这就是为什么我今晚要喊你来的原因，我要解释给你听。但我现在什么也不想解释了，事情没必要用话语解释出来。他死了，我看到了你，我选择了你。但这也不是真的，不是我选择了你，我没有选择的意愿，是他们逼我的，没有解释，没有声音。这又有什么关系呢？时机不到，所以我不想告诉你。你觉得我疯了，你这段时间一直是这么想的，从第一天开始。马科斯来了，他也这么想，医生来了，七大姑八大姨来了，他们把椅子往后推，什么都不想喝，就好像怕被我传染上疯病似的，还有你妈妈，在她以为我没看她的时候，她就不出声地哭、做祷告。所有这一切，我会给你解释的，因为我不需要任何人，我一个人待在这间屋子里就够了，我能一个人过他们哪怕死了一百年也还是不能过的生活。费德里科也不行。费德里科没了，你很害怕，因为你觉得费德里科会一直活着。我知道这是我的错，你不必把这个说出来。"

她把双手放回到膝盖上，身体又开始摇晃了起来。皮大衣的一端垂了下来，碰到了壁炉边地上的砖块。我看到了她在皮大衣下赤裸的腿。

"我知道有这个房间，有这份孤独，就够了。"我说道，"我想知道的是这种满足会不会永远持续下去。我也认为你疯了吗？"

她没有回答我，她的表情严肃而专注，她把脸向前伸去，在半空定格，保持一秒钟一动不动，然后缩了回去，就像是确定了她的侧影的形状和想要表达的东西，也像是给了我最终答案。

"没有费德里科，没有世界，没有圣玛利亚。你在外面看到的一切都是假的，你接触到的一切都是假的。甚至你在外面想什么，你在这里想什么，都与我无关。和这里无关。和你我无关。和这间屋子无关。"

她就像是在划船，说一句停一下。她开始让我感到陌生了，我开始不清楚她是谁了。

"她们都是些什么人呢？"她问道，"她们，那些女孩，今天下午来这里写匿名信的那些。我不喜欢她们，她们肯定是处女。所以我才会觉得她们很脏。就是这样：她们身上所有的东西，她们穿的衣服，虽然干净整齐、精挑细选，但我还是觉得肮脏不洁，像是沾着厚厚的油污、黑色的。那是一种代表岁月的油污，附着在厨房中你无法看到的角落里。新做的裙子，短袖，领口，胳膊，脖子，那么干净。我知道她们的内衣是什么样的，我知道她们在午睡后洗过澡，在来这里之前往身上喷过香水。她们喝着茶，写着字，她们不想用善良的眼睛互相凝视，她们试图假装自己是在一间办公室里工作。"

她站了起来，摆弄着大衣，想要遮掩自己，然后她对我笑了，冲我露出了牙齿，咧开嘴唇，又紧闭上。"我为什么要在意她们呢？"她走过来，俯身吻我，"你在意什么吗？所有这一切……有时马科斯会来，告诉我一些事情。但是我们都不在乎。"

她抚摸着我，抬起我的头，再次吻了我。

她盯着我，但没有看我。她用力压着我的肩膀，把我拉了起来，一直拉到床上，又俯身抬起我的腿。我想解开领带，她却拍了拍我的手。

"你别脱衣服，"她并没有压低声音，"也别关灯。"她脱掉皮大衣，大衣滑落到她脚边，她浑身赤裸，用一只膝盖碰我的手。她不想要我，也不期待我生出欲望，她只是在向我展示她的身体，等着我说一些我反应不及的话。然后，她坐到床上，把手搭到了我的胸口上。

我等待着即将发生的一切，仿佛我不需要做什么，似乎我只是一个访客，是随便什么人，是另一个穿过花园、一级一级爬上楼梯的人。我闭上眼睛，仿佛看到了自己，好像我正从天花板上或头顶上俯瞰下来，看到我一动不动地躺在床上，大汗淋漓，脸颊上散发着香水味，被她和她的疯狂笼罩，被我的年龄、我的缺点、房间的墙壁和空气笼罩，被我与死亡之间的距离笼罩。

我靠在她的肩膀上、胳膊上，然后让她向后倒去，我拍打她的脸，只是轻轻拍打了一下。我抱着她，亲吻她，让她的一只膝盖弯曲了起来，我几乎要笑出声来了，我感激她，摆脱了她，我耐心地熬过了漫长的前奏、游戏时间和她刻意强加给我的等待，此时终于迎来了幸福的时刻。我进入了那具颤抖的身体，我喜欢这种残酷和快乐。

二十四

马科斯梦见了一场打斗，梦见一个声音在家具、武器和臂膊缓慢而富有弹性的来往攻守中重复着日常化的警告，这使得打斗变得乏味而永恒，有了争斗所特有的静力学特征。他梦见有一个声音解答了所有的疑惑，安抚了所有的不解。

但是，他不能再次入睡了，也无法再次听到那个声音了，用那半张着、流着口水的嘴在丽塔身边像个孩子一样蹭来蹭去也无法激发睡意。他睁开眼睛，看到的是花园里明亮的夜色，他听到了蟋蟀的叫声，风声，从远处传来的毫无意义的各种声音。他听到了教堂的钟声，因此推测风是从西边刮来的，这是一个适合钓鱼的夜晚。他彻底清醒了，摆脱了梦中的防御状态，恨自己还活着，还清醒着，他因仇恨而麻木，也因痛苦而麻木。他翻了个身，转过身去，烦躁不安，厌恶身边的姑娘身上的气味和在窗户栏杆处扭曲的植物。他蹲下身子，从床边的金属酒壶里倒了一杯酒，又点燃了一支香烟。他用同一根火柴点燃了墙边桌子上的那根歪扭的蜡烛，这其实毫无必要，因为月光把床铺和这个小房间里肉眼可见的地方几乎都照亮了，亮光形成了一个宽宽的三角形区域。

"不要，不要……"丽塔说着梦话，一动不动。

黄色的光线慢慢升高，掠过照片、印花、挂着一串钥匙的大钉子、挂着镜子的大钉子和挂着一束马尾草的大钉子。它照亮了桌上脸盆的边缘、一个罐子的把手、凌乱摆放的发卡、香烟盒、肥皂盒、梳子、手镯、一本杂志、一堆硬币和一盒粉。

马科斯拿起毛巾擦了擦脸上和胸口的汗水。他睡觉时没摘手表，现在还不到十一点。他又喝了杯酒，把香烟叼在嘴里。梦中的那个声音不会再响起了，他完全意义上的解脱已经永远消失了。他慢慢低头看着自己，高高的个子，皮肤有晒黑的地方，也有白净的地方，腿分开，呼出口的是夏天、睡梦和女人的味道，一双被泥污弄脏的脚踩在花纹地毯上。那些花纹弯弯曲曲的，就像那比恩杜罗还远的地方，那条长满橘子树、被众多农庄夹在中间的道路，那是他必须穿越的路线，一列运货的火车鸣笛两声，夸张地衬托出了这个夜晚的寂静、距离的遥远和让人难以忍受的孤独。马科斯走了一步，朝床踢了一脚，把姑娘赤裸的身体推向窗下的墙壁。

"怎么了？"她说了一句，声音嘶哑，面无表情。她立刻直起身子，坐了起来，在飘忽的烛光中显得迷茫又呆滞，试图猜测要做些什么才能摆脱恐惧。"啊，怎么回事？"她认出了马科斯，笑了笑，拉过床单盖在自己身上，松开手指，又笑了笑。"啊。"她重复了一句，她知道这个字可以用在所有场合。

"没什么。"马科斯说道，"我醒了，时间还早。"

她看着那透着冷漠和愤怒的惨白笑容，看到那套皮的镍制酒壶，感觉它似乎和月光融为了一体。因为她觉得他在内心深处是喜欢听她说话的，所以她又重复了那句老生常谈的话：

"别喝那么多。"她坚持问出了那个不合时宜的问题，"你为什么要喝这么多酒？"

"你听我说。"马科斯走近她说道，"把被子盖好，别光着身子。"他在圆形地毯上盘膝而坐，把手放在膝盖上。"把胸部也盖上。我梦见自己打了一架，然后就醒了。你得听我说说。你从没想过要杀死什么人吗？别回答我，你肯定会说蠢话，你就爱说蠢话。"

"啊。"丽塔说道，然后开始笑，她缩着身子，只露出头，就像被被子斩首了一般，她因自己能记起和感觉到的那些亲爱的蠢话而笑，因为那种不负责任的愚蠢而感到高兴，她觉得这种愚蠢可以保护她，直到死亡降临。

"但你得听我说。考迪罗死后，我就不想再养狗了。我以前总喜欢跟它说话，这比跟人说话好多了。它是条狗，但也是个朋友。我醒了过来，心里清楚自己得杀个人。我现在和你在一起，我就要疯了。以后我会觉得恶心，我早就跟你说过了。但你不必在意，因为我总会感觉恶心。归根到底，所有女人都是一回事，任何女人都一样。我突然想到，这也没什么大不了的，因为咱们不是一体的，只有婚姻才会让两个人合为一体。我的那个神父叔叔可以让我们合为一体，这样我就不会再感到恶心了。事情就是这样。你觉得这很可笑，可是如果我们去教堂，叔叔给咱们主持婚礼，咱们就能合为一体。你明白吗？"

马科斯盯着她，好像真的在询问她的看法，他半张着嘴，眼睛直勾勾地锁在她的身上，又从酒壶里喝了口酒。

"人们可能会更尊重我。"丽塔答道，"我不会因为跟你在一起而感到羞耻，但有时候太太看我的眼神让我觉得她什么都知道。不过要是说你想娶我，那你肯定是疯了。"

"你还是别说话了。"马科斯的嘴巴从酒壶上挪开，说了一句。

她看到月光中的那颗头颅，像是在反常的朦胧光线中盘算着什么，好像它并不真的在那里，并不真的在床的那个高度上，他一头金发，英俊帅气，好像在用那双小眼睛寻找丽塔身上不存在也不可能存在的东西，好像在透过她去凝视她试图用迷雾和犹疑掩饰的东西，那是种天生注定不合时宜的东西。她看到闪闪发光的水珠从他的唇边滑落，她看到了一个痛苦的、预言式的笑容。

"你还是别说话了。合为一体。就得这么办，理应这么办，因为若非如此的话，所有人就都会自杀。没人能忍受得了这些。我们全都是不洁之人，无论男女，我们都是带着污秽出生的，再加上另一个人的污秽，这种恶心的感觉没人能受得了。就像我那位神父叔叔说的那样，所有人都需要上帝的爱来支撑过活，上帝肯定也存在于这张床上。如此一来，情况就不一样了，我对此深信不疑。变得纯洁之后，咱们想做什么都行。"

"你别喊叫。"丽塔低声道。

马科斯打断了她的话，看着她那张宽大而松弛的嘴巴，眼睛睁得大大的，直直地向太阳穴开去，她那印第安人的面孔，充满耐心的表情，蓬乱而坚硬的头发，还有她顺从的态度，在这个夜晚明亮的光线下扭曲着。

"我相信祈祷。"马科斯费力地说道，他伸出舌头，舔走了嘴唇上的汗珠，"我得杀个人。种族就是祖国。我不是美国佬，不是德国人，也不是瑞士人。"

"有人在花园里走动。"丽塔低声说道，"你别再说了。"

马科斯把金属酒壶拿在手里，起身跪在床上，直到把额头贴在窗户栏杆上。他认出了这个夜晚，以及它的承诺和延迟，这是个特殊的夜晚，属于他的夜晚，一直以来，这个夜晚重复于不计其数的其他夜晚中。一个黑影在花坛之间穿梭，从悬垂的树枝下一瘸一拐地走过，停在了胡莉塔的房门前，像猫头鹰一样又咳又叫。马科斯认出了那顶贝雷帽，认出了那个身体的倾斜方式，认出了那过分的、孩子气的态度，以及转身研究天空和孤独的花园的身影。

"是那个男孩。"他说道，他下了床，寻找香烟，"他今天没有往屋里看。"他嘟囔着，蹲了下来，用烛火点燃了香烟，"这么晚了，他找我姐姐干什么？"

"他每天晚上都去。"丽塔轻轻地说道，她在床上舒展开身躯，像是在不经意间完成了一次并不精确的复仇，"每晚十一点，或者几乎每晚。我是从楼梯那边或者隔着门闩听到的。那位年轻的夫人下楼给他开门，他们应该是在聊那个死者。"

马科斯开始穿衣服。调整好裤子后，他用蘸了唾沫的手指捏熄了烛火。他来到床边坐下，开始给领带打结。

"他只是个小男孩罢了。"丽塔害怕地说道，"你不会生气了吧?"她闭着眼睛，用一只手和床单的边缘遮住月光。在寂静和黑暗之中，她试图把自己隐藏起来，不让马科斯发觉，不让这个房间发觉，试图进入那近在咫尺、难以抗拒的荒诞梦乡。

"我姐姐疯了。"马科斯边说着边穿上外套，"就好像男人都死光了一样。不过她做得对，那倒也算是事实，因为他们已经合为一体了。那个小男孩是个娇生惯养的白痴。你从来没有生出过杀人的想法，哪怕有，也只是一瞬间的事情，你会忍气吞声，请求宽恕。在那座天蓝色的小房子里有三个妓女，我受够了她们，还有那些去搞她们的人，我受够了种种评论和争吵，也受够了我的神父叔叔每周日都说的话。不过我的神父叔叔是个好人。再见。"

他走到外面，望着空荡荡的花园，看着细小的云朵如波浪般朝东边飘去。他一边估量着自己的醉意，盘算着这种醉意给自己带来的限制，一边用一根手指转着钥匙圈。他走回到丽塔屋子的窗前:

"我也受够了我自己。你是不会明白的。"

那辆红色汽车依然歪歪扭扭地停在橘子树中间，车头冲着大路。马科斯晃晃悠悠地向前走着，踢开土块，扭头看了看胡莉塔房间窗户里的那方方正正、悲伤忧郁的灯光。

二十五

贝尔格纳神父没有下跪，只是倚靠在讲台上，对着交叉的手指诉说自己的屈辱和诉求，祈求阻止魔鬼在圣玛利亚取得胜利。一些女人在颤抖着哭泣，哭声短促而低沉，就像是在平静的水面上形成又破裂的气泡。在布道这最后一部分内容的威胁下，无论男人还是女人都因为疑惧而弯腰行礼。

不要说牧羊人抛弃了羊群。是羊群背弃了牧羊人，它们变得固执，宁愿庇护罪恶，它们将圣心从它们的生活中驱逐出去，用恶习，而且是最肮脏的恶心来替代它，这种恶心是祸事，它啃噬着灵魂，侵蚀着灵魂。不要说牧羊人抛弃了羊群。

每个人都深陷于个人的痛苦和恐惧之中，他们激发了这些感觉，促使它们生长，而它们又加剧了那巨大而普遍的恐惧，这是对针对所有人——他们以及他们的子女——的惩罚的恐惧，对即将脱离天空、覆盖整座城镇和移民区的巨大乌云的恐惧。

　　几乎所有人都一头金发，手又大又红又粗糙，他们的脸给人的感觉和他们的手一样：他们似乎掌控了喜悦、嫉妒、记忆、恐惧和信念，他们触碰它们，挥舞它们，摩擦它们，四处留下它们的些许印迹，在太阳穴上，在目光中，在额头上，在嘴巴边。

　　他们几乎都是坐着摇摇晃晃的轿车、马车、卡车，盯着星期天早晨似乎一动不动的白亮太阳，爬上移民区和圣玛利亚之间的公路来的。他们和朋友擦肩而过，互道问候。在木板和木架搭成的长桌上吃完午饭后，男人们会跪到地上，穿着合体的暗色衣服，用西服配马甲，这些衣服平日一直挂在衣柜里，只有星期天才会被取出来，用完后又再次回到衣柜里，再次陷入到幽闭气息和樟脑丸气味之中。男人们拉着缰绳，用辱骂和鞭打的方式催促马匹前进，女人们则坐在后座上，闻着客店味、汗水味和香水味融合在一起的味道。姑娘们冒险在这天早上喷上她们偷偷在城镇里买的香水，或是偷偷从在街头游荡的土耳其小贩那里买的香水。她们聊工作、疾病、婚礼、怀孕和生日，把手指塞进上衣领子里散热，脚在鞋子里动来动去，把进教堂时要裹的头巾在肩膀上搭好。

　　在内心深处，在一次次谈话、遐想和对眼下情况的预测背后，所有人都试图猜测自上一个星期天以来都发生了些什么，猜测河岸边的那栋天蓝色房子里的那群肮脏的人取得了哪些进步，遭遇了哪些挫折。他们在想，贝尔格纳神父几周以来布道中的蔑视、威胁和惩罚，也指向他们这些移民区居民，这是不公正的，不过他们也是活该。他们必须为圣玛利亚的过错，为肤色黝黑的城里人的可耻行为和皮肉交易而承受和付出代价。

现在，他们跪在地上，卑微地献上自己的沉默和信仰，这些是上帝可以接受的战胜邪恶的武器。就在刚才，他们看到摩西在耶和华的召唤下上了山。他们把贝尔格纳神父误认成了摩西，并钦佩他登上了西奈山，从六天前起，上帝的荣耀就降临到那里了。他们看到上帝举起一只手命令贝尔格纳神父："去吧，下山去吧，因为你的子民已经堕落了。他们已经偏离了我为他们指定的道路。因此，现在，让我的怒火在他们的身上点燃，吞噬他们吧。"他们听到了上帝的悲伤和怒意，听到了贝尔格纳神父的羞愧和怒意。

但现在，布道中那些光辉、亲近、透着田野气息的形象已经褪色了。他们不再目睹贝尔格纳神父与上帝的对话，也不再忍受露宿山坡的部落中人所犯的错误。他们不再急于预知亚伦从他们的耳朵上取走的耳环的下落，他们无能为力，不再为从黎明就开始围绕着那尊散发着粗俗的庄严感的金制偶像而举行的欢乐宴会而困扰。他们跪在地上，沉默不语，心事重重。无声的嘴唇不停地动着，似乎想从神父的威胁中品尝到所有的苦涩，这个周日的威胁似乎比往常来得更甚。

在一个小时的时间里，贝尔格纳神父一直保持着疏远、反社会、高深莫测的表达方式，就像是在和病人说话。他没有放低自己那农民般的宽大肩膀。他的动作几乎没有放慢下来过，被一种缺乏谨慎的缓慢所裹挟，被一种着迷般的念头所困扰。

他的脑袋——他没有必要放松肌肉让它猛地垂下，就好像它从他身上脱落了下来，像是某个脱离他的肩膀的物体，一个来回滚动撞击的物体——以一个比平常更大的角度抬起，远远高于其他那些屈辱的头颅的高度，远离在那个星期天的晴朗天空映衬下呈现出的圣玛利亚的泥土、玉米穗、河岸、街道和田野的同一片表面。

神父的声音在布道和弥撒中响起，带着一种干涩而疏远的语调，带着一种明白无误的决心，这种果敢将借助语言表现出来，但它却无法表达语言中蕴含的情感，无论振奋还是安抚，都做不到。

神父曾希望——身体、手势、声音和直勾勾的目光都不希望停下来，不希望被辨识出，也不希望被接收到——自己能成为一种不可或缺的匿名手段，以之表达否定、谴责和模糊的威胁。由于表现得十分无私，贝尔格纳神父传达出的那种永恒不变的信仰和尘世无望的念头才更加有说服力，也更加令人恐惧。但直到最后，在用来结束布道的最后一句话中，在他用以嘱咐和告别的那三个字说出口前的踌躇的、预言式的、意犹未尽的沉默中，在他从讲坛上走下，在犹疑、僵硬、哀怨的教区居民的目光中悄然离去时，那种明显的戏剧性才显现出来。

他们迎着夏日的阳光，在问候声中，在窸窸窣窣的脚步声中，向广场周围停放的马车和轿车走去。他们无言，麻木，就像是在给弱小的动物喂食一样，怒火已萌芽，目光已坚定，他们心情压抑，沉默不语，踏上回程的道路，只有琐碎的言语和短暂的打盹才能缩短回程的时间。他们迈向无休止的午餐，迈向无聊而炎热的闲暇午后，游人熙熙攘攘，黄昏恍恍惚惚，路灯噼噼啪啪，白色的灯光像是在看着自己慢慢变老，但却不慌不忙，不偏不倚，不妄下任何结论。

二十六

通往花园的那扇门今晚神秘地开着，白痴般的笑声从门外传来，我又一次明白了一切都有尽头。

但楼上没有人，只有躺在床上的胡莉塔，她的乳沟和后颈都被香水打湿了。

她看着我，我知道尽管我对她来说不可或缺，但我依然并不重要。我的问题，我的灵魂，我的欲望，都不重要。我的贝雷帽、烟斗，以及我所写诗句中的苦恼也不重要。我还记得花园上方那片微小天空中的那轮黄色的圆月。

现在，胡莉塔又笑了，但笑得更慢，拖长了停顿的时间，穷尽了癫狂和喜悦。

"小傻瓜，小傻瓜。"她热情地问候我道。

她正躺在床上抽烟，身上穿着件黑色宴会礼服，脖子上和胳膊上都戴着金饰。她仰望天花板上的横梁，露出完美而冰冷的笑容。我是主人，是冷漠的人，是戴了绿帽子的人。

我将会坐在微弱的火光边，迟缓而笨拙地填满烟斗。

"衣柜里的灯笼裤和衣服之间有一瓶酒。就在那儿。是我拿来并藏在那里的，咱们之间不需要酒杯。"

我们默默喝着酒，轮流拿起白兰地酒的酒瓶大口喝着。喝完之后，我又重新把它塞回到了衣服堆里。

慢慢地，她用手肘支撑起身子，摇晃着大屁股，用手按压两边颧骨，勉勉强强地从床上坐了起来，又笑了。她从未展现过如此美丽的双腿。

"我喝醉了吗？"她问道。

"我看好像有点。"我嘟囔道，试图猜测等待着我的后续话语，但我猜错了。

"费德里科。"她叫了我一声。但我不相信她想表达的意思。

"我确定你醉了。"

"你是费德里科，还是我想要的任何东西？"

"当然。"

"给我拿来吧。"

当我重新到衣柜里搜寻，拨开没有重量也没有气味的内裤时，我听到她说：

"一只鹈鸟，一束玫瑰，一个清晨，一只瘸腿狗。我在改变自己，这是不可避免的。从床到厕所之间的距离从来就没变过。"

我把酒瓶放在她的裙子上，又坐了下来。我有点厌烦地听到了咽酒的声音，她叫我，我没有回答。她起身去看可以看清的窗外夜景。她唤了声我的名字，像一只喵喵叫的猫一样不断重复，但不期待获得任何回应。她又笑了，现在我觉得她是在笑我，是想让我听到她的笑声。她叫了我的名字，开始脱衣服，把衣服扔到了墙上和玻璃上。

窄窄的肩膀，小小的乳房，每一处都恰好适合手掌窝的大小。细细的腰部以下，一切都夸张地、近乎兽性般地变宽了。她赤身裸体地躺在床上，喝着酒，蜷缩起来，好像要死了一样，她又喝了口酒，然后又叫了我一声。我想起口袋里还揣着把剃刀，我把它取出来，藏到枕头下，然后脱掉了衣服。胡莉塔闭着眼睛，笑着，像个傻子一样咿咿呀呀。

她分开粗壮的大腿，让我进入。每次都不一样，每次都像是第一次。

"就这样。"她说道，"你别动。"

夜深人静，我确信她做到了。过了一会儿，我听到她在哭，尽管她的哭声很小。我感觉到泪水沿着太阳穴滴落，感觉到她的胸口在剧烈起伏。我想到了一个又老又烂的头衔，也许已经没人用了。我想象这段旅程和冬天剩下的日子已经永远结束了。

过了一会儿，在做完爱后，在说完禁忌之语后，在喘息声平息后，她开口说话了。她的声音在房间中响起，盖过了从远处传来的狗叫声。她不是在跟我说话，也不是在向我讲述什么。她只是在描绘自己正在看的、看到的或记得的东西。比起我来，听得更认真的大概是我那只抓着冰冷剃刀的手。

突然，她扭动臀部，推开我，向我要了根点燃的香烟。

此时，她坐在床边，对着烟雾缭绕的空气说起了话，她的话不针对任何人，我担心她是在自言自语。她闲着的那只手放在两条大腿中间。这只手沉重有力，十分白皙。她说着话，那只手随之抬高，抚摸，挪开。

胡莉塔一边抽烟，一边数数。她笑得十分开心，让我感觉既羡慕又温馨。她肌肉发达的身体几乎已经算得上成熟了。我观察着她稚嫩的手指有节奏的抚摸动作，希望她不要睁开眼睛，希望她能明白，我认为她已经要明白过来了，她已经没有必要再睁开眼睛了。

她丢掉香烟，倒在床上，像胎儿一样弓起身子，握紧拳头。此时，她没了乳房，阴毛也秃了。她嘟囔着什么，鼻子变得又小又尖。最后，她睡着了。我弯腰亲了亲她的脚和膝盖。

轻柔地，温和地，清晨沿着半开的窗帘溜了进来，把我唤醒。

我眨了眨眼，面前是胡莉塔半明亮半玫色的面孔，我开始明白了。在半梦半醒间，我想起了夜晚和清晨，想起了喝过量的白兰地，想起了这个女人那令人晕眩的疯狂，想起了她飞驰着返回到过去的时光中，直到危险地触碰到了童年的边缘为止。

我再次亲吻她，不过只是轻轻碰了一下，我不想打扰她的美梦，不想干扰她的缺席状态，也不想破坏她那两条粗壮的腿不知廉耻地随意摆放的姿态。我悄悄点燃一根烟，仰面躺下，保护自己，不去看她，逐渐恢复记忆带给我的那种轻微的恐惧。

　　黑夜、黎明和清晨之间不再有任何区别。一切都一样，这是疯狂的胡莉塔强加给我的永恒的现时时间。我有些羞愧，一边找烟灰缸，一边思考，我编造了一个谎言，我要在中午之前，就是此时此刻，向我的父母背诵这个谎言。我能想到的最美妙的谎言，也是最不可信的谎言，那就是我顺从于内心的冲动，一直在池塘边或河边散步，想要看到黎明的第一道曙光。他们知道我习惯一觉睡到中午，但他们肯定还记得费德里科喜欢散步，他们会相信我的谎言，还会感到高兴。

　　夜晚、黎明和清晨。胡莉塔赤身裸体，睿智，好奇而富有同情心，她带着种深切的绝望向我传授各种可能的情爱技巧、恶俗之事，编造许多荒唐的事情，然后疯狂地大笑，就好像她创造出了某些新奇的玩意儿。不过，我觉得，在这段亲密关系中，在这种生理上的幸福和快乐中，并没有什么新奇的东西。我之前从未有过类似的经验，这千真万确，但我想象过，也渴望过，想了很多年，从我有记忆开始就一直在想。

　　胡莉塔无法压抑自己的情绪，总是不自觉地重复那种笑容，在停顿和休息的时候，她就会对着天花板、黑漆漆的房梁和空无一物的地方说话。

　　"为什么费德里科非死不可？我说的是'非死不可'，而不是问他为什么会死。我知道他做过什么。那是他必须履行的义务。这和咱们说的事情无关。他既不是从马上摔下来死的，也不是因为所谓的肺炎死的。可能死期已经推迟过一次，也可能推迟过十次。没人能说清楚。但是现在我确信我们是清楚的，他和我，我们从一开始就清楚，而且随着幸福生根发芽，我们越来越清楚。因为真正的幸福是可以生根发芽，茁壮成长的。幸福就在那里。我们一起笑，盯着对方看，带着爱意触摸彼此。但是我们两个都知道，我们拥抱彼此，心里很清楚对方因为害怕而发狂，每个人都向对方隐藏着自己的恐惧。夜里，我们躺在危险之上，看着对方醒来，猜想会不会是那一天，会不会是那个早晨。当然了，他和我都是这样。我们害怕轮到对方履行职责，我们为自己的怯懦和自私感到恐惧，我们害怕只剩下自己一人，然后又要去履行另一个可怕的职责，那就是去受罪，去回忆。

"他和我想象中的男人太像了，几乎一模一样。我曾经照着移民区的男孩子们的样子想象过他的模样，也在我们和父母、女性朋友们一起来到圣玛利亚，参加周日弥撒，四处走访，在广场上散步时想象过他的模样。我们穿的是彩色的长衣服和硬邦邦的制服。我看到了这儿的姑娘们穿的衣服，只有一个失望透顶的母亲才会给乳房开始胀大的女儿裁剪、缝制出那种衣服。

"然后是在修女学校寄宿的日子。我很瘦，很难过，只要可能，就一直独自一人。我的胸部还没有开始发育变大，但是我感觉到了那些秘事，我有些疑惑犹豫。要说我的那些女同学，我不能说她们愚蠢。我只能说，她们每个人都与众不同，几乎都很漂亮，总是充满妒意和恶意，还爱撒谎。每个人都在玩自己的那套游戏，我相信我也是，我在排练一种只有我们女人才能了解并掌握的狡猾又耐心的风格。

"后来，我看到神父来访，他和我弟弟发生过争吵，我看到父亲阴沉严肃、老态龙钟的脸，吃饭前，他先说了些感谢的话，以此作为序幕，他用响亮而缓慢的声音告诫我们顺从的重要性，就好像我们并不饥饿，并不急于开饭一样。他身材魁梧，神情哀伤，无论是独自一人还是同朋友一同饮酒，他都从不感恩上帝，他总是那么一副样子，似乎从来没有高兴的时候。

　　"我望着炉火上的那口大铜锅。我是一个女孩，坐在祖母留给我们的大扶手椅上，摇摇晃晃，远远地望着燃烧的木块和平安夜的灯光，两种光芒混在一起，摇摇晃晃，我等着入睡，等着和我的玩偶一起睡觉的命令，因为我还太小，他们不想让我靠近炉火。"

二十七

　　我小心翼翼地穿上衣服，刚梳完头，就听到马科斯的汽车喇叭的呜呜声，微弱但悠长。我赶紧下楼，以免那种声音把胡莉塔吵醒。奇怪的是：那天早上，老式楼梯发出的吱嘎声比在许多遥远而混乱的夜晚发出的声响都要大。花园里光亮熹微，还算不得早晨，草地上的水汽挂在树枝上，滑动碎裂。

　　我环顾四周，试图猜测马科斯在做什么，我耽搁了一会儿，装满烟斗，把它点燃。他正靠在红色的小轿车上，裹着一件皮夹克，嘴里叼着根长长的香烟，懒洋洋地抽着。我走进灰色的阴冷空气中，戴上贝雷帽，把它朝一侧耳朵拉了拉。

　　"嗯？楼上发生什么事了？"马科斯冷漠地问道，就像是在向我道早安。

　　我耸了耸肩，在假装厌烦和假装顺从之间犹豫不决。

　　"还是老样子。她一提起费德里科就哭，然后再喝醉酒。

现在她睡着了，应该已经感受到幸福了。我越来越觉得该做点什么了，把她送到医院去，强来也行。"

马科斯没有动，胳膊肘始终搭在车门上，他看着正在撒谎的我，笑了笑，把烟拽到嘴角。他并没喝醉。

"我是如此情真意切地同意你的看法啊……"他说道，"是谁让你以为自己生来就懂女人呢？对女人强来？胡莉塔一巴掌就能把你拍碎。所以当你和她上床时，绝对不是强来的。是我姐姐自己愿意的。她是个没有瑕疵的妻子，是个模范寡妇。现在已经是早上了。从昨晚十一点钟开始，你就一直在听费德里科小说的第一千章。没错：我是故意来找你的，我看你现在穿戴整齐，像个绅士。但你的头发湿湿的，有黑眼圈，一脸困意。所以我知道你昨晚在哪。有时你会偷窥丽塔，有时她也会监视你。你妈妈和胡莉塔可要闹不愉快了。"

他笑了，吐掉烟头，从车里走了下来。

"如果你愿意这么干的话……"我开始说道。

"你别再说了。不需要解释，也不需要编故事，更不需要道歉。我宁愿她选择的是你。因为，孩子，这样就不会整天醉生梦死了。她呀，既然她已经疯了……"

他盯着远方融化在初升的太阳下的云朵。我觉得他盯着的是坦荡的清晨，是人生那令人难以理解的不公。

"她疯了。她一直就是疯的。我已经注意到这一点了。在她守寡之前，在她遇到你哥哥之前，她就已经是个怪人了。"

"那你为什么不把她关起来？为什么不去照顾她、监视她？"

"因为我不想。我不经常见她，但我得知道她在哪儿。不过我不是来跟你聊天的。我是来找你做事情的，做某件事情。不是因为我真的需要你。上车吧。"

我听话上了车，他坐在方向盘前打了个哈欠，然后发动引擎，边等待边说：

"时机不错。现在正是接管警察局和军营的好时候。"

我拿贝雷帽蹭了蹭脸，想让自己清醒一些。

"我不明白你的意思。"我说道。

"不明白？那可怪了。"他又点了根烟，但是没把烟盒递给我，"现在应该是早晨三点或五点。今天是星期天。我已经有好几个小时没喝酒了。"

汽车的发动机已经热起来了，而且还在颤抖。马科斯依然一动不动，靠在椅背上，任凭嘴唇上的香烟燃烧。他说话时，声音显得缓慢而危险。

"很久以前的一个晚上，当我决定做这件事的时候，你就应该答应入伙。现在，我也不知道为什么，我觉得时机已到。我自然可以去找另一个更有用的人，在我的朋友里随便找个垃圾来帮忙。但我记得我曾经答应过你，让你有入伙的机会。毕竟咱们是亲戚。毕竟你和我姐姐睡过。如果你忘记或否认你的承诺……"

在薄雾的环绕下，我们毫无疑问成了同伙，在圣玛利亚，在星期天早晨开始的时候，我们都累了。已经可以闻到青草的味道了。我侧头瞥了一眼他硕大的身躯，在过去几个月里，他胖了不少，肉松垮了下来，此时正懒洋洋地躺在红色的真皮座椅上。他的笑容里带着嘲弄和羞辱的意味。我把烟斗放好，才开口说话。

"不。"过了一会儿，我说道，"我不记得我做过什么承诺，我不在乎威胁。但我还是会陪你去做你想做的事情。"

"你从来都不了解我，孩子。"

"的确如此。都是别人来找我聊。这么看来，确实有些遗憾。"

"他们跟你谈了谁的事情？"

"我忘记名字了。是个女孩，一个巴斯克女孩。是个老故事了。"

在寂静中，我们一起等待，一起接受风的恫吓和鸟的鸣叫。然后，马科斯老态龙钟地直起身子，车子在门口颠簸了几下。他踩了油门，我们以八十公里的时速前行，寻找星期天那个时间还剩下的东西。这一次，他递给我一根烟。我听到他大笑了几声，呛了一下，咳嗽了起来。

"等一会儿。"他说道，"咱们先去广场酒店转一圈。毕竟咱们绅士，是圣玛利亚的建立者们的后代。"

"这个时间？"

"你别担心。我什么时候想进去都能进去。"

他把我留在了车里，把车子停在了旅馆所在的那个街角，在凉爽的空气中，在灰暗冷酷的清晨光线中，他打了几个哈欠，驱散残留的困意。我又叼起了烟斗，听着教堂的钟声。我让自己忘记了前一天晚上，忘记了彼此的疯狂，想要达到一个真真正正的、不可能达到的终点。我无法去想胡莉塔和我身边的马科斯。我对他和他姐姐之间明显的相似之处感到厌恶。

他终于从广场一侧的一个小门里走了出来，手里拿着个方形酒瓶，上衣口袋里塞满了烟盒。

"好了。"他一边说，一边坐进车里，"给女士们准备的上好的饮品和带烟嘴的香烟。生在金摇篮里的人啊，受过精心教育的人啊。不过我忘了你父亲写得更好。他是写死者传略方面的专家，对吧？"

我没有回答，车子启动了，驶过几米后就恢复了之前的速度和过度的抖动。马科斯高兴地吹着口哨。他只是在我们到达之前说了一次话：

"我愿意花钱打探安娜·玛利亚的去处。总有一天，咱们会在河岸边的那栋小房子里找到她。我记得有一天晚上我曾经请求过或者建议过她到那里去生活。"

我们到达时，那栋天蓝色房子的上空乌云密布。马科斯悄无声息地把车开进了把公路和人行路隔开的沟里。然后，他又做出了之前的姿势，把身体靠在车门上，点燃了一根烟，另一只手拿着酒瓶，食指缓慢而坚定地转动着黑色的手枪。

"我已经等了好几个月了。请理解我，孩子。要是我不自己弄脏我的手，就等于允许他们来弄脏我的手。圣玛利亚有很多这样的人。"

在这个乌云密布、阴晴不定的周日清晨，他绝望地抬起头，然后立刻朝着帘子上永恒不变的淡蓝色天空走了过去。他用手枪柄敲了敲门，我们等了一会儿。最年轻的那个金发圆脸的女人捋了捋头发，睡眼惺忪，平静地看着我们，就好像她一直在等我们。

"早上好。"她冲着马科斯手里的枪嘟囔了一句。

我们走了进去，眼前一片昏暗，后来才依次看清了小桌子、墙上的挂画、被遗忘的枯萎花朵，以及那扇充满敌意的卧室房门。一秒钟后，我们看到那个男人坐在中间的大桌子旁，戴着帽子，正用油腻的法式扑克牌玩接龙游戏。他把牌放在桌上的刺绣桌布上，平静地跟我们打了招呼。

"早上好。"拉尔森双手交叉，拇指在不停地转动。

马科斯一步接一步走上前，把酒瓶放到桌子上，慢慢掏了掏口袋。

"送给女士们。"他说道。

"谢谢。"

马科斯突然把手枪凑向对方的脸。"收尸人"心不在焉地盯着他。

"我是来清理这一切的。"马科斯解释道，并没有抬高音量，"听好，我和您没什么私人恩怨。您根本不存在。我只是不喜欢在圣玛利亚开妓院。"

胖胖的金发女郎内莉站在我身边，耐心而温柔地微笑着。

"想坐下来吗？"她问我道。

"不了，谢谢。我就这样站着看，挺好。"

内莉耸了耸肩，走向桌子。在经过马科斯身边时，伸手拿了一包香烟。

"请允许我拿一包。您说过这些是给我们的，您是这么说过吧？"

马科斯没有回答她，继续把玩着那把武器。那个女人点燃了一根香烟，如饥似渴地抽了起来。然后，她懒洋洋地拉开了帘子。我觉得早晨的光线并不适合这个场景。那个女人从我身边经过，悄无声息地走进了一间卧室。那两个男人继续对视着。他们一动不动，一个站着，一个坐着，只有"收尸人"的拇指和马科斯的枪在动。过了一会儿，"收尸人"从马甲里掏出一块银表，马科斯则停住了枪。

"现在是早上六点钟。""收尸人"忧郁地说道，"正是我想上床睡觉的时候。不管怎么说，仔细想来，这只是一时兴起的行为。"

马科斯用拳头捶了下桌子，朝"收尸人"的脸上吐了口唾沫，然后慢慢直起了身子。

"该死的犹太人。"他说道。

"收尸人"一动不动，侧头看着桌布上绣的花，开始微笑，开始恢复活力。他和我们，和此时此刻，似乎间隔漫长的岁月。最后，他缓慢而清晰地嘀咕道：

"难怪人们都说，一损百损。"

马科斯发出一阵嘲笑的声音，在"收尸人"对面坐了下来。他把手枪放在桌子上，打开了酒瓶的塞子。

"在那边，那个柜子里有杯子。"拉尔森指示道。

"豪尔赫。"马科斯说了一声。

我走近餐具柜，犹豫了片刻。然后，我微笑着拿了三个杯子放到桌子上。马科斯犹疑地看了我一眼，给自己的杯子里倒满了酒。然后我几乎立刻给自己和"收尸人"的杯子里也倒上了威士忌。

"您知道吗？"拉尔森说道，"我很久没用过武器了。至少我现在没有随身携带武器。"

我们三个人喝了起来，在停顿时，未现身的女人们的声音传到了我们耳中。

"鲁格手枪，对吧？""收尸人"指着手枪说道。

马科斯又给他的杯子倒满了酒。我在拉尔森的脸上没看到唾液的痕迹。其中一个没现身的女人大喊着下命令。"收尸人"把空酒杯放在一边，伸出手臂，抓起了手枪。马科斯看着他，一动不动，轻蔑地笑着。

"没错，是鲁格。""收尸人"露出幸福的表情确认道，"这是我知道的最棒的手枪。屋里有一把帕拉贝伦。过会儿我可以让姑娘们拿出来给你们看看。和这把就像是双胞胎。不过，要是您问我……"

他彬彬有礼，细致入微地把手枪放回到马科斯的手肘旁。我重新斟满酒杯，我们又喝了起来。我突然感到很高兴，还有点醉了。前一晚喝的白兰地还在，前一天夜晚依然鲜活，睡眠不足的威力犹存。这时，女人们摇摇晃晃、浓妆艳抹、兴高采烈地出来欢迎我们了。

马科斯站了起来，鞠了一躬，报上了我们两人的名字。他从餐具柜里又取出几个杯子，还分发了香烟。然后，他面带微笑，从容地在白色小收音机上搜索探戈舞曲，后来还和玛利亚·波尼塔跳了起来。

我们六个人就这样相处了下去。我不想知道我们这样相处了多长时间。我决心忘记琐碎的日常生活和那些荒唐的场景，我也确实做到了。我可以认为我们一直把幸福和快乐保持到了最后，直到警察和麦迪纳警长在没人记得清楚的时刻敲响房门，和马科斯聊了几句，假装没看见我，然后递给了拉尔森一份执政官政令的复印件。

二十八

　　贝尔格纳神父走进圣器室，挺直身子，迈开大步，他的脸上——尽管冲着从墙边长椅上站起来的三位哀伤的老妇人报以微笑，她们啜泣着，低声说着些混乱的祈祷语——仍然保持着做弥撒时的那种病态、迷离、近乎失眠的表情。他听着她们说话，祝福她们。他的微笑柔和地照亮了她们颧骨上和眼睛里的痛苦，他只是笑着，没有反驳也没有夸赞。副本堂神父正站在桌子边等他，手撑在一个文件夹上，弓着身子，一脸恭敬，眼神静止、闪烁。

　　"上帝会有安排的。"神父说道，三个哀伤的老妇人以不同的语速重复着这句话，相互安慰。神父望着她们，眼睛湿润了，失去了光芒，虹膜上有条纹，布满血丝，手指上有烟草留下的污渍。他伸出手去，任凭她们亲吻告别。

　　贝尔格纳神父坐到桌子边，打开副本堂神父推过来的文件夹，看了看墙上挂着的教皇画像，隐约感觉到了酷热，就好像他刚刚才发现这一点。肖像画得很糟，是幅粗糙的黑白画，用力过猛，眼睛外凸，嘴角肃穆的神情看上去更像是在生气。背景是一只几何形状的鸽子被钉在十字架上，窗外是一些看不清楚的图案。

文件夹里唯一重要的东西是一份来自骑士联盟的报告。在介绍了姓名和数字、上周光顾妓院的男人总数以及与之前一周总数的对比之后，骑士们请求允许他们向神父提出建议，他们认为"在可获知嫖客姓名的情况下，可以利用任何适当的方式公开所有嫖客的名字。真相不应该让我们感到羞耻"。

"他们说那个犹太人……"副本堂神父开始说话了。他的西班牙语字正腔圆，铿锵有力，听得神父把头抬了起来。"好吧，那个把那些女人带来的男人。他们说他走了，他离开了旅馆，去了罗萨里奥。"

"可能吧，无所谓了。"神父说道，"我们不是在跟他斗争，也不是在跟巴尔特作对，更不是在针对那些女人。我们不是在对抗什么具体的人，而是在对抗邪恶。"

"我只是想说……"副本堂神父抱怨道，"要是他真的走了的话……"

"谢谢，感谢。我一直认为，明确表示我们不想迫害任何人是对的。我们希望圣玛利亚能够觉醒，我们希望人们自己能够拯救自己的灵魂。"

贝尔格纳神父带着像一个老人毫不羞愧地道歉时的表情，笑了，他掏了掏口袋，展开手帕擦了擦额头和嘴唇。从上下高度上来看，那幅肖像占了那块墙壁三分之一的面积。它是份礼物，虽说画得糟糕难看，但它还是个象征物，可以象征善意永不嫌多，也可以象征一个人付出了他所能付出的东西，也就意味着他付出了一切。现在，在炎热的天气里，神父仿佛被这种足以烤干草坪的夏日的感觉搞得眼花缭乱、昏昏欲睡了，他停止了思考他在冬季的一个个夜晚不断解释的话题。他认识那幅肖像画的作者，画是他小时候画的，自从那幅画被挂在了圣器室的墙上后，每年秋天他都能见到那位作者一两次，那人已经三十来岁了，可是出于某种神父不知道的原因，他的脸看上去还是张少年的脸。每年秋天，在最后一场弥撒结束后，他总是会在当校长的姑姑的陪伴下来到这里。正是他的姑姑把这幅画带到了教堂，怀着无比激动的信念献上了这幅画，她用这份礼物赢得了世间任何人都无法给予的奖赏。我们似乎有必要确信这幅画是她画的，有必要怀疑那个画家侄子的存在，有必要怀疑这幅狰狞的肖像画有着某层让人无法理解的含义，有着某种不可告人的神秘价值。但那位侄子的确存在。那个小男孩曾在某个日子决定离家出走，身上除了不可或缺的衣服、火车票、几个比索和不知道他是如何从旅行推销员那里买来的颜料块之外，他什么也没带。如今，画家从神秘和寂静中归来，在老市场里搭了间画室。

　　神父没有再说下去，我早就知道，那位侄子的青春气息是由比虚荣心更严重的东西决定的。或者说，是由另外一种虚荣心决定的，这种虚荣心比促使那位姑姑往脸颊上涂粉、用梳子梳头来遮住白发、戴着一顶永远水平的圆帽来做弥撒的那种虚荣心更重要，也更加难以原谅。

副本堂神父饿得打了个哈欠，慢慢把手举到嘴边。贝尔格纳神父看了一眼那张瘦骨嶙峋、刮得精光的黑脸。坏情绪就像夏日里的一只肥胖苍蝇，不怀好意地在两人中间飞来飞去，撞击着他们的额头。

副本堂神父说道："联盟里的女士们午餐后很快就会来。我约了她们。那个女人问有没有她能效劳的事情。"

他又打了个哈欠，这次用毛茸茸的手捂住嘴打的，神父慢慢站了起来，再次想到了炎热的天气，试图发现在午间浓密的白光下，这座城镇和一片片乡间庄园平静的景象背后所隐藏的、不为人所知的重要意义。他挥动手帕，确信自己忘了什么，什么东西被永远挥霍掉了。

"三点整的时候咱们来接待姑娘们。现在咱们去吃饭吧。"

他轻轻碰了一下对方的肩膀，引导对方向门口走去。

"你懂了吗？感谢你给我送来这份报告。从某种意义上来看，它可能很重要。但是我不想，而且我们也不能把这件事情具体到某个个体身上。这不是一场政治斗争。"

在走廊里，空气更凉爽了些，在副本堂神父踏着红砖和水渍的脚步声中，神父在想，人的苦难竟然能夺走那些不幸中蕴含的伟大，把悲剧性的象征物变成一桩桩趣闻轶事。

"我这么告诉您是因为大家都在这么传。"副本堂神父在食堂门前的饭菜香味中停下脚步，难过地坚持说道，"他们也提到了您，他们说您也要走了。"

贝尔格纳神父又拍了拍他的肩膀，机械地笑了笑，他也不知道自己的笑容是什么意思。副本堂神父的脸似乎被浓密的胡子染黑了，他那通透的眼神中透出一种谨慎的好奇，一种晕眩而忐忑的爱。

"他们想说什么都随他们吧，孩子。"神父答道，"咱们去吃饭。"

副本堂神父顺着神父按在他肩膀上的手用力的方向迈了一步，但他马上就停住了，他看着桌子上的三个瓶子上五颜六色的光斑，表现得有些烦躁，痛苦。

"神父，他们也告诉了我一些他们不想让您知道的事情。但我无法保持沉默。我整个早上都在祈祷，现在我知道我必须告诉您。可是……他们跟我说，您的侄子去过妓院。"

"我的侄子？"神父皱起了眉头，有些难以置信，也有些困惑，然后又有些难过，因为他不容置疑地发现自己和别人也有血缘关系，"你说他去过那儿，是什么意思？"

"是的，神父。"副本堂神父嘀咕道，他的肩膀在神父的手掌下缩了缩，有点后悔和内疚，"马科斯·贝尔格纳，您的侄子，昨晚去过那所房子，一直待在那里。他们说他的车现在还停在门前那条街上呢。"

他们分开前行，没发出声响，缩短了步幅和身体倾斜的程度，仿佛是在潮湿的棋盘格瓷砖上滑行，仿佛他们互相理解，仿佛他们早就预演过这一幕。走到桌子头部后，神父用手势和表情示意其他人都坐下。贝尔格纳神父客观地想了想，做着准备：*马科斯·贝尔格纳，或者叫马尔基托斯。我记得我今早好像在教堂里见到过他，就和每个星期天一样。实际*

上，他的做法并不令我吃惊。我从来就不喜欢听他忏悔。他
很年轻，长得也很像我。

他立刻感觉自己开始估量起了那桩丑闻，开始猜想它将带来的后果，盘算该如何利用这些后果。整个午餐期间，他一直适时地、心不在焉地插话，在关于日期、记忆的准确性和酒的口味之类的争论上遭受失败，他能够想象马科斯的那辆红车被遗弃在那条斜斜的街道的灰色泥土上，在阳光的照射下像篝火一样闪闪发光，在房子紧闭的木门前显得显眼而不可混淆。老妇人冲着盘子弯下身子的动作顿了很久，不断用餐巾纸驱赶嗡嗡作响的苍蝇，使他同吃喝咀嚼的声音隔开，他突然想到，在前一个晚上把马科斯带去妓院的可能不是魔鬼。

他希望自己独自一人，跪在地上，感谢午睡时刻圣玛利亚的景色和炎热带来的那种朦胧感，在被人忽略的河岸边，正对着那栋可怜的小房子散发出的天蓝色光芒，一辆红色汽车停在迷失的小路上，这个画面是某种预兆。

二十九

晚上八点，马科斯·贝尔格纳在广场酒店的酒吧里收到了一张小卡片。他向玛利亚·波尼塔宣布：

"我要去玩几个小时。替我照顾下这个小男孩。把他藏起来。"

在广场上，他隐约猜想到，他的叔叔一定已经知道了他的这次特殊的妓院历险。卡片邀请他一小时后从侧门进入教堂，在圣器室与神父、鞋匠、拍卖商、农场主、学生、谷物收购商和一个有瑞士和德国血统的老人会面。

在两杯酒的喝酒间歇，他撕碎了纸片，嘲讽地分析着"骑士联盟"这个名字，并告诉吧台前的朋友们：

"在这个国家，什么都做不了。一切都肮脏守旧。但也许我们在决定什么重要、什么不重要的时候犯了错误。安娜·玛利亚已经失踪一个多礼拜了。你们中一定有人知道她藏在哪里。要是有人知道，那就意味着所有人都知道，除了我马科斯·贝尔格纳。这证明了，我亲爱的朋友们，你们都是狗娘养的。是实现男女平等的不可或缺的一群人。不过她做得对。我不想去找她。等她自己回来吧。这样就有意思了。"

他又点了一杯酒，慢慢地，他又感觉到了年轻和快乐。外面，夏天即将结束，广场上的花坛散发着最后的芬芳，河水依然静静贴靠在码头边，拉托雷岛就在对面的河岸边。外面一如既往地存在着各种各样的可能性：拒绝的可能，答应的可能，创造一些不同的、没有过去的东西的可能。

九点一刻，他对酒保说酒钱都算在他账上，他微笑着寻找谎言，同时还在自问吧台前是否有人值得他这么做。

"我不是个自私的人。在某个像今天这样的夜晚，等我无聊了，我会把你们都带去。不过总得讲个先来后到。现在我不知道是该回妓院还是该进教堂了。"

红色轿车隆隆地驶过几条街区，离开城镇，驶向河岸边。然后，车子悄悄拐了弯，穿过黑暗、颠簸的街道，直到离教堂百米远的阴影处停下。在狭窄的门口，一道谨慎的黄光正在慢慢消散。他没有敲门，径直走了进去，穿过蜡的味道，上了年头的味道，安息香或熏香的味道。在某个遥远的早晨，他的母亲曾经点燃过类似的香，一缕慵懒的烟雾升起，将魔鬼、疾病和厄运赶出家门。他停了一会儿，听了听圣器室里的声音。贝尔格纳神父在那张卡片上是这样写的："在危急时刻，我们这些最优秀的人必须重新聚到一起。"马科斯用手指敲了敲门，让自己那傲慢的笑容穿越那些提及预防措施和不朽灵魂的话语。长方形的桌子周围，坐着卡片上提到的那些他已经想象到的可怜的家伙。

"我们一直在等你，我的孩子。"神父用一种几乎不带夸张的喜悦和热情的语气问候道。

"各位请继续聊。"马科斯请求道。

他收回脚步，后退一步，背靠着墙。他掏出一支烟，聆听沉默、恼怒和愚蠢。那些难听的话、陈词滥调和七嘴八舌的争论又出现了。他朝着卖鞋商绷得紧紧的马甲低下头去。有个人提议道：

"先生们，既然我们的朋友马科斯·贝尔格纳希望我们对他的到访感到荣幸，那么我认为咱们理应给他一个交代……"

马科斯把香烟往嘴边一拨，伸出一只手表示拒绝：

"谢了。但我不是来参加联盟的会议的。我得和我的叔叔谈谈。家事，急事。"

神父从高背椅上起身，慢慢走近他，打破了突然降临的沉默，马科斯摇着脑袋，道着歉。

"再次抱歉。"马科斯说道。

在弥漫着冗长孤独气氛的食堂里，神父和他的侄子各自站在仿佛没有尽头的、光秃秃的桌子前，面面相觑。

"怎么了，马科斯？"贝尔格纳神父最后开口问道，"我敢肯定，不是你刚才说的什么家事。"

"没什么事。还是老样子，一切如常。胡莉塔，疯了。而我，没什么需要忏悔的秘密。全城人，那些聚在一起的废物，都知道我搬进妓院去了。但这只是一次旅行，一次对敌方领土的短暂侦察。"

贝尔格纳神父朝着圣器室的房门转过脸去，屋里的声音又大了起来，听上去愤怒而困惑。他似乎感到有趣，笑了，平静地揉了揉倔强的下巴，走到马科斯身边的另一把椅子上坐了下来。

"靠近一点，这样就不用喊着说话了。"他解释道。

马科斯点了点头，四处寻找椅子，最后索性坐到了桌子上，直面神父睿智的表情。

"坐桌子上应该也没什么关系吧，"他抱歉道，"反正圣徒们吃得也不多……"

"吃得不少。不过这并不重要。从根本上来看，你正在过的生活有多么愚蠢也不重要。去妓院不过是你的那些朋友口中所谓的男子汉行为罢了。不过，你却在不知不觉中帮了我的忙，为我的事业出了一把力。"

马科斯微笑着又抽了一支烟，然后伸出一只手，深情地抚摸着神父的额头。

"我喜欢这样，我的叔叔，我的神父。"他说道，"聪明，狡猾，爱玩游戏。不管怎么说吧，您说的都在点上。我是以您的盟友的身份到那儿去的。而且我有可能是刻意为之。我入侵妓院，并不只是向您说的那样是为了展现男子汉气概。现在，有些事情必须发生了。"

"没错。"神父说道。他取出一条手帕，摆弄着，把它捂在脸颊和鼻子上。"有些事情。不过，如果你不介意的话，我想借你来拜访的机会问一问你姐姐的情况。你没喝醉，对吧？"

"说哪儿的话。我总是处于醉酒状态，换句话说，对我而言喝醉了跟没喝醉都是一样的。我们管这叫'高级诡辩'，很难解释清楚。"

"啊，我懂了。"神父安抚着他，"你在河岸边那小房子里过得怎么样？"

"完全保持了贝尔格纳家人的尊严，神父。我去了，我看见了，我赢了。我现在依然还在看，但已经谈不上胜利了。我和那个不可思议的'收尸人'一起喝醉了酒，一起打了牌，轮流讲精心编织的谎言。我吓跑了两三个白痴，我别无选择，只能滥用'初夜权'了。确实有点改头换面的意思。不过，无论好坏，尊重传统都是必需的。"

"好了。"神父说道，"我不想听了。胡莉塔怎么样了？我很担心，也不明白。她再没回来做过弥撒，也不想来看我，或者接待我。或者，也许是因为马拉比亚一家。他们让她远离我，远离上帝。但胡莉塔知道我并不是个爱说教和争辩的人。"

"除了……"

"除了有人需要我这么做的时候，或者有人乞求我这么做的时候。但这件事不是这样，这你是知道的。"

马科斯直起身子，看了看贝尔格纳神父头顶墙上的圣母像。

"就让他们把胡莉塔从上帝身边带走吧……"他温柔地轻声重复着这句话，细细回味，嘴唇上叼着的香烟几乎动也不动，"不，这和马拉比亚一家无关。就我而言，我从没见过像她这样接近上帝的人。"

神父示意他暂停，他又一次摆弄起了手帕，某个看不见的骑士则在短促和挑衅的笑声中扯着笛声般的尖嗓子说话。

"他们为什么不去嫖呢？"马科斯低声道。

"别着急，他们很快就会回家的。马拉比亚家的那个男孩呢？"

"很简单。我们刚才正好在谈胡莉塔。听我说，我从没见过哪个女人像她这样爱意充盈。如此疯狂，如此热烈。您明白的，她对我们所谓的尘世漠不关心，对她的卧室里弥漫的酸臭衣服味也漠不关心。她坚信费德里科还活着。她把马拉比亚家的那个男孩叫去，两人像是搞二重唱一样夸大那个死鬼的功绩，或者是为了倾听，也许是为了合唱。我们只能听之任之，静静等待，也许再加上默默祈祷。"

"等待。"神父评论了一句，摇了摇头，"给我来点烟，马科斯。"

马科斯把正在吸的那根烟递过去，神父吸了两口，又递还回去。

"等什么呢？等待胡莉塔在你们的包围中孤独终老，永远接受她选择的疯狂作为避难所。我想见见她。"

"您会见到她的。"马科斯承诺道，然后笑了，"我已经想到你们见面的场景了。您能达到那个高度，和帅哥费德里科与疯女胡莉塔一样的高度。"

贝尔格纳神父举起一只手来示意他。

"他们不再大喊大叫了。这很危险。我得到他们那边去了。有机会咱们再聊。我不知道，我说不准是什么时候。但无论如何都得是你没喝酒的时候，而且得在十一点钟的弥撒之后，都是些行将入土的白种人来听那场弥撒。不过我刚才问了你关于马拉比亚家的那个男孩的情况。他在哪儿？他母亲来找过我，她觉得那个男孩是跟你一起走的。"

"跟我一起？"马科斯假装受到了冒犯，"他肯定是跑到首都去了。我向您发誓，我对那个白痴的行踪一无所知。他肯定是逃离那个愚蠢透顶的家庭了。我可不是他的监护人。"

神父抬起头，露出狡黠而宽容的神情。他们对视了一会儿，研究了一下两人长得相似的地方。神父一只手扶着门把手，说道：

"为了上帝的荣耀，马科斯·贝尔格纳，我祝福你。我想请求你做一件非常重要的事情。我请你回到妓院去，至少待到星期天晚上。"

马科斯从桌子那边朝神父倾了倾身子：

"一言为定。这算是我在悔罪，神父。"

三十

迪亚斯·格雷独自一人在广场酒店的酒吧靠窗的桌子边喝啤酒。气候并不凉爽，但低垂的窗帘横向遮住了周日下午的阳光，把一种令人难以置信的阴暗感强加给了客人们，就像封闭潮湿的天井或从早晨起就未受热浪侵袭的卧室里的脆弱阴影。

他们，四个小伙子和一个小姑娘，在吧台旁的一张柳条桌旁喝着软饮料和甘蔗酒或白兰地，太阳下山时，他们会把桌子搬到人行道上。他们动得不多，十分谨慎，克制着自己激动的心情，却又无法完全将之压抑，每个人都交替挑衅着其他人投来的目光，那些旁人几乎清一色一头金发，皮肤黝黑，面相苍老。他们的年纪大概在十六岁到十八岁之间，尽管那个瘦瘦的姑娘看上去年纪要更小一些。她穿着卷起裤腿的棕色天鹅绒长裤和格子衬衫，手肘撑着桌布吸烟，有规律地把香烟从嘴上夹走，一次用左手——两根短小有力的手指，未经修饰，没戴戒指，几乎没留指甲——下一次就用右手。她在笑时刻意保持身体不动，静静地，连脑袋也不颤一下，笑声却干涩而高亢，而且总是戛然而止。

迪亚斯·格雷知道她是老佩特鲁斯的侄孙女，就是那个拥有罐头厂，兼做温泉疗养地和造船厂生意的人，她不知道自己的父亲是谁，也搞不清楚把她带到这个世界上来的究竟是老佩特鲁斯的哪个侄女。也许我还帮过忙接生，可能是给她接生，也可能是给她的某个表姐妹接生，地点则是移民区里的某栋砖瓦房，我吓唬某些慵懒的白人妇女，让她们给我更多开水，厨房里有擦不掉的污渍，弥漫着烟味、煎炸味和潮湿味。这不可能是真的，因为布劳森把我带到圣玛利亚来并没有多少年。哪怕这不可能是真的，我们也的的确确被一段相等的时间间隔开来了。那时，我把她从老佩特鲁斯的某个侄女那沾满乳白色污垢的双腿中间抱出来，高高举起她，她黏糊糊的，肤色发紫，就像某种两栖动物，我在她屁股上打了几下，直到她发出一声短促而冰冷的哭声为止。那种哭声不带任何个人特征，就像此时她在那四个长相粗糙、想要先于别人染上性病的人面前强迫自己发出的笑声一样，他们把她当成同伴，炫耀般地无视她那对被上衣压得小小的乳房。

穿灰衣服的小伙子把酒杯放在一边，趴在桌子上，口齿不清地喃喃自语了起来，概括地讲述着一种科学的赛马方法和某个发明了这种方法的人的故事，那人曾在马德普拉塔和首都将之付诸实践，如今则正在巴黎或开罗赚取相应的报酬。他们说马科斯·贝尔格纳今天一大早就带着一把点 45 口径手枪，衣着整齐地去了妓院。但他的叔叔贝尔格纳神父在今天早上的布道里完全没有提到这件事，没提到浪子，也没提到迷途的羔羊，更没有从《圣经》里举出与叛教最贴切的例子。因为金牛犊的主题已经被讲烂了，那正是我们所有人——上帝的子民——的叛教行为，可是他并没有举出某个私人化的、更令人震惊的例子，来说明那个受宠的侄子的那种反犹、反自由、反美、反苏的叛教行为。

头发的金色最浓的小伙子点燃了一根香烟，保持着一种尖刻辛辣、沉默寡言、颇有深意的笑容，直到烟雾散去，他的笑容才赤裸裸地显现出来。

"体系。"众人盯着他看的时候，他说道，"请她给你们讲讲'高乔人'和'偷窥狂'的故事。你们就明白什么是游戏体系了。游戏始终是游戏。"他穿着贴身的蓝色西装，三粒扣，短翻领，左手边摆着朵形状奇怪的新鲜茉莉花；西装里面是淡黄色的丝质衬衫，没打领带，领口的扣子敞开着，像石膏底座上随意的人物雕像一样支撑着那颗金色的脑袋，不协调的金色卷发短而硬，他受过良好的教育，神情冷漠。姑娘笑了起来，等待着。

现在，突然，利用寂静时刻，午后时光让人们发觉到它要溜走了，它从未许诺要永远停留在酒店的这个大厅里，也从未许诺要永远停留在温暖的阴影中，窗户上的灰尘和金色的线条，柳条扶手椅上坐着的五个年轻人，声音清澈，不受吧台上冰块、玻璃和骨牌的声音的影响，那些声音虚假而遥远，仿佛虚幻地参与了某种符号的建构。*我帮助过他们出生。*

也许我曾在他们的尖叫声中，在他们生动而可怜的身体上想象出了某种优越感，也许我想象他们接受了理应以某种形式感激我的事实。如今，他们已经长到了十五岁的年纪，他们开始占据自己的位置了，开始取代别人了，他们开始相信，那种令人厌烦但又充满激情的老旧冒险，无休止地重复到同一些地点中去的行为，已经在他们身上开始出现了，他们正在发现它、创造它。这是事实，我不得不接受。他们正在热情而顺从地一个接一个地书写着这个亘古不变的故事的后续章节，他们不知道这个故事以前就存在，如今又回到了他们身边，是这个故事造就了他们，它希望让他们来完成它的疯狂和固执。

"星期天的时候，'高乔人'曾来到这同一张桌子旁。"佩特鲁斯姑娘用单调的声音讲道，她的嗓音可以在嘶哑的状态下毫不费力地提高，"他来了，告诉我说他要带着'南方小伙'去庄园里玩赛马游戏，还问我想不想下注。我想也没想就说要，然后就把一百比索放到了他的手边，放在他的手和酒杯中间。你们当时不在，还记得吧，你们放了我鸽子，因为你们都去参加科塔的生日聚会去了。但是那个'高乔人'来了，从午饭时间到下午三点，我一直都是一个人在这里。另一个小伙子，那个意大利人，不停讲着笑话。我当时一个人在这，也不爱说话，只是随大流地跟着别人一起笑。要是等到三点还没人来，我就会骑自行车去打发时间。我之前做过一个梦，梦到了老市场里的那个女人的孩子，那个男孩才三岁，我梦见他跟着我回了家，从门上探头来看我。是真的。后来我把他推走了，关上了门，我说，真是个'偷窥狂'。我当时想起了那个梦，于是我说我要下注给那匹叫'偷窥狂'的马。在我给他钱的时候，那个'高乔人'一直在嘲弄我，也在嘲弄你们所有人，因为你们放了我鸽子，都去参加生日聚会去了，他做了个恶心的表情，跟我说我疯了。他说'南方小伙'肯定会赢，还说他知道'偷窥狂'其实是头驴。他说他不想帮我浪费钱。我对他说，'高乔人'，你听着，我不在乎。要是你不去的话，我就自己骑上自行车去找乐子，就像我现在要做的一样，因为我就爱做一时兴起的事情。最后，他拿着钱走了。他没付账，我把这事告诉我哥哥了。后来'偷窥狂'赢了，我现在正在这儿等着'高乔人'来，好把赢来的钞票塞进他的鼻子里。"

"体系。"没打领带的那个小伙子说了一句，然后起身去打电话了。

迪亚斯·格雷又要了些啤酒，通过洒到他手上的光线证实下午即将过去了。

佩特鲁斯庄园一直向南蔓延，发展到了沙滩处。如今依然在独自扩大，冷漠的佩特鲁斯将其规划为一处大型的温泉疗养地。由于没有立刻获得议员维罗内塔斯的支持，佩特鲁斯放手不管了。多年之后，开始在佩特鲁斯庄园里建造小房子的是来自移民区的几个年轻人，主要供周末度假和艳遇旅行使用。起初，他们和亚裔姑娘约会，后来则跟与他们血统相近的人约会，例如他们朋友的姐妹，虽然并非必需，但那个阶层的姑娘们是有可能和他们结婚的。因此，多年之后，经过多年的发展和秘密准备，我们突然得知佩特鲁斯庄园成了个时髦的地点。人们都想在被称为沙滩的那片地方附近拥有一栋小房子，即使那里的沙子同遍布该地区河岸的黑沙、泥沙、夹杂着土的沙子没什么两样。令人啼笑皆非的是，原先建在一座小山丘上的佩特鲁斯家最早的宅邸，也就是佩特鲁斯庄园的奠基石般的建筑，后来被其现任拥有者改造成了一家宾馆。

到了夏季，某些乡间农场里几乎住满了游客，他们从五六公里外的地方赶来，为的是呼吸同样的空气，欣赏与他们在自己常年工作和生活的地方每天都能看到——如果他们愿意的话——的景色大致相同的景色。

但是，对于那些懂得观察的人来说，佩特鲁斯庄园很快就不再只是一座邻水城镇中的酒店复制品，它能给人带来不一样的、值得夸赞的幸福感。从本质上来看，它与那些有着野心勃勃的名字的"酒店"大不相同：奥斯滕德、比亚里茨、蒙特卡洛、离岛、大西洋。几乎所有这些酒店都只是提供一个可以睡觉的房间罢了，到了夏天，酒店老板的孩子们或妯娌们就会离开那里，挤在没被预订出去的几个房间里，或者就住在棚屋和车库里。只有两家酒店拥有数十个房间，有新有旧，有木头的，也有水泥的。

这个小村里不令人信服地堆积着一栋栋小房子，除了个别的房屋主人可以在正立面上涂不同颜色的油漆之外，那些小房子几乎没什么不同之处，因为它们几乎全都是建筑公司费拉利负责建造的，参照的还都是传统的瑞士木屋的样子，那家公司也没有能力做太多改动。那个村子在不同的海拔高度上延伸，四周长满野草，任何文明或美学上的努力都无法将它们除掉，夏天也不行，它与河流之间被一排排自负的罗望子树隔开，这些罗望子树从来没长高过，也没那个必要。那个村子先是象征着某种堡垒或岛屿，后来真的成了某种堡垒或岛屿，特别是夏天来临之后，移民区的年轻人们的社交生活就在这里展开了，但这里与圣玛利亚，尤其是圣玛利亚的居民无关。就这样，年复一年，移民区的子孙后代们以更大的力度、决心和不屑一顾的态度，从 12 月到次年 2 月，人为地贬低了圣玛利亚的地位，把它从一个明确的社会活动中心，变成了一个除了去买东西、到银行网点存钱或去邮局取信之外没必要涉足的地方。

但是圣玛利亚本身从未发觉这一自发组织的排斥行动。在父母自然且坚定的支持下，那些年轻的外国佬——他们把临时搭建、为历险而用的小木板房换成了真正的房子，有瓦片，也有装饰性的石板楼梯，变成了只适合人丁兴旺的家庭居住的大房子，不再适合那些鬼鬼祟祟的情侣或团体了——对圣玛利亚愈发鄙视了起来，可是他们的鄙视并不会引起这座城镇的注意，更不会伤害这座人口和财富随着每次丰收的粮食顺利销售而飞速增长的城镇。唯一知晓这种情况的是那些决定在夏日的午后或夜晚以及周六从圣玛利亚跑去佩特鲁斯庄园的年轻人，他们至少要光顾一家店铺，到某家与众不同的小咖啡馆去找找乐子。

当时，在佩特鲁斯庄园里有两个地方可以喝酒，甚至可以跳舞：一个是拉斯布里萨斯咖啡馆，另一个是一家只在晚上营业的小店，名叫威尔海姆，或者简称"跳舞厅"。

我们，我，无论如何，在圣玛利亚，在夏末，在河岸边那家妓院的轶事中，在药剂师巴尔特、贝尔格纳神父、玛利亚·波尼塔、"收尸人"的仪式中，都在或多或少地往深处坠入，我们所有人，其他人，这座城镇，移民区。我们，现在，在这个周日，都处于未知的世界末日及其连锁反应即将降临的时期，我们正在寻找某种意义、重要性和那个事件的结果，从表面上看，那个事件很容易解释，神父的侄子马科斯·贝尔格纳今天清晨手持一把点45口径手枪进入妓院，直到现在还待在里面，他的那辆红色轿车一路沿着泥路上的车印驶去，如今横在路上，成了那桩丑闻的最佳物证。

三十一

　　那时，我们开始感觉到，我们对那个失意的、成熟的、坚定的匿名信作者是否真正存在产生了怀疑。我们不再相信她的特征、衣着、性情以及她投在墙上的影子的形状和范围，我们曾用这些东西来构建我们想象中的那个老处女的模样，一个上了年纪的瑞士人，一头金发，瘦瘦高高，但力气很大，行动时总要克制自己的粗鲁。

　　夏日炎炎，从午餐时间到黄昏，房屋的门和窗帘都紧闭着，将院子和卧室与阳光隔开，营造出一种平静的凉意，这股凉意的中心总是摆着一瓶茉莉花，花生长衰败的速度和那些腐烂水果变黑变暗的速度一样。

　　我们再也无法相信，在半明半暗的灯光下，匿名信作者变幻不定的胸部曲线、蕾丝上衣、像是属于用黑带固定住的某尊浮雕的明显锁骨、疲惫的笑容、无情的鼻子。我们看不到她喂猫和浇花时来来回回的身影，也不可能找到她清晨去做第一场弥撒时必须经过的那些街道。她快步疾走，路线可能是"Z"形，也可能是"L"形，沿路都是鸡叫声和鸟叫声，每走过半个苍白的街区，她就要取出收在袖子里的手帕擦擦鼻子。

我们同样开始不再相信——这种信念的丧失更加严重——有一群姑娘在马拉比亚家的那个寡妇胡莉塔·贝尔格纳的房子里碰头，尽管这一点已经得到了证实。那些姑娘去那儿喝茶，出于某些虚假的动机，令人难以信服地哈哈大笑，窥视着胡莉塔卧室的角落和她那张似真似幻的面孔，以及她那被厚厚的眼皮遮挡、被嘴角扬起的痴迷而柔和的笑容隐藏的秘密。她们带着虚假的兴致窥视未来，也带着同样的虚假兴致窥视男人们的眼睛，窥视无数已然逝去的夜晚那模糊的天空，窥视悬挂在浴室里的镜子中照射出的自己那半开半和、隐秘无言的性器官。

我们不再相信老妇人，也不再相信姑娘们。最后几封匿名信的语气，那些遥远而完美的诅咒，刻意舍弃针对个人的攻击、同样直白而接地气的最后嘱托——要求我们抄写几份，把它们送给"你知道的可能需要这些文字的灵魂"——这些东西促使我们想象这些匿名信是在邮递员开始派送信件的一小时之前从天而降，落入邮箱的。想象一个巨大的天使俯身于圣器室的屋顶上书写这些信件，贝尔格纳神父（独自跪在一边）不停地祈祷，他那低垂的圆脑袋反射出的金光照亮了墙上的教皇肖像，也照亮了十字架上的鸽子那暖白色的身子。

在这一时期，也就是最后一个时期，有一个例子可以用来帮助证实或者让人更容易理解我们所说的话：

"双手肮脏的罪人必须知道，与魔鬼为友就是与上帝为敌。只要抵制魔鬼，他就会逃走。没有任何借口可言。你们的笑声将化成泪水，你们的喜悦将化作悲伤，因为耶和华的面孔在作恶的人头顶。如果上帝要毁灭索多玛和蛾摩拉，将其化为灰烬，那么他也知道该如何折磨圣玛利亚的罪人们。

"上帝在谴责你。你应该把这封信抄写三份，送给你知道的可能需要这些文字的灵魂。"

我们发现，什么事都能和"三"这个数字扯上关系，哪怕有些事情上没有二也没有四，但总会有三，我们知道，为了把它们像兄弟一样记住，为了使它们变成符合我们要求的样子，只要有了三就行，我们可以对它们保持沉默，冲它们微笑，而无须多加解释。也许我们每个人都只想烦扰三个人。也许我们只想假想他们的面孔，假想他们俯在我们抄写并在晚上投进信箱的匿名信上的样子，假想我们将唤起他们怎样的记忆，怎样的遗憾。他们，也就是我们选定的那三个人中的每一个人。

在任何值得讲述的事情发生之前的那个星期天就出现了预兆，茉莉花入侵的结束和神父在布道时没有任何暗指河边妓院的字眼，可以算得上是双重预兆。后者可以归功于贝尔格纳神父的文学才华——在书商萨巴蒂埃略看来是这样——或者可以归功于他的战术才华——在迪亚斯·格雷医生看来是如此。

黎明时分，光着脚、用脏兮兮的衬衫压着包在报纸里的一束束茉莉花的的小孩子们已经不见了。那些围着没用的围裙，衣着简陋的女人，每天清晨都从乡间赶来，或是坐在由慵懒多毛的马匹拉着的马车上，或是步行，头上顶着一卷破布，破布之上是几个篮子，篮子里的花朵白得过分，飘着香气。

至于贝尔格纳神父，在那个可疑的星期天，他也丢掉了那种冷漠的气场，正是这种冷漠把他和他的信徒们隔得很远，也许冷漠比责备和威胁的话语更令后者感到痛苦。他不再忧郁，不再表现出骄傲，这种骄傲使他孤零零地站在寂静的人群上方一米处，神情漠然，无可挽回地决心承担他的孩子们一直在容忍，却无法避免的罪责。和往常一样，他把宽大的身躯靠在讲坛上，然后费力地、慢慢地抬起头来，向弓着身子、满怀恐惧和期待的人群露出一张易于辨认的面孔，一张富有同情心的、开怀的面孔，眼睛和嘴巴里散发着平和的气息，散发着对降生于世的感激之情，散发着生命因无可争议而美好的信念。无论男人还是女人，大家都觉得这颗重新和善、坦率、红润起来的头颅，就像在教堂入口处或移民区房屋的房门前，父母们轻轻拍拍他们的后背，道一句问候一样，就像那些早已消失的关于牛的分娩、播种、结婚计划、健康意外的问题所代表的东西一样。

许多人相信恶魔已经被消灭了，他们靠向讲坛，聆听第一条消息，并从混乱而模糊的《圣经》中的事例中推断奇迹出现的具体细节。他们认为奇迹发生在几个小时前，发生在总是令人不安、具有欺骗性的星期六晚上，当时他们要么正在算账，要么正在打牌，但是没有赌钱，又或者是一边往眼镜镜片上哈着气，一边打探刚刚前来参加聚会的邻居亲戚们经历的波折往事。

少数人说，他们是在神父宽厚、欢乐、友善的面孔上发现那种更加可怕的邪恶征兆的，而非在他那遥远、阴沉、轻蔑的表情上。不过，也许只有老库特尔才知道这场宽容的布道为何种东西揭开了序幕，他身材魁梧，一身黑衣，说话爱拐弯抹角，留着圆圆的白色络腮胡子，一双清澈的小眼睛总是紧紧地盯着女人完美的鼻子，叼着空烟斗，或者出于尊敬把它藏起来。

身板挺直，口语化，铿锵有力，有益身心，贝尔格纳神父很快就宣布弥撒结束了，他猛地抬起头，举起一只手，让大家平静下来，看着他微笑。也正是在那时，教区居民们开始缓慢、笨拙、不悦地因疑虑替代了遗忘而心生不满起来。

他们刚刚起身，刚开始麻木地侧身行进，他们把布道的主题和汽车停在广场周围的画面混在一起，和对照射在街道上和下坡路上的阳光强度的预期混在一起，和对煮鸡块的可原谅的贪吃欲望混在一起。上方的讲坛上依然充盈着欢乐的气氛。贝尔格纳神父依然保持着与分发救济品时同样的热情并抱歉的神情。他们在餐桌上，在私下问询时，在决斗和洗礼时都见过这种神情。但现在他们明白了，神父是在故意向他们展示谦卑的善意和快乐。他的笑容——几乎没有挑起眉毛，几乎没有把嘴巴咧向满是雀斑的红润的脸颊——是在影射模糊的殉难和坚韧，影射某些告别，这些告别可以被提供细节，也可以用羞愧和另一种形式的卑微来概述。

行动社的女孩们已经来到街上，四人一组，在教堂背阴的一面排好队，面向广场和咖啡馆那带有冰淇淋名字的招牌。那位女校长摇摇晃晃地检阅队伍，不断纠正女孩们之间的距离，统一她们肩上的面纱和短领口的位置。人们慢慢走出教堂，在阳光下眨着眼睛，不耐烦地走向马车和汽车，走向咖啡馆和酒店的门口。

有些人看到了靠墙站着、一动不动的女孩队伍，或者看到了她们展开的帆布旗帜，看到了市政乐队的成员们严肃、威武、近乎英勇地走过来，站在那队女孩前面，又或者看到了那顶圆圆的帽子，坚硬如铁，不会弯折，没有弹性，在一动不动的女孩们挺起的下巴和胸膛的侧面，女校长焦急地来回走动。人们看到了这一幕，停下了脚步，等待着。另外一些人则被从蓝色的天空中传来的钟声吓了一跳，那钟声在皱巴巴、稀疏疏、懒洋洋的云朵上飞驰，隐约透着点欢乐的感觉。

因此，当女校长宣布检阅结束，并在第二排和第三排女孩之间稍作停顿，毫不夸耀地坦然接受指挥任务，她的丝袜松弛，脸色红润，试图用言不尽意的表情和阅兵时已有的严厉眼神来抵御因羞涩而产生的尴尬。我们所有身处广场或俯瞰广场的人都知道，圣玛利亚终于要发生一些不同寻常的事情了，至少我们知道，这队女孩即将出征。

然而，当乐队中那些通常留着小胡子的男人试图用各种乐器来演奏《噢，玛利亚》的时候，当后排的女孩们——她们看不到校长的脸和手势——开始茫然地唱起前两句的时候，当校长一挥手，整支队伍开始前进时，我们觉得我们并没有猜中这件事，这是唯一合理的事情，也是唯一可以预见的事情。

现在，我们不可能再调查清楚我们毫不惊讶地接受了什么，有什么会比女孩们在广场附近列队游行对我们来说更正常。可事实是，当她们在乐队缓慢、请求般的音乐的指引下，开始沿着咖啡馆和俱乐部所在的广场一侧——也就是当时阿尔西纳的店铺所在的位置——青春洋溢、充满活力、笨拙蹒跚地走来时，她们每个人的脸上都带着孤注一掷的挑衅表情，和那位女校长的表情一模一样，她们觉得这样一来作为个体的自己就凸显出来了，就从人们对这个集体的记忆中脱颖而出了。事实上，我们这些在广场上的人，以及那些从商店门口、酒店和咖啡馆的桌子旁窥探的人，都纯粹地、惊讶地对正在发生的事情那非同寻常、令人震惊的特质心知肚明。

在音乐声后方一米远的地方，库特尔那体形巨大的孙女和面包师的女儿毫不费力地举着横幅，横幅上的几个高高窄窄的黑字甜蜜地飘扬着："我们要自爱的男友和健康的丈夫"。女孩们双唇紧闭，过分地挺直身体，毫无耐心，尽力容忍，手挽着手，胳膊尽可能地伸长，倒不妨碍腋下夹着做弥撒时用的好几本书，她们沿着广场的四面游行，脚后跟踩在泛红的鹅卵石上，乐声缓慢而响亮，她们却始终保持沉默。

我们看到她们身材高大，一头金发，体形健美。我们猜测她们都是处女，她们肯定也都意识到了这一点，此时她们已满头大汗，正冷漠地比较着自己和他人的腿部、胸部、胯部、纤细的脖子和优雅的步伐。当她们绕过广场到达教堂，女校长再次出现在队伍的最前方时——她戴上手套，挥舞手臂，钻进迅速走开、穿着绿色制服的乐手队伍中，再次意识到她们也是男人，而且比其他男人更有男子气——整座城镇，整个圣玛利亚的居民都在四条人行道上静静地注视着她们。

不到一分钟后，我们看到行动社的女孩们的夏装——色彩强烈的条纹、不可能存在的花朵、不断重复的几何图形——猛地聚拢起来，又立即散开，滑动在教堂的灰色背景前，滑向车子和在潮湿的粪便中无动于衷的那些牲口，把孤独散播到教堂门前。钟声停止了，我们这才意识到，钟声一直在响，低沉而柔和，欢快但不祥，情绪毫不外露，一直响到女孩们绕着广场走完一圈。我们全都陷入了沉默，我们觉得自己一直在怀疑中午是否已经结束。

贝尔格纳神父出现在教堂门口的阴影中，显得黑乎乎的，他慢慢地打着惯用的手势，沉甸甸的瓦片遮在他的头顶，没有踢开卷起的树叶，而是毫不费力地把它们聚拢到了一起。他孤独地转身看着我们，告诫我们，一把大锁垂到肚子上。然后，他把挂锁锁紧了锁环。他走了过来，但明显不是朝我们走来，而是走到了栅栏门前，他耐心地看着我们，打量我们，比较我们，也许正在盘算如何把《圣经》里出现过的情节进行组合，盘算着如何开口同我们交谈，想告诉我们关门上锁的举动都是为了我们好。但他什么也没做，只是又看了我们一眼，此时他的眼神悲伤而宽容，毫无责备之意。

我们还知道，这种以沉默巧妙掩饰的缓慢的戏剧性姿态，意味着圣玛利亚人所背负的罪孽消散了，也意味着不公正地延伸到移民区居民、瑞士人、基督徒身上的罪孽消散了。如果说老兰萨，或者我们中间的任何一个人，都在一年结束时或下一年开始时根据某些重大事件撰写编年史的话，那么贝尔格纳神父猛力锁门的动作也宣告了任何书写下来的真相或幻想出来的真相的终结。

在巨大的孤独和沉默中，库特尔的孙女离开了她的祖父，来到神父身边。贝尔格纳神父冲她笑了笑，还点了两下头。他的手里拿着帽子，沉重、笨拙、犹疑、自惭形秽，努力不走在那个女孩前面，他走到车前，上了马车。老库特尔一直等在马车上，手里抓着缰绳和辫子，身体后仰，白胡子几乎横了过来。他只说了一个词，马儿们就小跑着经过教堂，毫不费劲地转过街角，它们身体肥胖而潮湿，在阳光下慢慢前行，走上了通往移民区的道路。

三十二

　　狂欢节前夜，圣玛利亚已经成为一座城市了，贝尔纳酒馆的屋顶上挂满拉花，一个愁眉苦脸的胖子正用手风琴演奏着德国歌曲，一些桌子上还伴着旋律响起了歌声。

　　我们挤在包间里，吃着饭后甜点，等待着火车抵达，把这场感染了圣玛利亚的瘟疫送回首都的时刻到来。那是执政官的命令。倔强而狡猾的贝尔格纳神父赢得了这场不长不短的战斗。我们在欢笑和沉默中等待，呼吸着沉重的空气、烟雾和女人们身上过分的香水味。

　　玛利亚·波尼塔的左手在装葡萄的袋子里进进出出，另一只手则放在桌子上，任我抚摸。我把马尔基托斯的手枪插在腰间，接受宽容，但也警惕着所有嘲弄或保护的征兆。我想起了胡莉塔和我的父母，想起了我自我放弃的狂热情绪，想起了我对短暂的生命和诸种告别的信念，也想起了叛教的强烈恶臭。我还没感到悔恨。我知道，只要那列不知何时到达的幽灵般的列车一出现，我就会后悔，然后独自一人待着。

与此同时，在贝尔纳酒馆里，我生出了一种苦涩的意愿，想在公共场所挑战谨慎、寻求宽慰，于是我与一位年龄足以做我母亲的妓女的右手有了亲密接触，她对我露出了带着爱意的微笑，她试图给我留下这样一种印象，仿佛她是一个深色服装的贵妇。

我一边抽烟，一边窥视"收尸人"的脸，自从坏消息传来后，他胖了不少，留起了头发：一缕发丝孤零零地贴在他的眉毛上方。

迪亚斯·格雷医生穿着崭新的蓝色衣服，他是唯一一个看起来似乎真正很开心的人。他话不多，始终面带微笑，仿佛妓院的故事和他正参与其中的最后一个章节是他创作的作品。麦迪纳站在包厢的帘子边，作为警卫队队长，他的任务是送这些人渣离开圣玛利亚。

"我只有一个问题。"拉尔森在椅子上晃来晃去，坚持问道，"这件事到底合不合法？我们到底有没有得到议会的许可？我甚至可以把决议的编号报出来。直到现在，这项决议也从没被撤销。"

"哈哈。"麦迪纳道，"肯定是你和那个药剂师写的。执政官的政令在此，对我来说，故事已经结束了。"

老兰萨向桌子走去，他比以前更跛了，帽子戴在头上。他喝了口酒，又把杯子倒满。

"你，拉尔森，你唠叨个不停，直到自己也烦了为止。女士们都筋疲力尽了。议会，许可，决议。这位麦迪纳朋友，不止一次肩负起了崇高的使命，但他这次只是在履行自己的职责罢了。"

"我不知道伊莲内和内莉怎么想。"玛利亚·波尼塔说道，"但就我而言，你们不必叫我夫人。要算真正的朋友的话，就直接叫我玛利亚·波尼塔好了。"

"谢谢。"兰萨摸了摸帽子，说道，"尽管咱们不会再见面了，但我还是要道句谢。"

"就像我给豪尔赫说的那样，"玛利亚·波尼塔一边揉着我的头发，一边继续说道，"抱歉我这么说，神父肯定是疯了。我们里面没有任何一个人辜负过上帝。"

她快速画了个十字。

"没有真正的理由来怀疑这一点。好吧，这又是个玩着黑暗大战光明的老把戏的时代。当然了，代表光明的是我们的朋友拉尔森。但我预见到了，我今晚也坚持这么认为，他会像古老的英格兰一样：能够输掉所有战斗，除了最后一场。"

"收尸人"耐心地任由自己被玩笑话包围，他放松了下来，也苍老了许多。他抬高肩膀，举起了正在桌子上寻找某个不必要存在的支撑物的手。有那么一刻，他夸张的目光定在了玛利亚·波尼塔和迪亚斯·格雷身上。

"为什么议员们不废除他们的决议呢？"他结结巴巴地说道。

"啊，"老兰萨说道，"我向各位发誓，我们所有人都会记住今晚。无论是被征服者、胜利者还是好奇的中立者。拉尔森一直为自由、文明和诚实的生意而抗争。直到现在他操心的也还是对制度应有的尊重。不管怎么说，我们不能把过错全都归到贝尔格纳神父头上。实际上，为这项让人难忘的事业画上休止符的是圣玛利亚。祝即将离开的各位一路顺风。"他严肃而欢喜，举起了杯中残留的酒，"敬这座城市。万福玛利亚，您充满圣宠，主与您同在，您在妇女中受赞颂……"

迪亚斯·格雷慢悠悠地笑了笑，突然咳嗽一声，打断了他的话。

"时间不早了，"兰萨说道，"我得走了。不能在《旅行者》专栏上发表几句问候和告别的话，实在令人遗憾。"

"去睡觉吧，加利西亚人。"拉尔森骂了一句，又开始摇晃起来。

"是去工作，在铅和愚蠢中下沉数米。但总有一天，我会出版关于这震撼世界的一百天的故事。也许……想想看：有人能从厄尔巴岛回来，就可能有人从圣赫勒拿岛逃走。晚安了。"

同意，三个女人正在化妆。她们用的是画笔和几个奇怪的小盒子，看上去像是盛着水彩、唾液或冰水。

"好了。"麦迪纳说道，"一点钟咱们出发去车站。时候差不多了。"

拉尔森迷惑地看着他，眼神中依然残留有恨意。迪亚斯·格雷转过身来看着我。

"你要走吗？"他问道。

"您听到他说的了。"我答道，"一点钟出发。"

"您在想什么呢，医生？"玛利亚·波尼塔说道，"您觉得我是拐卖未成年人的人贩子吗？"

"没，对不起。"迪亚斯·格雷答道，"我觉得他要走的话，也是因为他自己想走，他离开圣玛利亚的理由已经很充分了。"

"我不能阻止他上火车。不能阻止他，也不能阻止其他任何人。您看：我是个女人，我考虑更多的不是他，而是他的母亲。"

"还有父亲。"麦迪纳嘟囔道。

我在口袋里翻来翻去，最后找到了烟斗。我没有看麦迪纳。

"我可以坐到另一节车厢里去。我可以明天走，或者随便什么时候走。此外，医生，在我看来，没有哪个警察能留住我。"现在我的确望向麦迪纳了，"抱歉，无意冒犯。"

他无聊地笑着，摇了摇头。

"事情已经够糟了。""收尸人"又说道，"让他改天再走吧，随便哪天，但是别和我们一起走。不然又多一个麻烦，麻烦已经够多了。"

"真是个小鬼。"胖女人内莉生气地合上钱包，说道，"他只是一时兴起罢了。娇生惯养的臭小子。他等不及了，想当个男子汉了。"

"你们都听清楚了吧。"玛利亚·波尼塔说道，"他说得够清楚。他不是为了玛利亚·波尼塔才走的。"她又把手伸向我，摸着我的头发，也让我抚摸它，"您觉得如何呢，医生？

十六岁，十七岁……”

我等着他们忘记我，这样我就能想起胡莉塔了，我依稀记起了母亲。麦迪纳打了个哈欠，懒洋洋地走向包间的门。我手表上的指针已经快指向一点钟了。但我觉得自己像是正处于黎明时分的死气沉沉的时刻，在那种时刻，人们把一切都说完了，但是有人为自己说过和听到的话而感到后悔了，那是个变化多端的时刻，但总会准时到来，来说服我们相信陪伴和言语都是无用的。不久，麦迪纳回来了：

“女士们，先生们……咱们随时都可以出发。”

在帘子后面，我看到了某个警察穿着的一双靴子。我一时分不清自己是在这里还是在车站了，我自问、盘算、猜测、凭直觉感知。我们疲惫地站了起来，我从迪亚斯·格雷的表情中看不出任何东西。他仍然显得很开心，他需要见证那最后时刻。我坐在某辆车里，坐在他旁边，坐在他和伊莲内中间。前面一辆车里坐的是司机、内莉和一个警察。

于是我不得不对着医生静止不动的瘦削侧脸讲话，稀疏的头发下面依然是那种无法治愈的警惕神情，他的白发中间混着一缕金发。

“我相信这一切都是您创作出来的。我知道这种想法很荒唐。我指的是一切，不只是您出于某种对我来说足够神秘的责任感，而决意观摩的结局，似乎确认这场失败能让您觉得享受。也就是说，确认您本人的失败。还有：在塞满这两辆汽车的所有垃圾玩意儿里，您是最糟糕的那个。我们彼此了解不多，这是事实，但我从来没搞错过。有些时候，当我想起您或是看着您时，我对您充满鄙视。还有些时候，我对您充满怜悯。这些就是我想对您说的告别的话。"

医生一动不动，表情也没有变化。伊莲内没有抗议。我们到了，我们穿过这个秋日的末尾，并不匆忙，也没有说话。两个警察拦下了我们。这么看来，就是那儿了。

"奇迹出现了，我们没有迟到。"麦迪纳说道。

只有极少数人在等待着意味着火车抵达的红色车灯。我让他们上了车，看到那几个老女人弯腰拎起行李，看到"收尸人"低下了头，身子仿佛缩小了许多，他把双手背在身后，被一种残余下来的奇怪自豪感支撑着。麦迪纳从他们身后走过来，我决定行动。

但是，在车站的黄色灯光下，在圣玛利亚无边无际的夜色和寂静中，两个警察面带慈父般的微笑，在火车小梯子前站定。就在这里，我向他们展示出了惊讶、困惑以及多年来一直伴随着我的软弱，我掏出了马尔基托斯的手枪，拉下了保险栓。

"开门，不然我就开枪了。"现在轮到我向他们展示我的尖牙利齿了，"马上。你们这两个婊子养的东西。"

我把手枪从一个胸口移到另一个胸口的时候，有人轻轻碰了碰我的肩膀。

"豪尔赫，孩子，今晚不行。"

我认出了贝尔格纳神父的声音。那个声音里没有威胁，没有命令，没有压迫感，但是也没有恳求的意思。警察们愤怒的面孔微微一垂，以示问候。我觉得其中一个，右边那个，还鞠了躬。

　　手的重量与声音的高低相匹配，同样透着股悲伤的意味。我放下了拿枪的手，神父没有流眼泪，只是慢慢地对我讲出了那件荒唐的故事：

　　"胡莉塔今晚去世了。没人知道她是不是在等你，没人知道她是否得到了宽恕。"

　　我把手枪交给他，我们一起走出了车站。

三十三

　　胡莉塔死了。不论真假，这都像是圣玛利亚众多的传统之一，被所有幸存者继承了下来。仅此而已。很久很久以前，现在已经难以算得清楚了，自从我哥哥死后，我们就知道胡莉塔已经死了。

　　我们必须向别人假装无知，假装我们有些许悲伤。我这么做了，我们在无数个夜晚这样做了。我们，两个人，她和我，心灵澄澈，都在撒谎，甘于等待。

　　我的父亲正在和法官谈话。他外表冷漠，心里却也难过，要是历史有时间看透一切的话，那么他注定会成为历史中的强者。母亲被强壮而殷勤的女人们包围，她流着口水，说着拒绝的话，在哭声和叹息声中吞下了她们端到她面前的茶水。

　　我们这些男人可以喝苏打水，有的瓶子高，有的瓶子胖。这是个长夜，无愧于逝者，无愧于文明第一次降临此地。

出于尊重，我收起了贝雷帽，把舌头伸进白兰地酒杯中，小心翼翼地寻找某段记忆，寻找发生在白日和黑夜的各种死亡，我感觉自己正在那些记忆中燃烧。

用胡莉塔的话来说，我是个可爱的小怪物。我是她的小叔子，我数着地面上的木板，忍受着痛苦，没有笑。仿佛伴着那个已经死去的女人的嘲讽声，我点燃了烟斗，继续喝白兰地。

我听到了那么多的哭泣声，那么多的叹息声，我又一次感觉自己格格不入。我咂了下烟斗，但什么也遮挡不住马尔基托斯夸张的哭泣声，那是一个酒鬼短促的精神宣泄，它与女性故事中有分寸的戏剧性场景交织在一起。叫喊声此起彼伏，乞求分担死亡带来的痛苦，有时声音又弱了下去，那是人们吃起了东西，喝起了饮料。

我知道没人像我一样爱她，我想起了那把剃刀，想到了刀片上的那股凉意，放松了下来。我知道没人爱她。我把一根火柴凑近点燃的烟斗。我盯着地板，已经太迟了，来不及数它们了。

一切都不过是一场梦，我心情平静，缩在椅子上，忘记了胡莉塔，一如既往地不忠，旋即又满怀爱意。但是他们没有给我时间。我的父亲、法官、从不缺席的迪亚斯·格雷、警官，他们用一种奇怪的语言快速交谈着，然后达成了一致。我明白了我究竟需要什么，我摸到了剃刀，随着亲切的一声响，刀片弹了出来。我不慌不忙，果断而温柔。

"抱歉。我想在你们碰她前再看她一眼。"

我不是在对静静围在我周围的那些无形的可怜人说这句话。也不是在对我的不幸或那只银鸽遭受厄运的孩子说这句话，一如既往，他也被自己的父亲出卖了。我只是简单地开始和胡莉塔聊天。我们又在一起了，我需要纯粹的一分钟，属于我自己的一分钟，以此拯救我们失去的那几个小时。我走进了卧室。

　　我对各种各样愚蠢的声音充耳不闻，声音似潮水，有恳求，也有呻吟，我抬起头，想看看她，几乎立刻就看到了她。我走近她那双被擦得锃亮的棕色凉鞋，我的手里还握着那柄凶狠但无用的剃刀，她依然带着那种嘲弄般的笑容，只有她能将之化作泪水。

　　我盯着她。她在轻轻摇晃，像是因为调皮而做着那个动作。她吊在一根横梁上，脊椎骨大概已经断了，头扭曲着，冒出泡的舌尖露了出来。她把自己罩在一件宽大的白色校服里，脸色惨白，肢体僵硬。她还给自己戴上了一个蓝色的大领结。为我穿上了黑色的长筒袜，紧绷绷的，一直绷到小腿末端。她知道自己在做什么。没有哪个老师会责备她，人世间没有，天堂里也没有。她在横梁上摇摆，在夜晚将尽的风中以一种让人肃然起敬的姿势摇摆。她的腿不协调地伸展开来，某种液体在缓缓滴落。

　　我并没有在意她死气沉沉的样子，我已经见过很多次她的这副样子了。我不喜欢她突然变老，也不喜欢她慢慢变老，我不喜欢她那不知羞耻的面庞，童年时期一过，她就在加速走向污秽的老年，走向毁灭。但是，无论如何，恶俗的话语和肮脏无礼的想法还是在向我袭来。那个肮脏的想法是，她终于死了，终于属于我了，她永远成了我不受拘束的朋友。我们互相理解，一种坚不可摧的契约正在形成，在这场玩笑中存在着某种同谋关系。她无聊而缓慢地摇摆，而我则冲她朗诵一首老歌的歌词：

> 木偶转啊转，
> 转完三圈就离开。

神父坐在那把大扶手椅上，坐在没生火的壁炉旁边，对一切是那样熟悉。他抽着马尔基托斯的香烟，跷着二郎腿，心不在焉地用一只脚有节奏地击打身边放着的小手提箱。他背对着一切，固执地在牙缝间嘀咕着什么。我突然想到，他什么都知道，从第一天晚上开始，他就一直在监视我们。

我被即将出现的景象激怒了，又长又僵的胡莉塔躺在床上，穿着女学生装，神情决绝而严肃，她以恰如其分的恭敬来向这个由无能的男人们创造和管理的世界告别。继承下来的话语似乎如苍蝇般在她平静的唇边飞来飞去，她的眼睛没有神采，她的鼻子恬不知耻，但已然没了娇态，这一切都令我心痛。

临走前，我收起剃刀，戴上贝雷帽，还和送葬者们打了招呼。

"臭狗屎。"我说道，语气中带着温柔、怜悯、喜悦，大概只有挂在横梁上慢慢腐烂的她才能理解。

只有她能看到我是如何无可奈何地下楼离开的，我走向了一个正常而狡诈的世界，那个世界的黏液从未接近过我们。胡莉塔和我，从今往后，终究只剩下我一个人会诚诚恳恳、真真切切地承受着她了。

译后记

　　2020 年年初，我刚刚调回母校西安外国语大学工作，我和爱人也刚刚得知她怀孕的消息，似乎一切都非常美好，充满希望。当时疫情已经开始，可我们自然无法预料到后来发生的事情，无法预料到病毒会肆虐三年之久，直到如今也没有完全消失，也许以后也会一直同人类共存。那一年的 3 月 6 日，也就是加西亚·马尔克斯和我大学室友的生日当天，作家出版社的赵超编辑联系上我，表示希望由我来翻译奥内蒂的三部长篇小说:《短暂的生命》《造船厂》和《收尸人》。

　　数年之前，北京大学的范晔老师曾问我对翻译哪本书感兴趣，我当时提到了奥内蒂的《短暂的生命》。我最早读奥内蒂是在大学时期，当时读的是赵德明老师翻译的《造船厂》，可理解不多，甚至觉得有些枯燥。在西班牙语作家里，我最喜欢和推崇的无疑是马里奥·巴尔加斯·略萨，在阅读和研究巴尔加斯·略萨的作品时，我读到了他研究奥内蒂的专著《虚构之旅：胡安·卡洛斯·奥内蒂的文学世界》，也正是在2010年诺贝尔文学奖得主的这部作品的指引下，我开始重新阅读奥内蒂的小说。慢慢地，随着时间推移，我的身份从学生变成了老师，真正进入了社会，也开始慢慢对生活有了新的理解，也就对奥内蒂的作品有了新的感悟，因为他最擅长写的正是像我们这样挣扎求生的普通人的生活。

赵超编辑说，他正是听范晔老师提到了我对奥内蒂的兴趣，所以才联系上了我。奥内蒂，赵编辑，范老师，我，我们的生活就这样如虚构故事情节一样联系到了一起。我当时又激动又犹豫，说激动，是因为彼时我已经十分喜爱奥内蒂的文字，说犹豫，则是因为手头还有一些翻译任务，其中包括《略萨谈马尔克斯：弑神者的历史》和《废墟之形》这样大部头的作品。在听了我的疑虑后，赵编辑说："不着急，时间方面不用担心。"于是我接下了任务，赵编辑则开始了等待，这一等，就是四年。

记得在接下任务后，我迫不及待地给我博士阶段的西班牙导师罗莎写了邮件，告诉她这个"好消息"，因为我知道她也非常喜爱奥内蒂的作品。在回信中，她果然表现得十分高兴，但同时也写了另外一句话，这句话将在接下来的四年里一直陪伴着我："奥内蒂的作品就像是口深井，往里探得太深，就有掉下去的危险，你要小心，不要掉下去，要时常把身子抽出来停一停才好。"的确如此。奥内蒂笔下的人物基本都是仿佛注定要迎接失败命运的小人物，他们压抑、挣扎，却似乎永远摆脱不了"不幸"的厄运的束缚。在最初开始翻译奥内蒂的那段岁月里，疫情的影响越来越大，有很多时候，我似乎也像奥内蒂笔下的人物一样开始分不清自己到底身处现实抑或虚构，生活变得真真假假、似真似幻了起来。此外，女儿出生了，我到现在依然记得每晚给她拍嗝或抱着她不停地下蹲、起立着哄睡的场景，也记得我自己编出的一首首哄睡歌。肉体上的疲惫暂时放松的时候，翻译奥内蒂的作品又会加剧精神上的疲惫，于是我只能像罗莎提醒的那样，"时常把身子抽出来停一停"。

但如果翻译的过程只有疲惫和痛苦，那就做不出令人满意的译作来。我记得曾经在一篇报道中看到一位译者前辈说他对自己翻译的作家，"一个也不喜欢"，我十分不解，因为我的情况刚好相反。喜欢，也就更容易体验到喜悦和满足。我印象最深的是，在这几年里，我不止一次地想："奥内蒂笔下的布劳森、拉尔森，不就是我（们）吗？"这些年里，除了疫情的影响，成为父亲的责任感和压力，还有完成非升即走考核要求的压力，也有薪资减发、绩效延发等所带来的实实在在的现实问题，生活似乎并不像2020年年初时我所想象的那样美好，但每次我都会继续幻想：想象疫情过去，女儿健康快乐地长大，自己完成了一切考核任务，一家人幸福地生活……我想，不只是我，可能大多数人，大多数普通人都是这样的，我们需要有目标，有希望，这样才能生活下去，而现实和希望之间的桥梁也许就是想象和虚构。所以我们人人都是布劳森，人人都是"收尸人"拉尔森，人人都在虚构，人人都在扮演着人生这场游戏中注定由我们扮演的角色，哪怕只是些微不足道的小角色。

翻译的喜悦和满足还来源于对文本的深入感悟。在翻译完三部曲中的第二部《造船厂》后，我逢人便说："阅读奥内蒂，一定要静下心来，把节奏放慢，一目十行不行，只想着看情节也不行，因为他的文字太细腻了，他的伏笔太多了，发现不了细节，就理解不了奥内蒂作品的美。"我因而恍悟，当年阅读《造船厂》时自己为何会觉得"枯燥乏味"，一方面是因为阅历不够，一个二十岁的少年，觉得未来都是属于自己的，又怎么能对奥内蒂笔下的小人物们的生活感同身受呢？再一方面就是，没有沉下心来去发现文字中的那些细节。有人说过，翻译是最好的阅读，此言得之。普通读者可以在阅读时飞速扫过一行行文字，但译者不行，或者说有责任心的译者不行，他们必须字字斟酌，哪怕无意间看漏一句话、一个词，也将留下大大的遗憾。于是，我也就在字字斟酌的过程中不断发现奥内蒂作品中的细节。举个例子，我发现《造船厂》的主人公拉尔森，那个自我欺骗，幻想造船厂会好起来的做戏人，在成为总经理后，到达办公室的时间越来越晚。早上八点，八点半，九点，十点……这些时间隐藏在相隔有时很远的情节段落中，读者很容易忽略它们，但当我们发现这个细节后，我们会明白这些时间是与拉尔森心中的希望逐渐幻灭的过程相匹配的，希望越大，到办公室的时间也就越早，造船厂逐渐垮掉，希望逐渐破灭，到办公室的时间也就越来越晚了。

再举个例子，我在翻译的过程中，发现有一个单词出现的频率很高，但每次出现都让我有种突兀的感觉，因为它总是显得和那些颓废绝望的人物格格不入，那个词就是"sonrisa"（微笑，笑容）。读者们如若留心便可发现，奥内蒂笔下的人物总是会露出笑容，不管他们在做的到底是什么事，也不管他们究竟身处何时何地。我想，笑容是迎合现实的工具，在不合时宜的时候微笑，实际上就是在做戏，就是虚假的体现。人物们一次次微笑，也正是在一次次凸显奥内蒂最喜欢描写的"人生如戏"的主题。

我发现，这篇文字逐渐有了转向学术论文的风险，所以应该及时打住，把文风从客观扭向主观，再说一点真心话：难！太难了！阅读奥内蒂太难了！翻译奥内蒂更是难上加难！这几年里，我曾不止一次因为当年对范老师说自己想翻译《短暂的生命》而后悔。就像刚才说的，阅读《短暂的生命》可以懵懵懂懂，但翻译不行，我在翻译的过程中曾不断自问：这是什么？这个场景是什么意思？读者能理解吗？还是巴尔加斯·略萨为这三部曲撰写的《序言》（实际上正是从《虚构之旅》一书中节选的部分内容）里的话解开了我的心结："在布宜诺斯艾利斯，我们读到的情节是有完美意义的，从头到尾都明白无误（……）。可是一到圣玛利亚，情况就变了。在这座城镇里发生的事情就像梦境一般，情节之间缺乏联系，没有按照时间顺序和特定逻辑发展。"那种朦胧感、片段感、疑惑感，正是奥内蒂在《短暂的生命》里刻意为之的布局，到了《造船厂》，一切都变得清晰了起来，可是再到《收尸人》，那种模糊感就又出现了，只不过这次推动那种感觉出现的不再是情节，而是叙事者的变化，是叙事技巧的应用。

虽然我们提到了很多次"三部曲"这样的说法，但实际上这种定义并不准确，奥内蒂以小镇圣玛利亚为背景的小说还有多部，只不过《短暂的生命》《造船厂》和《收尸人》是其中知名度最高，也是被评论界广泛认可的奥内蒂的代表作。在文集《想象的火焰》中收录的《拉丁美洲的原始小说和创造性小说》一文中巴尔加斯·略萨指出，在他看来，《短暂的生命》标志着拉丁美洲小说由所谓的"原始小说"转向"创造性小说"，具有划时代的意义。拉美小说由此摆脱了醉心于描写草原林莽、土著居民的大地主义、土著主义文学，开始进入到新小说的创作阶段。这样的论述虽不免有将复杂问题简单化的嫌疑，但也从一个侧面证实了《短暂的生命》的重要意义。至于《造船厂》则无须多言，它就像《百年孤独》之于加西亚·马尔克斯，《佩德罗·巴拉莫》之于胡安·鲁尔福，《酒吧长谈》之于巴尔加斯·略萨一样，是奥内蒂无可争议的代表作。而《收尸人》虽然名气不如上述两部小说，实际上也是奥内蒂的重要作品。很多人知道巴尔加斯·略萨真正"名扬天下"是从 1967 年凭借《绿房子》获得首届罗慕洛·加列戈斯文学奖开始的，但很少有人知道，在那届评选中，从众多参评作品中脱颖而出，只是在决选环节中才败给《绿房子》的正是这部《收尸人》。

除了小说家的身份之外，巴尔加斯·略萨还是个擅于挖掘文学遗珠、目光锐利的文学评论家，他曾经凭一己之力让沉寂了数百年之久的《骑士蒂朗》及其代表的骑士文学在西班牙重新焕发生机，而他在提到创作《虚构之旅》的动机时也曾提到，奥内蒂的文学价值长期被人轻视。这种情况不仅出现在西班牙文学界，在我国也是如此。北京外国语大学的郑书九老师曾经讲过一个故事，他说他曾经问一个年轻老师研究的作家是谁，那个老师不好意思地说："是个不重要的作家。"郑老师刨根问底，对方才支支吾吾地说："是胡安·卡洛斯·奥内蒂。"郑老师惊呼："奥内蒂可不是'不重要的作家'！"既然专业的研究者都有如此偏颇的看法，普通读者对奥内蒂缺乏了解也就可以理解了。造成这种情况的原因很多，其一可能是奥内蒂的文字细腻而晦涩，并不以故事情节见长；其二可能是奥内蒂本人从不擅长"自我宣传"，实际上，用通俗的话来说，奥内蒂是个十足的"宅男"，甚至可以说是"宅神"。在遭受乌拉圭军政府迫害而流亡西班牙之后的数十年里，奥内蒂几乎连床都不怎么下，也不喜欢接待来客，总是一副不修边幅的样子，只不过这位"宅神"躺而不平，给我们留下了许多可以用来发现他的文学才华的优秀作品。近年来，奥内蒂的知名度与日俱增，已经成了西班牙语文学界公认的巨匠，不久前，一位乌拉圭朋友还发来一张他拍摄自乌拉圭首都蒙得维的亚的照片，照片上是一个大大的宣传牌，印着奥内蒂的照片，配的文字是："奥内蒂就是蒙得维的亚"。

　　小文结束之前，必须要感谢一些在翻译奥内蒂的过程中

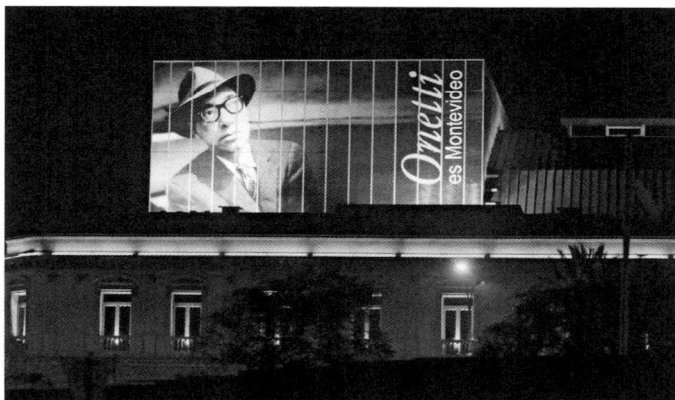

支持和帮助过我的人。感谢赵超编辑，我曾经多次认为即将完成翻译任务，却也多次从那口深井里爬出来停歇，但他始终理解我的迟误；感谢范晔老师，感谢他还记得多年前的一句闲聊，感谢他一直记得我喜爱奥内蒂的作品；感谢家人们，是他们不断让我重新燃起对未来的希望，如今，女儿已经三岁多了，她最爱玩的游戏之一就是让我们按照她的剧本演戏，她永远是小英雄，爸爸有时是怪兽，有时是妖怪，有时是宇宙大魔王，我经常想到，多年之前，我也曾经一直想象自己是宇宙的中心，能成为拯救世界的英雄，现在却高高兴兴地扮演起了女儿想象出的反面角色，这可能就是虚构的力量吧，在虚构的世界里，一切皆有可能；因此也要感谢奥内蒂，感谢他为我们搭建起了如此之多的虚构世界，它们像镜子一样反射出我们自己的形象。

写完这篇译后记，马上要做的有两件事，第一件是再给罗莎写封邮件，告诉她我已经彻底从奥内蒂的三口深井中爬了出来，第二件就是把稿子发给赵超编辑，剩下的难题就得由他来解了。我记得刚才提到过，在这四年里时常生出后悔的感觉，后悔自己给自己找麻烦，接下翻译奥内蒂作品的重任。而此刻，在交稿前，我又想到（虚构在此时又开始入侵现实了），在我交稿后，赵编辑会不会杀个回马枪，对我说"我们又签了奥内蒂另外的书，您还愿意继续翻译吗"？如果让加西亚·马尔克斯来写这个场景，他可能会这样写：侯健经历了四年，才到达了这个时刻，他感到自己是个纯洁、直率而又不可战胜的人，他答道："愿意！"

侯健

2024 年 1 月 21 日于西安，

早上没有下雪，现在大雪纷飞，两个世界